LE BUSTE DE BRONZE

ORIGINAL • AVENTURE • DÉJANTÉ

© 2025 Myréna Lee, tous droits réservés
Édition : BoD · Books on Demand, 31 avenue Saint-Rémy, 57600 Forbach, bod@bod.fr
Impression : Libri Plureos GmbH, Friedensallee 273, 22763 Hamburg (Allemagne)

Dépôt légal 1re édition : Janvier 2025
ISBN Broché : 978-2-3224-9751-5

Illustration de couverture : Myréna Lee

LE BUSTE DE BRONZE

Myréna Lee

PARTIE I

Un domestique chargé d'aller chercher de la gélatine se retrouva au cachot.
Voici comment…

CHAPITRE I

Comme tous les dimanches matin, José Duval, bon vieux domestique de M. Tréfort depuis trente ans, traversait la rue des Fleurs pour se rendre chez le confiseur. Il était chargé de ramener à son maître cinq cents grammes de gélatine emballée et enrubannée. Ce rituel durait depuis plusieurs années, sans que José ne sache l'usage que pouvait faire M. Tréfort de cette substance abjecte et gluante.

Alors que José tirait la sonnette de la confiserie, une douleur lancinante lui déchira le ventre. Il fut heureux qu'il n'eût pas à prononcer le moindre mot lorsque M. Rocher vint lui ouvrir.
Comme chaque semaine, José sonnait, Rocher ouvrait et le précédait jusqu'à une petite salle à l'arrière du comptoir, où un joli paquet était préparé à son attention.

Le rituel se déroulait donc à merveille, lorsque M. Rocher s'adressa à José en ces termes : « Duval, je suis fort marri[1] de vous apprendre que votre maître sera mal servi aujourd'hui. Je ne puis lui remettre que trois cents grammes de gélatine. »
José ne dit mot, prit la commande et sortit. À peine eut-il tourné à droite de la rue des Paons que les douleurs le saisirent à nouveau ; des gouttes de sueur perlèrent sur son front et coulèrent le long de ses joues. Des spasmes affreux lui tordirent le ventre et il se raidit, une mimique affreuse au visage, contractant son sphincter avec force.
Il déglutit avec peine et laissa échapper un grognement plaintif.

---

[1] Fâché, triste, contrarié.

Le Buste de Bronze

Ne pouvant plus se retenir, José fut pris de panique et se mit à gesticuler. La nature lui sommait de se délester au plus vite du paquet qui l'alourdissait. Il se mit à réfléchir où il pouvait déposer ce trop-plein qui l'encombrait, et vit avec effroi qu'aucun endroit convenable n'était assez proche pour accomplir sa pressante besogne.

Il poussa un « Hou ! Hou ! » terrible et, n'y tenant plus, défit sa culotte de pantalon en pleine rue – déserte, fort heureusement –, et se sépara de son paquet *dans le paquet que lui avait remis M. Rocher* et qu'il venait d'ouvrir rageusement pour l'occasion.

La masse chaude et puante recouvrit la gélatine blanchâtre et luisante si précieuse à son maître. Il s'essuya le front.

☆☆☆

Bien que José fût soulagé, un autre poids vint le hanter : qu'allait-il pouvoir inventer ? Quoi donc raconter à son maître adoré ? Il se sentait l'air fin, sa boîte odorante à la main !

Sans se démonter, il farfouilla du côté des poubelles, y trouva un buste de bronze. En l'observant plus attentivement, il découvrit sur le sommet du crâne une ouverture qui tombait à point : l'objet était creux.

« Ceci fera mon affaire », se réjouit José en se frottant les mains.

Il ôta le plus gros de l'étron, gratta délicatement la gélatine – afin d'enlever la selle qui s'était imprégnée – puis fit glisser le douteux mélange à l'intérieur de la cavité. Il se débarrassa du ruban, du paquet, et entreprit de secouer légèrement le buste d'Apollon afin d'unifier la texture de son contenu. Ainsi satisfait, il se dirigea allègrement vers la maison de son maître.

* * *

CHAPITRE II

José se tenait debout sur une chaise placée au milieu du salon, raide comme un piquet. Ses bras, tendus à l'extrême, présentaient un objet scintillant. Le maître des lieux, l'œil hagard et impatient, s'évertuait à se saisir du buste – car il s'agissait bien de lui – et sautillait autour du risible ensemble comme un cabri.

Le *jeu*, comme M. Tréfort se plaisait à le nommer, avait lieu chaque dimanche, et consistait à ce que José trouve le moyen de titiller les sens de son maître, en tendant le paquet de gélatine afin que celui-ci essaie de s'en emparer.
M. Tréfort, d'un ordinaire calme et posé, se montrait dans ces moments-là extraordinairement excité.
Il, pour ainsi dire, frétillait !

Tréfort tentait d'attraper l'objet, que Duval mettait rapidement hors de sa portée – et qui ne manquait pas de produire un *ploc* douteux –, et le maître essayait à nouveau de l'atteindre pour l'accaparer. Mis à mal, on l'entendait alors se lamenter :
« Mon bon Duval ! Je vous en prie ! » gémissait-il.
Ou bien :
« Oh, vous me faites bien souffrir ! »
Ou encore :
« Il suffit, mon bon ami, il suffit ! »

Ce manège se poursuivait jusqu'à ce que M. Tréfort, agacé, lui indiquât par un coup dans les côtes, ou un pincement au mollet, qu'il était temps de le laisser attraper sa gélatine.

Sitôt, José s'exécutait en lui disputant mollement l'objet de convoitise, et M. Tréfort affichait son « trophée » d'un geste triomphal. Le bon domestique feignait alors la déception, et pouvait partir vaquer à ses occupations, pendant que son maître frétillait de plus belle et trottait en direction de sa chambre, pour un usage de la substance des plus secrets.

Aujourd'hui, il en fut de même, mais le buste avait pris la place de l'habituel paquet. Que pouvait donc faire son maître de cette chose flasque peu ragoûtante ? José continuait de se poser la question.
La réponse allait lui être fournie très bientôt.

☆☆☆

Adossé contre un des murs de la cour, José aspirait de longues bouffées de tabac avec satisfaction. Parfaitement détendu, il se remémorait les événements de la journée, le visage illuminé d'un sourire espiègle. Il se trouvait du « génie ».

Sur le chemin du retour, buste en main, il avait concocté à la hâte un plan de maître et avait présenté l'objet à son hôte, en lui contant que M. Rocher, pour se faire pardonner de la gélatine manquante, compensait la perte en offrant à Monsieur sa commande dans un buste d'Apollon. « Ceci amplifiera les effets », vous fait-il dire. L'âme emplie d'audace, José avait continué sur sa lancée : « Il m'a chuchoté à l'oreille que vous comprendriez ! » avait-il alors ajouté, faisant mine d'être étonné. Surpris par ces paroles, M. Tréfort avait hoché la tête, les yeux brillants et l'air intéressé.

« Hmm, hmm…, avait-il alors marmonné. Hmm, hmm… »

Et, les yeux plissés, il s'était retiré, pensif, le buste de bronze tout contre lui serré. José allait se régaler à nouveau de sa sublime intelligence, lorsque survint André, le garçon de cuisine. Celui-ci, narquois, lui lança :

— Eh bien l'ami, encore aux bons ordres du maître ? Dieu du ciel, est-il singulier, avec ses mises en scène ? C'est-y possible que vous soyez complice de cette comédie ?

José leva les yeux en l'air. Il avait peine à assumer certains aspects de ses étranges fonctions, et il savait être la risée des autres gens de la maison ; cependant, le supplément que M. Tréfort lui remettait était assez conséquent pour le convaincre de continuer. Il tira sur sa cigarette sans répliquer.
André le regarda faire avec envie. Il reprit donc, changeant de ton :

— C'est que Monsieur a du bon tabac ! C'est pas avec nous autres qu'il le partagerait ! Pas la moindre petite pièce pour nous faire plaisir ! Toujours aux fourneaux, du matin au soir, et du soir au matin ! Mais vous, qui êtes un doux, un bon, un honnête homme... C'est que le maître place toute sa confiance en vous. Et il a bien raison !

José demeurant impassible, il reprit :

— Vous partageriez bien un peu de votre tabac...
— Ciel ! l'interrompit José. Jamais aucune piécette ?

André, ouvrant grand les bras :

— Pas la moindre, parole !
— Pas le plus petit centime ?
— Juré, mon capitaine ! fit André, imitant le salut militaire.
— Diable ! Si je glisse ma main dans cette petite poche que tu as

là, je n'y trouverai pas la pièce de deux francs que Monsieur m'a demandé de remettre au livreur ? minauda José, ouvrant deux grands yeux innocents.

Embarrassé, André coupa court sa comédie et tenta de l'amadouer.

— Allons ! Mon bon ami, vous savez ce que c'est ! Oublions cela. Voyez ! Je vais tout de suite remettre la pièce, bien sûr ! Ou bien… poursuivit-il avec hésitation, je peux peut-être la partager avec vous…

D'un air suffisant, José jeta son mégot aux pieds d'André, et se rapprocha de lui, jusqu'à presque le toucher. Il ne faisait pas bon se frotter à José – tout le monde savait cela. C'est pourquoi André, rouge de colère et de honte, dut se contenir et faire profil bas.
Il se força à rire, ce qui manqua l'étrangler, et mit à contrecœur la pièce dans la main ouverte de José, qui la glissa dans la poche intérieure de son veston et s'éloigna en sifflotant en direction de la maison. Le garçon de cuisine, humilié d'avoir perdu ainsi son butin, et de s'être fait bien attraper, agita son poing en l'air, et jura de se venger.

* * *

CHAPITRE III

José se demandait s'il devait remettre la pièce dans le tiroir prévu à cet effet, ou la garder sur lui par sécurité, lorsque retentit la sonnette d'entrée. Il ouvrit la porte et découvrit un homme d'une cinquantaine d'années, grand et droit comme un I, moustachu, flanqué d'un uniforme de gendarme et d'un képi.

— Puis-je vous aider, monsieur... ?
— Quiflanche ! s'exclama l'homme d'une voix tonitruante en saluant.
— Mais personne, monsieur…, répondit José, interloqué.

Le gendarme fronça ses sourcils et regarda le majordome d'un air suspicieux. Toussant pour s'éclaircir la voix, il reprit :

— Sous-brigadier Quiflanche ! Sieur Tréfort est-il présent ?
— Il l'est, monsieur.
— Pouvez-vous le faire mander ?
— Je crains que non, monsieur.
— Et pourquoi non ?
— Nous sommes dimanche, monsieur, et voyez-vous, le dimanche…

José reprit, l'air mystérieux :

— Le dimanche, Monsieur a ses habitudes du dimanche !

Le gendarme marqua un temps d'arrêt, plissa les yeux – signe qu'il était en pleine réflexion –, puis hocha la tête en lançant

Le Buste de Bronze

quelques mimiques et clins d'œil à José.

— J'entends cela, mon brave, j'entends cela ! Il s'agit, hélas, d'une affaire de la plus haute importance ! Je ne saurais faillir à une mission confiée par M. le maire en personne !
— En ce cas, veuillez me suivre, monsieur.

José conduisit le sous-brigadier dans le vestibule d'entrée, le pria de patienter, et son maître alla chercher.
Des éclats de voix se firent bientôt entendre, puis un bruit sourd suivi d'un cri strident. Quiflanche se décidait à intervenir, lorsque M. Tréfort apparut, la face rouge et luisante, le cheveu hirsute et gras. Il était vêtu d'un peignoir laissant entrevoir son corps velu, qu'une étrange substance recouvrait par endroits.
Accoutré de la sorte, il se dirigea en hurlant vers le sous-brigadier :

— Mon masque ! C'est un scandale ! Qui ose me déranger un dimanche ?!
— Quiflanche ! clama le sous-brigadier en saluant.
— Mais enfin, personne, monsieur… répondit M. Tréfort outré. Monsieur… ?

Le gendarme plissa les yeux et toussota :

— Sous-brigadier Quiflanche, pour vous servir !

Le sourcil froncé, il observa de plus près le visage de l'hôte :

— Allons, allons, singulière figure que vous avez là ! Quelle est donc cette étrange mixture ?

Irrité, M. Tréfort recula. Le sous-brigadier le rassura :

Le Buste de Bronze

— Ceci ne me concerne pas ! N'ayez crainte, je saurai rester discret !

Il poursuivit, avec force mimiques et clins d'œil :

— Que ne ferait-on pas pour plaire à ces dames !...

M. Tréfort étant sur le point d'exploser, il se reprit aussitôt :

— Veuillez pardonner mon intrusion ! Je viens, sur directive du maire en personne, faire mon devoir auprès des bonnes gens. Je me dois de tenir informé Monsieur de larcins, commis dans le quartier, ces deux derniers jours, par de fieffés coquins, des intrigants, des malotrus, des fripons, des bons à rien... !
(Il devient rouge à mesure qu'il parle et manque de s'étouffer)

Recouvrant son calme, il continua :

— Des larcins, commis par des gredins, donc. Les voleurs, vous l'avez compris, sont peut-être déjà passés chez vous.
— Juste ciel !
— Tout juste, Monsieur ! Je suis là pour rétablir l'ordre, dresser la liste des objets manquants, interroger vos gens, et arrêter ces brigands.
— Quel programme affreux !
— En effet, Monsieur. Vous êtes la quatrième maison que je visite. Peut-être vous a-t-on dérobé de beaux objets ? Ou vous en a-t-on proposé à acheter ?
— Manque-t-il des choses de valeur dans ces trois maisons ? demanda M. Tréfort.

Le sous-brigadier consulta sa liste et répondit :

— Voyons, ont disparu tantôt... Maison Suchard : deux montres

Le Buste de Bronze

de col et une à gousset, deux chaînes en or, et une d'argent ; une marmite et sa dinde auraient également disparu (d'après la cuisinière)... Monsieur le maire : un buste de bronze (transmis de génération en génération), quelques bijoux de famille, une épingle à nourrice et deux pelotes de laine (d'après la couturière)...
— M. le maire s'est fait voler son buste de bronze ? s'exclama M. Tréfort. Comme je le plains ! Que deviendrais-je, si on me volait le mien ?!
— Vous possédez un buste de bronze, Monsieur ?
— Et comment ! Il m'a été offert ce jour par M. Rocher, confiseur réputé de la rue des Fleurs.
— Hmm, intéressant... fit le sous-brigadier les yeux plissés. J'aimerais voir ce buste, Monsieur !
— Mais certainement, je vous l'apporte immédiatement !

M. Tréfort, ravi de faire admirer son bel objet, retourna dans sa chambre pour le chercher. Il regarda et fouilla partout, puis se rendit à l'évidence : le buste avait disparu ! Affolé, il hurla au voleur et appela José.

Prise de panique, la femme de chambre laissa tout tomber et poussa des cris aigus de cochon qu'on égorge.
La cuisinière surgit, sa poêle à la main, et cria à l'assassin.
Quiflanche arriva à la rescousse et appela la garde – alors qu'il était venu tout seul.

Au milieu de cet effroyable tintamarre, André, hilare, se dandina et annonça, la bouche en cœur : « Je *sais* qui est le voleur ! »
Le silence revint comme par magie, et tout le monde se tourna vers lui.

— J'ai vu José filer, dit-il.

Le Buste de Bronze

Et, montrant une direction avec son doigt :

— Je l'ai vu aller par là. Par la porte de derrière, avec un buste dans les bras !

* * *

CHAPITRE IV

José Duval se dirigea vers les appartements de M. Tréfort ; il prit son courage à deux mains, et se décida à frapper.

— Qu'est-ce que c'est ?!! hurla le maître d'une voix suraiguë. Je ne veux pas être dérangé !
— Un brigadier Quiflanche vous fait mander !
— Un brigadier qui flanche ? Renvoyez-le !
— C'est qu'il ne saurait faillir, Monsieur !
— Que bavez-vous donc, mon pauvre ami ? Il flanche, il ne flanche pas ? Que me chantez-vous là ?
— C'est un brigadier Quiflanche pour M. le maire, Monsieur !

Exaspéré, M. Tréfort marmonna des jurons fort inconvenants pour quelqu'un de sa position. Il renversa sa chaise et se jeta sur la porte brusquement. Ses mains gluantes laissèrent échapper la poignée et la porte s'ouvrit en claquant contre le mur violemment. Perdant l'équilibre, il agrippa de justesse son majordome.
La surprise passée, José se trouvant face à son maître, resta la bouche ouverte, effaré.

José n'était pas homme à s'émouvoir d'un rien, mais ce qu'il vit à cet instant-ci faillit avoir raison de lui.
Son maître nu sous un peignoir mal refermé, gesticulait comme un enragé, et sa face écarlate et luisante lui donnait l'air d'un possédé. Son corps était couvert d'une substance visqueuse, et son visage tartiné d'un cataplasme épais, dont la couleur blanc marronnasse manqua l'achever.

Le Buste de Bronze

L'affreuse couche recouvrait les yeux et la bouche et formait de petits amas granuleux qui tombaient par morceaux sur le parquet.

Mortifié, José recula d'un pas. Il fit appel à toute sa force et s'accrocha au chambranle pour ne pas s'écrouler. Suffoquant, il roula des yeux épouvantés et poussa un « Hou ! Hou ! » perçant. Joignant les mains, il lâcha dans un souffle terrible : « Ah !! Diable !! »

— Pour l'amour du ciel, remettez-vous ! gronda M. Tréfort, impatienté.

D'une bourrade, il écarta José et se précipita vers le vestibule en hurlant : « Mon masque ! C'est un scandale ! Qui ose me déranger un dimanche ?! »

☆☆☆

José, étourdi par la scène à laquelle il venait d'assister, entendit la grosse voix du sous-brigadier résonner.
Il se tâta le front et avança dans le couloir pour écouter.
Des bribes de conversation lui parvinrent : « … ont disparu tantôt… deux montres de ceci… deux chaînes de cela… une dinde… un buste de bronze… ».

Les mots « buste de bronze » firent écho dans son cerveau embrumé, sans qu'il ne comprît pourquoi. Groggy par la vision gélatineuse de son maître, il allait avoir besoin de temps pour s'en remettre totalement. D'un coup, il réalisa.

Les yeux exorbités, il s'écria : « Un buste de bronze ?? Diable !! Se pourrait-il que… ? »
Il se tordit les mains, écrasa son visage, s'ébouriffa les cheveux.

Le Buste de Bronze

« Ce buste appartiendrait à M. le maire ? Impossible, je l'ai trouvé dans la ruelle, près des poubelles ! Mais c'est égal : ce sous-brigadier risque d'interroger M. Rocher ! Sacrebleu ! Que faire ? »

José continuait d'aplatir et de pétrir son visage, et il se mordait les poings tout en réfléchissant à l'attitude à adopter.
Il allait et venait, et sans s'en rendre compte parlait à haute voix : « Malheur ! Gare à moi si je me fais prendre ! Dans le doute, débarrassons-nous de la chose ! »

Il se frappa le front, pour en faire jaillir une idée : *toc, toc, toc, toc !*

« Le donner ? Non. Le vendre ? Non plus ! »

Il redoubla de « toc-toc », en priant pour que sorte à nouveau son « génie ».

« J'y suis ! Pas de buste, pas de preuve ! Allons vite le chercher, et jetons-le dans quelque endroit ! À la rivière, ça, c'est une idée ! »

Il se rua jusqu'à la chambre de M. Tréfort, s'empara du buste et se carapata aussi vite que ses jambes le lui permirent.
Il ne vit pas André qui, caché, était en train de l'espionner.
« Quelle veine ! ricana ce dernier. Je vais pouvoir lui faire payer cet affront. Duval, ton compte est bon ! »

Ainsi, André fit sa croustillante annonce devant ce beau monde, et M. Tréfort eut besoin de sels et d'un remontant.
Le choc passé, les cancans allèrent bon train du côté des domestiques. Des cris d'indignation contre José, on passa aux cris d'admiration pour André. Le sous-brigadier l'interrogea plus avant et le félicita en lui donnant une bonne poignée de main.
Il déclara être désormais à la recherche de deux bustes de bronze,

Le Buste de Bronze

et décida de se rendre à la rivière sans plus attendre, pour y appréhender José. M. Tréfort calma ses gens, qui voulurent en être également, et donna à André seul l'autorisation de l'accompagner. Il pria le sous-brigadier de tirer cette affaire au clair et de récupérer son buste sans tarder, puis il renvoya tout le monde de ses appartements afin de se reposer.

Les deux hommes sortirent et prirent la direction de la rivière.
Quiflanche avançait d'un pas vif et décidé. André, le suivant joyeusement, riait sous cape, amusé.
Pendant ce temps, José…

☆☆☆

José Duval, bon vieux domestique de M. Tréfort depuis trente ans, bondissait, pirouettait et détalait comme un lapin à travers champs. Le buste lui échappait des mains tant il était gluant, mais qu'importe, il continuait sa course effrénée en poussant des « Hou ! Hou ! » dignes d'un dément.
Il savait son attitude déraisonnée, et pourtant il courait, courait sans s'arrêter.
Son instinct lui sommait de se délester au plus vite de cette chose qui l'incommodait.
Il ne pensait qu'à la rivière, et à y jeter cet objet !

***

CHAPITRE V

José était adossé contre un arbre devant le cours d'eau. Il avait pris le temps de souffler, le buste posé à ses côtés, et songeait à la situation dans laquelle il s'était malgré lui retrouvé.
Il se leva en inspirant et se décida : il était temps de s'en débarrasser.
Dans un geste solennel, il tendit le buste devant lui et s'apprêtait à le lâcher lorsqu'un épouvantable son grinçant le fit s'immobiliser.
L'objet de bronze glissa et tomba dans l'herbe lourdement, suivi de José qui se retrouva à genoux, se sentant d'un coup complètement vidé…

☆☆☆

Quiflanche aperçut José. Il souffla de toutes ses forces dans son sifflet qui émit un horrible grincement assourdissant.

— Halte !! Je vous arrête !
— Je vous assure que… commença José, complètement affalé.
— Je vous prends en flagrant délit !
— Laissez-moi vous… continua José, sans grande volonté.
— Vol du maître et tentative de dissimulation de preuves ! Mon garçon, ton compte est bon !
— Grâce ! Pitié ! cria le majordome, se roulant et joignant les mains. Ce n'est pas ce que vous croyez !
— Ah non ? s'étonna Quiflanche.
— Je vais tout vous expliquer ! s'exclama José, retrouvant l'énergie de se lever.

Le Buste de Bronze

Le gendarme allait céder, lorsqu'une voix retentit avec force :

— Quiflanche !!
— Personne, Monsieur ! clama le susnommé, se redressant d'un bond et saluant. Oh, c'est vous, monsieur le Maire !
— Voyez-vous, je m'en allais pêcher la truite avec un ami. J'étais en chemin, lorsque j'ai reconnu votre affreux coup de sifflet !
— C'est que j'appréhende à l'instant un drôle de pinson !
— Est-ce possible ? Mais c'est notre bon vieux José ! De quoi est-il accusé ?
— Il a tenté de couler un bronze, Monsieur !
— Où donc ?
— Ici même, dans la rivière !

Le maire, sidéré :

— À la vue du monde ?

André, levant le doigt :

— Nous l'avons surpris en pleine action !

Le maire, indigné, s'adressa à José :

— N'y a-t-il point de water dans votre office, mon cher ?

André, plié en deux, se tenait les côtes et croquait ses poings, luttant pour ne pas s'esclaffer. Quiflanche, se rendant compte du quiproquo, garda le silence.

Le maire, scandalisé, s'écria :

— Qu'on l'emmène, qu'on l'emporte ! J'ai une sainte horreur de l'exhibition ! Je plains ce pauvre Paul ; il va être bien en peine.

Le Buste de Bronze

C'est honteux, après de loyales et nombreuses années de service, de tout gâcher ainsi.

André ne tint plus ; il explosa d'un rire qui augmenta selon qu'il voyait tantôt l'air ahuri de l'un, tantôt l'air exaspéré de l'autre.
Il devint vite incontrôlable et fut pris d'une pulsion proche de l'hystérie. Le sous-brigadier, craignant un emportement, s'efforça de le calmer. Le maire soupira et allait prendre congé, lorsqu'un point brillant attira son attention.

— Grands dieux ! Ça, par exemple, mais c'est mon buste !
— Il y a méprise, s'empressa Quiflanche, se redressant de tout son long. Sachez que je recherche activement le vôtre, Monsieur !
— Comment donc ?! Je vous dis que ce buste est le mien ! Croyez-vous que je ne sache reconnaître mon buste de famille, véritable objet de valeur, transmis de génération en génération ? Je le reconnaîtrais entre mille !
— Je vous assure que non, monsieur le Maire ! Ce buste a été offert au sieur Tréfort par M. Rocher le confiseur.

Le maire, se penchant pour le ramasser :

— Ah ! mais… qu'est-ce donc ? C'est tout collant, tout poisseux ! (Il retourne le buste dans tous les sens et le renifle d'un air dégoûté)

— Vous avez raison, mon ami, le mien n'est pas si gras ! Et il émane de celui-ci un étrange fumet… C'est singulier tout de même. Sans aucun doute une contrefaçon…

Le maire remit le buste au gendarme, s'essuya les mains, et le pria de le tenir informé au plus vite de la cause et de l'issue de ce remue-ménage. Quiflanche lui assura régler cette affaire rapidement, ainsi que l'enquête des vols récents. Le maire ne souhaitant pas perdre son après-midi davantage, prit vivement congé afin de rejoindre son ami, en espérant que celui-ci n'ait pas eu le temps de faire de belles prises en son absence.

☆☆☆

André essuya ses joues mouillées. Il était beaucoup plus calme, quoiqu'il fût de temps à autre secoué d'un rire nerveux. Quiflanche quant à lui, regardait le buste et José d'un air méfiant. Il le donna à André, qui se remit à rire soudainement, puis entreprit de fouiller l'homme à tout faire de M. Tréfort.

— Je vais convoquer votre maître et M. Rocher, annonça-t-il. Ceci afin d'y voir plus clair dans cette affaire !

José prit peur et commença à avouer :

— J'ai menti à M. Tréfort ! J'ai trouvé ce buste ce matin, aux poubelles de la rue des Paons !
— Je m'en vais d'abord te fouiller, puis nous verrons ce que tu as à conter !

Quiflanche mit ses mains dans les poches du pantalon et les retourna ; il y trouva du tabac et un trousseau de clés. Il examina celles du veston et en sortit une pièce qu'il allait remettre en place, lorsque André s'écria :

— La pièce de deux francs destinée au livreur ! Oh, le voleur !
— C'en est assez ! Tu l'auras bien mérité !

Et voici José sautant sur André pour le rosser. Ce dernier tendit le buste devant lui et s'en servit comme bouclier. Quiflanche les saisit tous les deux et les cogna l'un contre l'autre.

— Allons, allons, mes tout doux ! Voici de quoi vous calmer !

Les deux étant à demi étourdis, il en profita pour mettre les menottes aux poignets de José.

André chanta à tue-tête : « Voleur, voleur ! »
José enrageait et hurlait des choses incompréhensibles où il était question d'une envie pressante et d'une boîte de gélatine.
C'est dans ce tohu-bohu qu'un homme en uniforme fit son entrée :

— Chef Quiflanche, je vous trouve enfin !
— Latruffe ! Mais comment… ?
— Les gens de la maison Tréfort m'ont indiqué que je vous trouverais ici. J'ai du nouveau, et pas des moindres, sur l'affaire des vols du quartier.
— Vous tombez bien ! Vous allez déjà m'aider pour cette affaire-ci.

Et il montra du menton les deux hommes qui se chamaillaient.

« Chef Quiflanche ! Écoutez-moi ! » hurlait José.
« Chef Quiflanche, ne l'écoutez pas ! » criait André.

— Chef Quiflanche, qui sont ces deux hurluberlus ?
— Latruffe, c'est à en devenir fou ! Rentrons au poste et je vous raconterai tout. Quant à toi, le pinson, tu nous conteras ton histoire plus tard, mais avant, au cachot mon garçon, au cachot !
— Grâce ! Ce serait la fin de mes avantages ! Et de ma réputation !

André continuait de se moquer, et grimaçait en sautillant.

— Ha ! Ha ! Ce sera la fin de tes avantages ! Et de ta réputation !

Quiflanche, la main contre le front, se mit à souffler.

— Latruffe, je vous confie ce buste et cette pièce. Quant à toi André, il est temps de rentrer. Mais je compte bien te convoquer ; je tiendrais M. Tréfort informé dès que tout sera démêlé. En avant !

Il saisit José par la manche de son veston et ils prirent tous les quatre le chemin du retour.
José était consterné de la tournure que prenaient les événements. Il craignait pour son avenir et se demandait quel sort allait lui être réservé. André se sentait honteux ; il commençait à prendre conscience de la gravité de ses accusations.
Il rentra tête baissée à la maison Tréfort, et les deux gendarmes continuèrent leur route avec le majordome.
Par chance, ils ne croisèrent personne en ce bel après-midi ensoleillé. C'est donc discrètement que José traversa la rue principale menotté. Ceci eut pour effet de le consoler un peu.

***

Le Buste de Bronze

Voici comment un domestique chargé d'aller chercher de la gélatine se retrouva au cachot. Cette intrigue étant levée, ce livre vous pouvez fermer. Cependant, si vos poils se hérissent à cette seule pensée, continuez votre lecture : l'histoire n'est pas achevée. Elle vous apprendra sûrement si José, de cette situation peut s'extirper !

PARTIE II

CHAPITRE VI

Lundi, 14 h.

José était vêtu de sa nouvelle tenue de circonstance, et il avait pris place sur un siège composé de quelques planches entassées. Au sol se trouvait une paillasse, sur laquelle se disputaient deux cancrelats frétillants. Avec crainte et impatience il attendait la venue du sous-brigadier, mais depuis son interrogatoire les heures défilaient lentement…

Notre majordome n'avait pas fière allure, après une nuit passée dans cette cage sombre et humide, et il aurait volontiers échangé son tabac – s'il l'avait eu en sa possession –, contre une couverture douillette de la maison Tréfort ! En guise de repas on lui avait apporté une gamelle d'eau chaude dans laquelle trempait un morceau de lard et du pain dur, et lorsqu'il avait poliment demandé des légumes, on lui avait apporté une feuille de chou.

« Ah ! Ce cuistot de malheur ne perd rien pour attendre ! » fulmina-t-il. Et il s'imagina poursuivre André en lui caressant les reins à coups de bâton. Cette pensée l'ayant un peu requinqué, il mangea presque de bon appétit.

Alors qu'il reposait la gamelle sur le sol, une imposante silhouette apparue à travers les barreaux de la geôle.
José trouva face à lui un homme droit comme un I, moustachu et flanqué d'un képi. Il tenait dans une main un trousseau de clés, et dans l'autre une chose recouverte d'un linge.

Le Buste de Bronze

Quelques questions furent posées, auxquelles José, interdit, répondit en bredouillant. La porte s'ouvrit dans un grincement et l'homme entra. Il fit claquer plusieurs fois l'objet entre ses mains puis le lança avec force en direction de José.

« Bien, gronda-t-il. Voyons maintenant comment crie un pinson[2]... »

☆☆☆

Afin d'éviter de nous ronger les sangs pour José, faisons un petit saut dans le temps et reprenons un à un les événements de la journée.

Lundi, 8 h.

Le sous-brigadier Quiflanche et son adjoint Latruffe se tenaient debout dans une petite salle du poste de garde. Ils se servirent deux cafés fumants.

— Latruffe, lecture du rapport !
— Bien, chef ! Jean Dézégout, trente-huit ans, bien connu de nos services : pickpocket vingt fois récidiviste, déjà condamné pour vols divers et bagarres en tout genre. Son comportement a paru suspect aux passants : il est dit qu'il sortait constamment une montre à chaîne de sa poche, ceci afin d'y lire l'heure. Montre en or de toute beauté, si je puis me permettre.
— Permettez-vous, Latruffe. Ensuite.
— Il a donc été appréhendé hier, non loin de la rue des Paons, farfouillant dans les poubelles. Quelques montres et chaînes,

---

[2] L'homme en question commet une belle erreur, car si le pinson frigotte, fringote, ramage et siffle, il ne crie certainement pas !

une cuisse de dinde et deux pelotes de laine ont été retrouvées dans ses poches par nos hommes.
— Sacrebleu ! Quel coquin !
— Il a été trouvé en état de choc et tremblant ; il s'est laissé prendre et a avoué sans résistance. Ont été indiquées : la cachette et la teneur de son butin, butin correspondant non seulement aux vols commis dans les maisons Suchard, Ferreror et Crème, mais aussi à d'autres cambriolages antérieurs.
— Donc tous les objets de valeur volés ces derniers jours ont été retrouvés ?
— À une exception près, chef.
— Laquelle ?
— Où se trouve le buste de M. Crème demeure un mystère. Dézégout confirme pourtant l'avoir eu en sa possession, ainsi que son intention de le mettre en sûreté, le temps de trouver quelque preneur plus ou moins honnête.
— Où se situait la cachette de ce gredin ?
— À la rue des Paons même, dans un renfoncement du mur caché par des planches. Nos hommes sur place ont fait appel à du renfort, et ont tout réquisitionné ; seul le buste demeure introuvable. J'ai là sa déposition à ce sujet, chef.
— Bien. Lisez, je vous prie.
— Voici : « J'allais mettre le buste en sûreté avec le reste, lorsque, ayant entendu du bruit, je remis en place les planches rapidement et allai me cacher derrière un tas d'ordures. Malheureusement, j'oubliai de prendre le buste avec moi. De ma cachette, je vis et entendis un démon effrayant, hurlant et grimaçant, comme sorti tout droit des Enfers ! Il poussa un rugissement qui n'avait rien d'humain et je me terrai en priant pour ma vie. Lorsque je fus certain que tout danger était écarté, je sortis, tremblant de peur, et trouvai à la place du buste une boîte emplie d'excréments et un ruban ! ». Voilà, chef. C'est quelques instants après qu'il a été appréhendé, à la

recherche du buste selon ses dires, les poches pleines de bijoux et d'une cuisse de dinde. Qu'en pensez-vous, chef ?
— J'en pense que M. Suchard devrait récupérer très vite ses montres et ses chaînes, mais je crains le courroux de sa cuisinière.
— Croyez-vous à cette histoire de démon ? Il n'est pas une fois qu'il n'en parle sans rouler des yeux terrifiés !
— Nous allons déjà convoquer M. Crème afin qu'il vienne récupérer bijoux et pelotes de laine.
— Et concernant les deux zouaves de l'autre affaire, chef ?
— J'entends notre pinson tout à l'heure. Voyons le premier aperçu... José Duval, quarante-huit ans, majordome à tout faire, au service de M. Tréfort depuis une trentaine d'années. Apprécié du maître, respecté de la maison. Inconnu de nos services, très bien vu dans le quartier... Un bon bougre, en somme. Latruffe ?
— André Pédard, vingt-quatre ans, placé il y a douze ans comme aide-cuisinier. Son chef ne m'en a dit que du bien, quoiqu'il ait tendance à picorer dans les assiettes et à se servir dans les tiroirs. Les autres employés ont confirmé.
— Rien de plus à dire sur ces deux-là, donc. Aucun délit, aucun casier. S'entendent comme chien et chat... Bon, préparez Duval, mais avant cela, faites venir André.
— Et pour les bustes ?
— *Les* bustes ? dit joyeusement Quiflanche en se frottant les mains. J'en fais mon affaire, Latruffe, j'en fais mon affaire !

Et, mi-sérieux mi-riant, il remplit de nouveau sa tasse de café.

Lundi, 9 h 15.

INTERROGATOIRE EN COURS D'ANDRÉ.

C'est un André très différent de la veille qui se trouvait face au sous-brigadier. Il se tenait dans une attitude de repentir, mais une ardeur particulière animait son regard. Il répondait sans se faire prier et le gendarme fut surpris de son changement d'attitude envers son collègue majordome.

— Parle-moi de ce José. On le dit bagarreur...
— Il se défend bien. C'est très utile pour une maison comme la nôtre !
— Fait-il du bon travail ? Tout porte à croire qu'il profite de la bonté de votre maître...
— Au contraire, il n'y a pas plus droit que lui !
— Tu l'as bien accusé, pourtant ? Et voici que tu fais son éloge.
— Je voulais juste lui jouer un tour... ou deux !
— Tu avais pourtant l'air de le détester ?
— Pas vraiment... répondit André en rougissant. Je le jalouse peut-être un peu... C'est qu'il a des avantages : aller partout quand bon lui semble, de l'argent et du tabac... Et je n'aime pas être aux ordres de ce cornichon !
— Selon toi, qu'est-ce qui justifie ces avantages ?
— Disons... qu'il accomplit certaines missions !
— Quel genre de missions ?
— Chaque dimanche il part quelque part, puis revient et « joue » avec M. Tréfort.
— Il « joue » ? Qui joue ?
— José. Il doit faire le pitre pour M. Tréfort.
— Hmm... Et concernant la pièce de deux francs ?
— C'est moi qui l'ai prise. Il n'a fait que me la reprendre. Je présume qu'il l'aura gardé sur lui pour éviter que je... Ce n'est pas la première fois que...

— As-tu peur de lui ? T'a-t-il menacé ?
— De sa cellule ? Certainement non. Je ne vois pas comment !

Le sous-brigadier plissa les yeux.

— Si je comprends bien, ton babillage d'hier n'est plus d'actualité ? Que maintiens-tu dans ta version ? Ton collègue risque gros. Toi également, en cas de faux témoignage.
— Pour le buste, je ne sais pas vraiment ce qu'il en est. Pour le reste, peu importe les conséquences pour moi, je ne laisserai pas condamner un innocent !
— Tu avoues bien facilement... D'où vient ce changement ?
— Je veux rendre ma mère fière et la regarder sans rougir ; pourrais-je y arriver, si je ne dis la vérité ?

Lundi, 10 h 30.

INTERROGATOIRE DE JOSÉ PAR CHARLES QUIFLANCHE[3].

— Vous êtes de toute évidence un homme très élégant, M. Duval. Si j'en crois André, c'est en faisant les fonds de tiroirs que vous arrondissez vos fins de mois !
— Mais pas du tout ! J'ai de nombreux avantages, en tant que majordome et confident de M. Tréfort !
— Une belle poule aux œufs d'or, le sieur Tréfort ! Qui vous accorde sa totale confiance. En quoi consiste votre rôle, exactement ? L'on m'a parlé de drôles de missions...

---

[3] Charles est un prénom d'origine germanique, dérivé de « Karl » qui veut dire « fort et viril ». Le lecteur malin pourra noter la contradiction entre le prénom et le nom de notre cher sous-brigadier !

Le Buste de Bronze

— Mon statut de majordome n'a rien de conventionnel. Vous en dire plus serait trahir mon maître, monsieur.
— Nous y reviendrons... En parlant de poule et d'œuf, quelque chose aurait été pondu dans un paquet laissé à la rue des Paons. Qu'avez-vous à en dire ?
— Ab... absolument rien, bafouilla José. Je ne vois pas de quoi vous parlez. Comme je l'ai déjà mentionné, je revenais d'une course habituelle chez M. Rocher, et d'un coup... d'un coup j'ai trouvé ce buste et j'ai décidé de l'offrir à mon plus grand bienfaiteur !
— Racontez-moi cela.

José souffla et raconta tout : le rituel des dimanches, le buste trouvé sur le chemin du retour à la rue des Paons, André et la pièce de deux francs, jusqu'à sa fuite avec le buste à la rivière... Il raconta tout, en sautant délibérément un passage fort gênant.

— N'omettez-vous point quelques détails ?

José transpira à grosses gouttes.

— Je ne crois pas.
— Une accusation de vol et de dissimulation plane sur vous, M. Duval. Connaissez-vous *la Nouvelle*[4] ? Savez-vous que le bagne est bien pis que votre cachot miteux ?

À ce nom de *Nouvelle*, José tressaillit et transpira davantage. Que sa vie et sa réputation puissent être ruinées par une mésaventure aussi affligeante le rendait complètement fou. Mais il préférait de loin la prison que rester libre et subir au quotidien une vive

---

[4] Quiflanche parle sans doute du bagne de Nouvelle-Calédonie, surnommé *la Nouvelle*, ancien établissement pénitentiaire en activité de 1864 à 1924.

humiliation. Avec une telle histoire, son honneur se verrait entaché à tout jamais. Malgré la terreur d'être emmené et enfermé loin de tout, José tint bon.

« On est homme, ou on ne l'est pas », se conforta-t-il.

— Vous savez tout ! Pour le reste, vous y étiez. J'ignorais que ce buste était volé ! Ne dites rien à M. Tréfort !
— Vous vous êtes enfui avec un buste qui, techniquement, lui était offert par son ami Rocher. Comment comptez-vous vous rattraper ?
— Je l'ignore ! J'ai entendu votre discussion à propos des vols, et… Je ne saurais expliquer ma réaction… La situation m'a échappé.
— Beaucoup de choses vous ont échappé… marmonna le sous-brigadier. Il s'en est fallu de peu que le buste vous échappe aussi des mains tantôt ! Allons bon, j'ai quelques vérifications à faire, et nous verrons cela. Officier ! Duval de retour au cachot !

Et José fut ramené tout penaud dans son cachot.

« C'est bien ce que je pensais, dit Quiflanche une fois retrouvé seul. Le buste de Tréfort et le buste du maire ne font qu'un. »

Le sous-brigadier réfléchissait tout en lissant sa moustache.

« Allons, allons, je ne suis pas homme à détruire la vie d'un bougre… qui aurait commis une erreur. Erreur terrible tout de même, fit-il en grimaçant. Si ce que je crois est bien ce que je crois… cela mérite réparation. Voyons comment arranger ça… »

Le Buste de Bronze

Lundi, 11 h 30.

— Bon, les trois versions semblent concorder.
— Je pense aussi, chef.
— Il y a tout de même un dernier point que j'aimerais vérifier. Et pour cela, j'ai besoin de votre aide, mon cher Latruffe. Êtes-vous courageux ?
— Face au danger, toujours ! Face à une femme... c'est une autre histoire.
— Je ne vous en demande pas tant.
— Je vous écoute, chef.

***

CHAPITRE VII

Lundi, 16 h.

Un buste d'Apollon trônait fièrement sur la petite table du poste de garde. À ses côtés figuraient quelques bijoux, une épingle à nourrice et deux pelotes de laine. Monsieur Crème, le maire de la ville, ne pouvait contenir sa joie.

— Mes bijoux ! Mon buste ! Ce qu'il m'a manqué ! Voyez comme il brille ! Sans doute la joie de me retrouver !
— Sans aucun doute, Monsieur. Je vous ai dit que je mènerai à bien cette affaire.
— Et je vous en remercie.
— Un peu de crème dans votre café ?
— Cela va sans dire ! Mon ami, expliquez-moi tout en détail.
— Monsieur le Maire, les affaires Dézégout et Duval sont étroitement liées...

Quiflanche lu le rapport à M. Crème et lui expliqua comment José avait trouvé le buste à la rue des Paons.

— José passant par là aura voulu faire un cadeau à son maître, il ne pensait pas à mal.
— Ainsi tout s'explique. Mais pourquoi mon buste sentait-il si mauvais ?!
— Sans doute parce qu'imprégné de l'odeur de Dézégout, qui n'est pas de toute fraîcheur !
— Et tout ce gras ?!

— Il y aura déposé les cuisses de dinde volées chez M. Suchard…
— C'est scandaleux ! Des cuisses de dinde dans mon buste de famille ! Ah, mes aïeux se retournent dans leur caveau… Et cette histoire de démon, que signifie-t-elle ?
— Je pense à une mauvaise farce d'un camarade, tout aussi gredin que lui, souhaitant lui subtiliser le buste dans le but de le doubler. Surpris par l'arrivée de José, il se sera enfui. Ou ce peut être un prétexte, une invention de Dézégout pour plaider la folie.
— Ceci afin de rendre le juge plus clément ! Bien vu, mon ami ! Vous avez fait là un travail remarquable !
— Ne jamais fléchir reste mon point de mire, ma raison de vivre, monsieur le Maire !
— Mais tout ceci n'explique pas pourquoi José était avec mon buste à la rivière.
— Pour le laver…
— Plaît-il ?
— Il se trouvait à la rivière avec votre buste pour le laver. Sachez que, ne souhaitant ni se mettre en avant ni récolter le moindre remerciement, il a présenté le buste à M. Tréfort comme étant un cadeau de M. Rocher. Ayant compris lors de ma visite que ce buste était le vôtre, il décida, dans un esprit honorable, de le sortir au plus vite de la maison de son maître, ceci afin de ne pas compromettre davantage le nom de son plus grand bienfaiteur. Il souhaitait, avant de vous le présenter, le remettre en état. Hélas, son geste a prêté à confusion, d'où l'arrestation.
— Ce que vous m'apprenez-là est admirable ! Voyez-vous, je n'ai pas un seul instant douté de ce bon José ! Mais pourquoi diable est-il encore enfermé ?
— Le pauvre homme est en totale disgrâce : c'est pour le sauver de lui-même que je le garde au cachot. Il comprend son erreur d'avoir mis sur le compte de Rocher ce cadeau à son

bienfaiteur. Pour se faire pardonner, il a tenu à nettoyer votre buste personnellement. Mais je crains que, si je le libère, il ne décide de mettre fin à ses jours. Le bougre voudra sans doute se noyer, afin de laver ses fautes et les expier. Voici des heures qu'il hurle comme un damné !
— Mais il est innocent ! Laissez-moi le visiter, que je console et serre la main de cet homme exemplaire !
— Je ne vous le conseille pas, voyez plutôt...

Quiflanche emprunta avec le maire le long couloir menant aux cachots. Des cris terribles se firent entendre, et d'un signe de tête le sous-brigadier encouragea le maire à se rapprocher.

Une affreuse complainte se jouait, composée de bramements et de sons discordants. Tremblant, le maire risqua un regard et vit le pauvre José à genoux, les mains jointes, le visage rougi et granuleux. Sa bouche se mouvait en d'horribles grimaces et produisait d'effroyables « Hou ! Hou ! », à vous fendre le cœur, vous percer les tympans et vous briser les os.
Terrifié, le maire porta ses mains à ses oreilles.

— C'en est assez, c'est insupportable ! Et quelle face affreuse et laide il a ! On la dirait voilée d'un amas hideux ! L'état de cet homme tient bien de l'infamie !
— Je vous ai bien prévenu, monsieur le Maire ; voici l'expression de son profond chagrin ! Votre pardon et celui de M. Tréfort devrait suffire, je l'espère, à le sortir de cette folie.
— S'il ne faut que cela pour qu'il retrouve forme humaine, alors tout est oublié ! Que José soit innocenté ! Point de juge, point de tribunal pour cet homme-là ! Allons de ce pas rendre visite à Paul, et montrons vite au maître et au domestique que tout est arrangé !
— Je n'attendais qu'un mot de votre part, monsieur le Maire !

— Vous me voyez rassuré ! Cela dit, la réputation de José pourrait tout de même être mise à mal, si l'affaire est ébruitée ?
— Si André et les autres gens ont su garder le silence, aucunement, Monsieur ! Dans le cas contraire, nous ferons en sorte que la rumeur soit enrayée.

Avant son départ, Quiflanche glissa quelques mots à son adjoint Latruffe, puis il s'empressa d'aller avec le maire à la maison Tréfort. En cours de route, M. Crème ne cessa de vanter les mérites de José.

« Quel homme ! Quelle abnégation ! Quel sacrifice et dévouement à son maître ! s'exclamait-il. Cependant mon ami, il y a une chose que je n'entends pas... José n'avait-il pas nettoyé le buste *avant* de le remettre à Paul ?
— J'ai en effet réfléchi à ce détail un bon moment, mon cher ! Hélas, force est de constater qu'à ce propos, je n'ai pas trouvé de couleuvre assez croustillante à vous faire avaler ! »

***

CHAPITRE VIII

Paul Tréfort rejoignit précipitamment les deux hommes patientant dans son salon.

« Honoré ! Sous-brigadier ! » s'exclama-t-il.

Bien que très inquiet, il se contint, et c'est en homme courtois qu'il reçut ses deux invités. Lorsqu'il les sut bien mis, il demanda enfin :

« Mon buste est-il retrouvé ? Que se passe-t-il avec José ? Ma maison et mon nom sont-ils déshonorés ? André n'a rien pu m'apprendre. Dites-moi tout, et achevez-moi ! »

Il se laissa choir dans un fauteuil, la tête entre ses mains.

« Mon ami, dit le maire, nous sommes ici pour vous entretenir d'une chose urgente. Écoutez-nous attentivement. »

Le maire et le sous-brigadier conversèrent longuement avec M. Tréfort. À mesure que la discussion avançait, les questions de l'hôte fusaient, et la conversation fut ponctuée des *Ah !* et des *Oh !* de l'élégant homme.

— Mon ami, vous savez tout. Son sort est entre vos mains !
— Ce cher José ! C'est que la fièvre a bien failli me prendre, mais me voici rassuré !
— Vous m'en trouvez ravi. Nous avons besoin de votre accord pour procéder à sa libération au plus vite.

Le Buste de Bronze

— Ainsi José, dans son extrême humilité et se sentant indigne de mon amitié, a préféré mettre sur le compte d'un autre ce généreux cadeau... qui vous appartient.
— Oui... C'est un incident bien regrettable, et...
— Bien regrettable, puisque je me retrouve privé de *mon* buste...
— M. Tréfort, il y a plus urgent ! intervint le sous-brigadier. Nous craignons pour la vie de votre majordome. Monsieur le Maire en est témoin, rien ne peut le consoler, si ce n'est votre absolu pardon.
— Je confirme qu'il hulule comme un forcené ! déclara le maire, se remémorant la terrible scène.

Quiflanche leva les yeux au ciel :

— En effet, ses piaillements tenaient plus de la chouette hulotte[5] que du pinson...
— En ce cas... Vous avez mon aval pour le faire libérer !
— Sage décision ! Mon ami, un article à la une me semble une juste compensation : « Paul Tréfort le bienfaiteur sauve son fidèle majordome » !

M. Tréfort resta déçu au sujet du buste, mais il prit son parti et remercia chaleureusement son ami : « Cher Honoré, vous êtes un saint ! »
Il fit sonner et ordonna : « Que tout le monde soit prêt à accueillir José ! »

M. Crème sourit au sous-brigadier. Ce dernier se frotta les mains avec satisfaction.

---

[5] José a en effet tendance, tout comme la chouette, à chuinter, huer, hôler, hioquer, hululer (ou ululer), lamenter et frouer.

Le Buste de Bronze

  Cassé, démonté, transpirant et suintant : voici l'état dans lequel se trouvait José lorsque l'officier lui annonça en sifflotant sa sortie imminente. Celui-ci l'accompagna à une salle d'eau et déposa respectueusement ses affaires sur un tabouret.
José reconnut l'adjoint qui les avait rejoints la veille à la rivière.
Il abandonna l'atroce pyjama et se débarrassa avec joie de tout le gras dont il s'était affublé un peu plus tôt, puis il se sécha et revêtit avec émotion son bel habit.
Pendant qu'il se rinçait, l'adjoint du sous-brigadier avait déposé sur son vêtement une assiette contenant un morceau de pain frais, une épaisse tranche de jambon et la moitié d'un fromage.

« En voilà un homme qui fait preuve d'humanité ! pensa-t-il en croquant dedans à pleines dents. Au moins, il ne me traite pas comme l'autre affreux. »

« Quel ignoble personnage, continua-t-il. Quand je pense à ce que j'ai subi ! Je n'ai plus de gosier ! Il m'aura fait hurler pendant des heures, ce mauvais diable ! »

Latruffe l'attendait devant la porte et le mena au poste de garde ; il le pria d'attendre l'arrivée de son supérieur, et le fit patienter en disposant sur la table café et tabac.

« À propos du buste, beau travail ! » lança-t-il avec un sourire franc. Il gratta son avant-bras et repartit en sifflotant.

José termina son repas et savoura son café en fumant avec délice. Il se demandait si la fin de son incarcération signifiait aussi la fin de ses ennuis, car il avait fait mention, lors de l'interrogatoire, de ses courses chez Rocher : il craignait que le secret de son maître ne soit découvert. Comment Quiflanche s'y était pris pour le faire libérer, et à quoi rimait ce grotesque manège ? José ne cessait de se poser la question. La colère le submergea lorsqu'il se remémora l'étrange visite quelques heures plus tôt.

☆☆☆

Alors que José terminait l'infect bouillon, Quiflanche s'était dressé devant lui, brandissant un objet mystère et une requête bien particulière.

« Vous tenez à votre liberté, M. Duval ? » l'avait-il interrogé d'un air remonté.

« Jusqu'où iriez-vous pour conserver vos avantages ? »

Il enchaînait les questions, sans lui laisser le temps d'y répondre.

« Il va falloir placer votre confiance en moi, ami Pinson. *Toute* votre confiance. Je vais vous faire une proposition... que je vous conseille de ne pas refuser ! »

Quiflanche avait alors retiré le linge couvrant l'objet, et José découvrait avec stupeur qu'il s'agissait du buste.

« Vos qualités de majordome *exemplaire* me laissent supposer que vous saurez arranger ça ! »

José acquiesçait la bouche ouverte, sans pouvoir émettre un son.

La voix de Quiflanche tonna :

« Je veux qu'il brille, qu'il rutile, qu'il resplendisse, qu'il flamboie, qu'il scintille... ! »

Son visage devint rouge et gonfla, et les mots s'étranglèrent dans sa gorge : il sembla sur le point de s'étouffer. Après quelques secondes de trouble, il reprit calmement : « Je veux qu'il luise de mille feux, donc. »

Le majordome se demanda s'il fut possible que le sous-brigadier soit atteint de logorrhée[6], ou s'il était tout simplement fou.

« Vous chanterez votre repentir et nous verrons si les dieux vous accordent leur pardon. Votre rédemption se fera à ces quatre conditions !
— Je... J'accepte ! » lâcha José, ne sachant plus trop ce qu'on attendait de lui.

Le sous-brigadier entra dans la cellule et frappa plusieurs fois le buste dans ses mains, comme s'il s'était agi d'une balle ; il projeta violemment l'objet sur José, qui le rattrapa de justesse.

— Bien ! Voyons maintenant comment crie un pinson...

José soupira. Il émit quelques sons, poussa quelques cris, et trouva ridicule toute cette comédie.

— Plus fort !!! gronda le gendarme d'une voix formidable.

José s'exécuta, cette fois en geignant, se lamentant et hurlant. Il croisa le regard noir du sous-brigadier et, de crainte que la proposition ne tienne pas deux fois, il entonna une sérénade composée de braiements, d'aboiements et de chevrotements.
Il beugla, meugla, brama, tira sur les aigus, et imita divers cris d'oiseaux et d'animaux. Il joua de tous les instruments enfin, et s'égosilla tant et si bien que les murs tremblèrent, et Quiflanche

---

[6] La logorrhée est un trouble du langage également nommée *diarrhée verbale*.

Le Buste de Bronze

parut enfin satisfait.

« Ne vous arrêtez pas en si bon chemin. Vous ne cesserez que lorsque vous en recevrez l'ordre ! »

Le sous-brigadier sortit du cachot et fit volte-face brusquement.

« J'ai parlé de quatre conditions, dit-il d'un air goguenard. Voici la troisième : vous tenez aux comptes de votre bienfaiteur ? Alors ne gâchons pas cette tartinade, et employons-la comme il se doit ! »

José le regarda avec stupéfaction.

« Allons, vous m'avez bien compris ! Là, c'est ça… Enduisez-vous avec joie, et célébrez l'heure de votre libération prochaine ! Officier ! Cet homme vous dira ce dont il a besoin, et vous le lui apporterez. Que tout soit impeccable ! Vous récupérerez le buste, et veillerez à ce qu'il continue sa performance. »

« Quant à vous, dit-il en s'adressant à José, je vous laisse à votre berceuse ! Ne me décevez pas. »

« Pour qui se prend-il, ce rustre, cet animal ! » explosa José après son départ.

L'officier lui apporta le nécessaire demandé. Profondément dégoûté, José para son visage des restes pâteux collés aux parois, puis il prit le buste en miaulant et le lessiva. Il le fit tremper dans un mélange d'eau et de vinaigre blanc, et pour finir il le polit, en continuant d'épandre dans le couloir de son cachot de douces mélodies.

***

CHAPITRE IX

« Faites cesser notre triste cerf, qu'il se prépare à sortir d'ici ! » avait discrètement commandé Quiflanche à son adjoint, avant de rejoindre le maire pour la maison Tréfort.

Son plan élaboré pour acquitter José fonctionnait. Le majordome avait fait de l'excellent travail : il avait donné de la voix avec talent, et le buste était comme neuf.
Le maire profitait de son éclat – et de sa senteur ! – des premiers jours, et aucune plainte n'était envisagée à l'encontre de l'employé.

La première partie était donc un succès et il allait à présent chercher le domestique, afin de procéder à la seconde phase de son plan.
Il le trouva fumant dans la salle de garde, mécontent et maugréant.

« Vous voici libre comme l'air, M. Duval. Souriez ! Je viens vous servir d'escorte, pour un retour en bonne et due forme. »

Sans un mot, José se leva et suivit le sous-brigadier. André les attendait à l'extérieur, les bras ballants et quelque peu embarrassé. À sa vue, José vit sa colère redoubler. Devant tant d'animosité André oublia tous ses bons sentiments, et il ouvrit les hostilités à coup de mimiques simiesques. Les deux hommes se regardaient de travers ; José, d'humeur massacrante, serrait les poings, et André semblait prêt à en découdre.

Ils allaient se jeter l'un sur l'autre lorsque Quiflanche, qui les observait, s'interposa en disant :

— C'est moi qui ai convié André à en être. Profitons du trajet pour faire le point ! Dans un instant, mon cher Pinson, vous serez sous le feu des projecteurs. Votre maître a fait venir du beau monde, et la presse sera présente, de quoi vous faire une belle publicité ! J'en profiterai pour faire une annonce, annonce dans laquelle vous aurez un rôle à jouer. Vous acquiescerez… sans discuter !

José bondit, hors de lui.

— Que devrai-je faire encore ? J'ai assez payé !
— Et vous paierez encore ! Aucune plainte n'est déposée contre vous. Dois-je rappeler que je vous sauve la mise ?
— Vos méthodes sont dégradantes, méprisables et abusives !
— Abusives, vous dites ?
— J'ai subi une humiliation ! Vous allez savoir ce qu'il en coûte de vous en prendre à José Duval ! Je ne puis pardonner cet affront !

En disant cela, il ôta son veston et le jeta à terre ; il releva les manches de sa chemise et se mit en position de boxe. André, qui trouva cela fort amusant, commença à remuer.

— Vous vous êtes joué de moi ! Je vous attends ! cria José en s'échauffant.

Le gendarme souffla par le nez.

— Qui s'est joué de l'autre ? Ou du moins, qui a essayé… Vous avez délibérément caché un détail qui avait toute son importance, monsieur Duval.

Le Buste de Bronze

Le sous-brigadier fit quelques pas vers José.

— D'un côté, nous avons le visage gras de M. Tréfort et un buste gras de même, ce qui nous fait un peu trop de gras dans cette histoire. De l'autre, nous avons les fameuses courses dont vous êtes chargé, qui vont de pair avec les mystérieuses habitudes des dimanches de M. Tréfort.

Le sous-brigadier ôta son képi et sa veste d'uniforme et les donna à André. Il continua :

— Quel est le lien entre ces quatre éléments ? Vous. Et M. Rocher, qui, rappelons-le, est confiseur de profession. D'après les recherches de mon adjoint, Rocher fournirait discrètement quelques nantis en gélatine, pour un usage que nous qualifierons... de secret. Chaque dimanche, vous êtes chargé d'aller chercher de cette substance puis de la remettre à votre maître ; vous me l'avez vous-même signalé. Le gras sur le visage du sieur Tréfort ainsi que celui sur – et dans – le buste étaient donc de la gélatine. Gélatine habituellement présentée en un joli paquet. Mais ce dimanche, quelque chose s'est passé différemment...

Quiflanche releva les manches de sa chemise, et avança vers José :

— Vous avez trouvé un buste dans la ruelle des Paons, M. Duval. La question n'est pas de savoir pourquoi vous avez décidé d'offrir ce buste au sieur Tréfort, ni pourquoi vous vous êtes caché derrière Rocher. Non. La véritable question est *pourquoi avoir transféré immédiatement cette gelée, en pleine rue, dans un buste dont l'hygiène pouvait laisser à désirer ?* Pourquoi, monsieur Duval ?
— Je ne comprends pas... balbutia José.

Le Buste de Bronze

Le sous-brigadier s'approcha de José, jusqu'à presque le toucher.

— Nous n'oublierons pas les aveux de Dézégout, enchaîna-t-il, qui affirme avoir trouvé une boîte à la place du buste fraîchement dérobé. Boîte que mon adjoint Latruffe a retrouvée, marquée du nom de la confiserie de Rocher. Boîte vidée de sa gélatine, mais au contenu des plus étonnants. Voulez-vous toujours régler ça à votre manière, monsieur Duval ? demanda le gendarme en prenant position.

José transpirait à grosses gouttes ; il ne savait plus comment riposter.

— Dézégout a cru voir un démon, je me demande s'il n'avait pas raison…
— J'étais loin de me douter qu'il utilisait ce gel en onguent ! hurla José.
— Soyez plutôt reconnaissant qu'il n'ait pas servi à la consommation ! explosa Quiflanche.

José se tut. Que pouvait-il ajouter ? André, qui les regardait tour à tour avec intérêt, désigna le gendarme et se mit à crier :

— Je n'ai pas tout compris, mais… Victoire par K.-O pour le chef Quiflanche !

Le sous-brigadier récupéra son képi et sa veste en plissant les yeux.

— Tu penses t'en tirer à bon compte, André ? Mais je dis, moi, que tu toucheras tantôt ta part, et tu ne seras pas en reste !

Quiflanche se redressa en riant et se frotta les mains.

— Allons, soyons bons amis, et réglons cela en hommes intelligents !

André n'était pas rassuré. José accepta à contrecœur la main que lui tendait le sous-brigadier, et fut contraint de serrer celle d'André. Les deux hommes se regardèrent avec défiance, mais craignant une nouvelle lubie du gendarme, n'en laissèrent rien paraître.
Le retour se fit sans plus de heurts et ils arrivèrent bientôt à la maison Tréfort.

**

CHAPITRE X

À l'arrivée de José, les domestiques rangés en ligne s'exclamèrent tous en chœur :

« *Nous savions bien que notre bon José n'était pas un voleur !* »

Un quatuor à cordes jouait *I Palpiti*[7] dans le salon bondé.
On apercevait monsieur Crème, et MM. Suchard et Ferreror se distinguaient parmi les personnalités les plus fameuses. Les épouses de ces messieurs bavardaient à qui mieux mieux.
Monsieur Rocher s'entretenait avec Fourré et Coco, respectivement chroniqueur et photographe du célèbre journal *À la Bonne Nouvelle* et venus à la demande expresse du maire, moyennant l'exclusivité sur les dernières enquêtes.

Lorsque José se présenta au salon, ce fut une véritable ovation. Tous se pressèrent autour de lui et voulurent serrer la main de l'homme capable d'une telle dévotion. Chacun le questionna, le complimenta. Revêtu de sa tenue de majordome, José se sentait de nouveau respectable et respecté.

Paul Tréfort choisit ce moment pour apparaître, tout sourire et vêtu d'une redingote richement brodée ; il fut acclamé par ses invités.
Après un signe au photographe il tendit les bras et se jeta sur José, lui assurant qu'il n'avait pas un seul instant douté de sa conduite.

---

[7] Niccolò Paganini, surnommé « Le Violoniste du Diable », *I Palpiti Op.13*, 1782-1840.

Le Buste de Bronze

Coco les prit pour cible et appuya sur la détente, figeant maître et domestique dans une accolade qui ferait la une du lendemain.
Après un tonnerre d'applaudissements, on leva les verres et on trinqua ; les coupes furent vidées, les mets avalés.

Le sous-brigadier, qui avait ramené José, était reparti se changer ; il était de retour accompagné de son adjoint.
Tous deux furent méconnaissables en costume et haut-de-forme.
Fourré prenait des notes et recueillait une foule de détails intéressants ; Coco était à l'affût et mitraillait chacun de son Escopette[8].
Champagne et petits fours participaient au succès de la soirée : le chef cuisinier fut complimenté et André chargé de remplacer le contenu des plats promptement dévorés.
On parlait avec animation, on riait ; la fête battait son plein.
Enfin, monsieur Tréfort annonça une surprise. Il frappa dans ses mains et trois domestiques placèrent devant la table de réception une petite fontaine posée sur une desserte à roulettes, cette dernière étant munie d'une pédale et d'un levier.
Les convives firent silence et attendirent.

Paul invita son majordome à placer sa coupe sous l'un des étages composant la fontaine, puis il fit signe aux domestiques : le premier actionna le levier, le deuxième pressa une sorte de pompe molle reliée au plateau par un tuyau, et le troisième enfonça la pédale avec son pied.
Les convives se regardaient et murmuraient, intrigués par la machine et l'étrange spectacle.

---

[8] L'Escopette est une arme à feu ayant donné son nom à un certain appareil photo en raison de leur ressemblance mutuelle : L'Escopette de Darier. Cette dernière est montée sur une crosse de pistolet, avec une détente en guise de déclencheur.

Le Buste de Bronze

Un gargouillis se fit entendre. Plus les domestiques s'affairaient et plus la fontaine produisait de *glouglous* rebutants. José, se sentant idiot sa coupe à la main, vit avec ahurissement un boudin tentant de poindre par le sommet.

Un invité se mit à crier : « Allez les domestiques, allez ! »

La soupe sombre gicla dans un bruit de tuyauterie mais la fontaine ravala de suite ce qu'elle avait vomi.

D'autres invités suivirent aussitôt : « Plus vite !! Continuez !! »

Les pauvres domestiques s'exténuèrent et donnèrent tout, offrant à leur public un spectacle des plus extravagants. Enfin, après une ultime pétarade, un magnifique jet s'échappa et le liquide coula à flot, recouvrant la fontaine et éclaboussant José devant les *hourras* des convives.

« Du chocolat ! » s'extasia-t-on de tout côté.

La coupe de José se remplit au rythme de *Di Tanti Palpiti*[9], et ce fut un concert de cris et d'applaudissements, pour la plus grande fierté de M. Tréfort.
André disposa alcools et plateaux garnis d'une multitude de biscuits, de fruits secs et confits, de guimauves et de fruits frais : des oranges, des fraises, des cerises... Tout le monde se précipita et voulut goûter à tout.

Après ce festin réjouissant, M. Tréfort invita M. Crème à les rejoindre. Le maire de la ville prononça quelques mots puis ouvrit un écrin de velours rouge devant l'assemblée qui retenait son souffle. À l'intérieur figuraient deux médailles en chocolat

---

[9] Gioachino Rossini, *Di Tanti Palpiti*, 1792-1868.

finement travaillées, confectionnées et montées par M. Rocher, de sorte qu'on pouvait les épingler comme on le ferait d'une broche.

M. Crème prit celle où était gravé *Le meilleur des maîtres* et l'accrocha à la redingote de M. Tréfort. Il prit ensuite la médaille gravée *Au meilleur des serviteurs* et la fixa sur la veste du majordome.

Alors que M. Tréfort bombait le torse à l'envi, José restait figé, mortifié, son visage et ses vêtements tachés, ne sachant où se cacher.

Quiflanche riait aux larmes ; Latruffe réprimait difficilement un sourire.

« Eh bien donc, articula le sous-brigadier entre deux éclats, c'est prodigieux ! Vous voici promu au rang de Maître Chocolatier ! » « Je sens... que votre coupe est pleine ! » continua-t-il, éclatant d'un rire phénoménal.

Son enthousiasme fut partagé et les rires des convives se répandirent au milieu du salon. André, voyant José en difficulté, leva les yeux au ciel et lui tendit un mouchoir en passant ; ce dernier apprécia d'un hochement de tête. Le majordome et son maître étaient au centre de l'attention. Chacun admira les médailles et loua le talent de M. Rocher.
José arbora un sourire crispé le reste de la soirée, sous les rires étouffés du sous-brigadier, qui ne manqua pas une occasion de se gausser.

☆☆☆

Paul Tréfort remercia devant tous son ami Rocher pour le prêt de la fontaine et le soin apporté aux médailles. Alors que tout le monde pensait la soirée terminée, il fit tinter sa coupe de champagne et réclama le silence. Les convives se réunirent et il laissa la parole au sous-brigadier. Celui-ci toussota et annonça : « Mes amis… je vous quitte ! »

Les yeux des convives s'écarquillèrent et un murmure emplit la salle. Il reprit, sous le regard de Fourré qui prenait des notes avec diligence : « Moi, Charles Quiflanche, en place de sous-brigadier et remplaçant du brigadier en chef, déclare quitter ma fonction et céder ma place… à mon collègue et ami Louis Latruffe[10], ceci afin de mettre en place mon projet ! J'espère, mon cher Latruffe, que ce changement vous conviendra comme à moi, et que cette nouvelle n'est pas trop soudaine. Je suis encore jeune et notre bon pays regorge d'orphelins. Je veux consacrer le reste de mon temps à leur venir en aide et à en faire de bons sujets ; c'est pourquoi je vous annonce mon projet de construction d'un orphelinat. Le sous-brigadier part, mais l'homme reste ! »

Toute l'assemblée réagit à la nouvelle :
« Quelle charmante idée ! Il y a tant d'orphelins ! Sauvons les orphelins ! »

— Et ce n'est pas tout, ajouta Quiflanche. José s'est porté volontaire pour en être !

Les invités applaudirent et saluèrent la générosité de José. Celui-ci tomba des nues et faillit lâcher sa coupe de cacao. Quant à M. Tréfort, il semblait indifférent et ne paraissait ni surpris de la nouvelle, ni déçu de céder José.

---

[10] Note gourmande : quelques années plus tard – en 1895 – un certain Louis créera par hasard les gourmandises que l'on nomme truffes au chocolat…

— Mais, qui va me remplacer ? questionna tout bas José, n'ayant d'autre choix que se soumettre à la nouvelle fantaisie du gendarme.

Celui-ci se frotta les mains.

— Ne vous inquiétez pas de cela !

Son rire résonna dans toute la pièce. Suchard, Ferreror et les autres vinrent lui serrer la main et renouvelèrent leur gratitude pour l'arrestation de Dézégout. Ils furent mis à l'honneur et canardés par Coco qui passait par là.

L'orchestre avait usé tous ses classiques ; il se risqua à un air populaire. Ainsi, la société quelque peu grisée porta un toast sur *L'Expulsion*[11] en n'y voyant que du feu. Les festivités reprirent ; on but, on causa, on dansa, jusqu'à ce qu'il fût temps de se séparer. Coco et Fourré remercièrent MM. Tréfort et Crème et leur promirent un article digne de la soirée.
Avant son départ, Quiflanche pris à part José et André.

« Ce volontariat est en réalité un travail d'intérêt général, quatrième et dernière condition de notre accord, ami Pinson ! »

Puis il sourit de toutes ses dents et saisit le bras d'André.

« J'ai une nouvelle pour toi, André ! Cette place que tu as tant enviée... elle est à toi ! »

***

---

[11] Chant populaire ouvrier, Maurice Mac-Nab (1856-1889), *L'Expulsion* – 1886.

PARTIE III

CHAPITRE XI

« Hue ! Cheval ! Mais hue donc ! »

L'homme à califourchon montrait des signes d'impatience : son cheval, désorienté, avançait avec peine, croulant sous le poids de son cavalier. Il balançait la tête tantôt à gauche, tantôt à droite, ce qui faisait danser la jolie boîte dont il tenait le ruban entre les dents.
L'homme tenta une nouvelle fois d'attraper le paquet, mais une ruade le fit valser du côté opposé.
Excédé, il pinça fortement les flancs de sa monture, provoquant moult cabrioles et *Ah !* de douleur.

« Allons, hue donc, cheval, hue ! dit-il en lui frottant vigoureusement l'arrière-train. L'ex-brigadier m'a pourtant fait part de ton envie de participer au *jeu* ! »

Le cheval – André – complètement affolé, galopa et secoua la tête dans tous les sens en hennissant ; la boîte produisit quantité de *plocs*, pour le plus grand plaisir de M. Tréfort, qui exulta en poussant des cris de joie.

« Voilà, c'est ça ! dit-il les yeux brillants. Montre-toi digne de ton prédécesseur ! Hue ! Je ne voudrais pas avoir à fouetter mon cheval ! »

Le Buste de Bronze

Le chantier de l'orphelinat était lancé depuis dix mois. On commençait l'aménagement de l'aile gauche, une des parties achevées du bâtiment. L'emplacement était avantageux : un peu en amont de la ville, sans en être trop éloigné, et à moins d'une lieue de la rivière, ce qui en ferait un lieu agréable et profitable sur le long terme. Les ouvriers travaillaient avec ardeur à sa construction et on devinait déjà la splendeur de l'édifice.

Les premiers jours, José y mit de la mauvaise volonté, mais un efficace rappel à l'ordre le fit changer d'attitude. Il s'exécuta alors si bien, et ses idées furent si pertinentes, qu'il devint rapidement aussi indispensable que le maître d'œuvre : on ne prit plus une décision sans le consulter.

Quiflanche venait toutes les semaines contrôler l'avancement des travaux. Il découvrait avec plaisir les améliorations dues à l'intelligence du majordome et, lui voyant tant de bonne volonté, entreprit de lui laisser plus de liberté.
José quitta donc ses camarades ouvriers pour prendre la direction de l'équipe chargée des finitions de l'aile gauche ; il ne s'occupa plus du chantier en construction que pour le superviser, et l'honorer de sa présence lors des visites du sous-brigadier.

André venait chaque jour, et observait le tout de loin et en silence. José, au commencement méfiant, n'y prêta bientôt plus attention. André attendait, n'osant approcher, et s'éclipsant dès l'arrivée du gendarme.

Un jour, José vérifiait l'avancée des travaux de l'aile droite ; il y trouva André rassemblant un reste de briques cassées.

« Qu'est-ce que tu fiches ici ? lui demanda-t-il sèchement. Pose ça et retourne d'où tu viens ! »

Le Buste de Bronze

André reposa tristement les briques et s'éloigna.
José fut frappé par la physionomie malheureuse d'André, qui s'arrêta un instant et lui dit, sans se retourner :

« Je vous présente mes excuses… pour toutes les fois où je me suis moqué. Et pour tout ce que vous avez subi à cause de moi. »

Il partit tête baissée.

Le lendemain, André réapparut mais resta au loin.
En fin de journée, José s'adonnait à quelques vérifications avant son départ, lorsqu'il vit André mettre de l'ordre sur le chantier.

« Mais qu'est-ce que… », commença-t-il avec colère.

Lorsqu'il vit la mine triste et abattue d'André, il soupira et fit comme s'il se parlait à lui-même :
« Ces briques gênent toujours le passage. Les gars sont encore partis en laissant tout sur place ! »

Il continua son inspection et se dirigea vers l'aile gauche pour refermer derrière lui. Lorsqu'il repassa par la cour pour quitter la bâtisse, André n'était plus là, et les briques étaient disposées proprement sur le côté.

☆☆☆

José occupait, depuis le début des travaux, une des chambres allouées par la gendarmerie à ses officiers. Son cabinet était sommaire, mais il ne manquait de rien. Suite aux articles parus dans *À la Bonne Nouvelle*, les gens l'arrêtaient dans la rue pour lui dire un mot, se proposaient pour de petits services, ou se vantaient de connaître l'homme à la bravoure et au dévouement hors norme. C'est ainsi que Chouquette, un boulanger sifflant toujours le même air palpitant, passait au chantier régulièrement et distribuait du pain frais, du café, et autres petites attentions appréciées de José et des ouvriers.

Ce travail d'intérêt général, qui fut au premier abord une corvée, se transforma vite en avantage pour le majordome : M. Tréfort continuait de lui verser ses gages majorés, et il acquérait sur le terrain un savoir et des compétences qui servaient à son propre projet. José arrivait toujours le premier, pour repartir le dernier. Lorsqu'il vint ce matin, André attendait devant le bâtiment vide, l'air gauche et empêtré. José fit comme si de rien n'était et commença son inspection.

« Je vois que les gars sont repassés pour tout ranger ! » dit-il avec un hochement de tête satisfait.

Il regarda André en coin. Ce dernier ouvrit la bouche pour parler, mais se ravisa et baissa la tête tristement. Il s'apprêtait à partir lorsque José dit en grommelant :

« Ahh, il y a tous les matelas à monter jusqu'aux dortoirs ! Et l'équipe qui n'arrive que dans une heure... »

André se précipita et proposa son aide.

« Tu ne seras pas payé, l'avertit José. Il n'y a aucune compensation et je dois en parler au maître d'ouvrage. S'il refuse, tu devras t'en aller. »

André accepta avec joie et se présenta au chantier régulièrement. Le sous-brigadier fut mis au courant ; il n'y trouva rien à redire et en laissa la responsabilité à José. André retrouva son enthousiasme et il se mit à accomplir ses tâches avec un zèle et un entendement qui furent remarqués du majordome. Le garçon de

cuisine trouvait là un refuge lui permettant de tenir bon dans ses nouvelles fonctions à la maison Tréfort ; José quant à lui, bénéficiait d'une aide précieuse pour la réception du mobilier, leur mise en place, et l'exécution d'une multitude d'autres choses. Il confia bientôt à André le soin de diriger l'équipe en son absence.
Un jour qu'il revenait d'une mission, José entra dans une des pièces de l'aile droite et trouva André à une table, occupé à réfléchir à son agencement. Il saisit l'un des croquis griffonnés et ne put retenir une exclamation de surprise en les observant.

« C'est... très bien pensé, dit-il avec un intérêt visible. Tu as aussi pensé à placer la chambre des nourrices à côté de celles des plus jeunes enfants ! »

Un peu gêné, il reposa les croquis et s'apprêtait à sortir lorsque André le retint.

« Je regrette vraiment... ce que j'ai pensé de vous tout ce temps...
— Cigarette ? Ou roulée ? l'interrompit José.
— Je n'ai jamais fumé de cigarettes... répondit André d'une voix faible.

José lui en tendit une et alluma la sienne.

— Merci, dit-il en exhalant la fumée.

André le regarda avec étonnement.

— Pour l'interrogatoire. Merci d'avoir dit la vérité.

Le visage d'André s'éclaira, il sentit son cœur plus léger. Sa bouche s'ouvrit mais aucun son n'en sortit. Les larmes embuèrent ses yeux et, honteux, il se détourna. José respecta son silence et plongea dans ses réflexions. À partir de ce moment, il s'efforça à plus de douceur dans son comportement. Cette trêve fut appréciée d'André, qui mit encore plus de soin et d'énergie dans son travail.

Bientôt l'organisation, l'aménagement et la décoration de l'aile gauche furent terminés. On passa à l'agencement du corps de logis, de l'aile droite, et aux derniers travaux dans l'allée. Tout le monde allait et venait, et José prit avec lui en renfort une partie des ouvriers. Il fut bientôt chargé, avec quelques personnes de l'équipe, de chercher dans le voisinage les professeurs et le personnel indispensables à l'ouverture de l'orphelinat. Quiflanche venait désormais accompagné de visiteurs à qui il présentait les locaux et les alentours du domaine. À mesure que les derniers détails se peaufinaient, le sous-brigadier se pavanait dans l'allée et se frottait les mains avec enthousiasme. André quant à lui, perdait peu à peu son sourire et son entrain. Il marchait de nouveau lentement, les épaules et la tête basses, et lorsqu'une rumeur circula à propos d'une date d'inauguration, il poussa un long soupir et retint un sanglot.

Le soir, il attendit la sortie de José et surgit devant lui en vacillant.

« J'aimerais vous parler », lui dit-il.

***

CHAPITRE XII

Deux hommes accoudés au comptoir savouraient leur bière et leur sandwich au fromage. Le premier, calme et dans la force de l'âge, possédait un charisme naturel et un regard profond. Le second, plus jeune et fringant [12], affichait des yeux clairs et innocents. Il ne cessait de remuer, son pied tapant à la mesure d'un air qu'il fredonnait.

— Vous avez aimé participer à tout ça ? demanda-t-il.
— L'orphelinat ?
— Non... L'autre chose...
— Bien sûr que non.
— Alors... pourquoi ?
— Je travaille sur un projet... loin d'ici.

Le jeune homme se redressa.

— Prenez-moi avec vous !
— Non. Je fais mes affaires seul.
— S'il vous plaît ! Après l'inauguration, vous êtes censé reprendre votre place. Moi, je ne pourrais plus être dans cette maison !
— Pourquoi pas ?
— Comment reprendre mon poste en cuisine, après toutes ces humiliations ? Même en y étant le moins possible, j'entends bien assez leurs ricanements, allez !
— Tu ne travailles plus en cuisine ?

---

[12] Fringant comme... un cheval ?

Le Buste de Bronze

— Non, je suis libre en semaine, depuis que j'ai été nommé votre *remplaçant*.
— C'est donc pour ça que tu passais ton temps sur le chantier ! Et tu n'es pas payé en conséquence ?
— Bien sûr que non, j'ai gardé le même salaire de misère !
— Pourquoi tu ne pars pas maintenant ?
— Je n'ai pas le sou, nulle part où aller... À part ma mère, je n'ai personne sur cette terre.
— Où se trouve-t-elle ?
— Vers Saint-Nazaire, près de Nantes.

Le visage de l'homme resta fermé.

— Pitié !!
— N'insiste pas. Et ne crois pas qu'on soit devenus amis.
— Je... J'ai réussi à *la brouette*, s'exclama le jeune homme, désespéré. Là où vous avez échoué !

José ouvrit des yeux ronds.

— Quoi, *la brouette* ? Impossible, où aurais-tu mis la boîte ?
— J'ai utilisé une canne et un coussin...
— Ah... Pas bête du tout ! Mais comment tenait la canne ?
— Je... préfère ne pas en parler... répondit André, mortifié.
— Je vois...

José reprit, après un silence :

— Tu as eu droit au *tour à cheval* ?
— Ne m'en parlez pas.
— *Le petit bassin* ?
— Oui, hélas...
— *La chasse aux truffes* ?
— Non, qu'est-ce que c'est ?

— Hum, je préfère… ne pas en parler… répondit José en portant sa bière à ses lèvres. Mais si tu as réussi à *la brouette*, il va vouloir remettre ça.
— C'est pourquoi il faut que vous m'emmeniez ! Je ferai tout ce que vous voudrez !
— Je n'ai confiance en personne, et encore moins en toi. Tu comptais me parler de quelque chose ?
— Oui… Comme vous le savez, dans deux semaines, c'est l'inauguration. Et le lendemain, ce sera mon *dernier dimanche*. Tréfort veut fêter ça, et faire venir un invité… Lui et sa foutue gélatine !…

José se mordit les lèvres, amusé.

— Je vous en préviens, vous aurez tout cela sur la conscience ! Il me vient bien quelques idées, allez ! De celles d'où l'on ne revient pas. Si je ne pensais pas à ma mère…
— Je ne te dois rien, à chacun ses problèmes.
— Je serai quelqu'un de confiance, pleurnicha André, devant le calme imperturbable de l'ex-majordome. Je peux servir à un tas de choses ! Tenez, je suis bon cuisinier. Moi de décider des menus, et Alphonse d'en prendre tous les mérites ! C'est qu'il ne m'apprend plus rien depuis longtemps, l'animal ! Et qui c'est qui cuisinait, la plupart du temps ? Je vous le donne en mille !

José eut un sourire taquin.

— Ma soirée de libération, c'était toi ?
— Si on passe les détails douteux, oui.
— Il n'a jamais rien laissé paraître, ce vieux renard… Et les dessins ?
— Je trace des plans sur mon temps libre. J'aimerais agrandir la maison de ma mère, qu'elle soit bien mise.

Le Buste de Bronze

— Tu te débrouilles bien.

José le regarda en coin, tout en roulant une cigarette.

— Et... que penses-tu du brigadier ?

Les yeux du jeune homme s'enflammèrent.

— Je ne serais pas dans cette situation, s'il n'avait pas parlé à Tréfort ! dit-il en serrant son bock avec force.

José l'observa un instant et demeura dans ses pensées.

— Il y a peut-être quelque chose..., fit-il en croquant dans son sandwich. Cigarette ? Ou roulée ?

☆☆☆

André saisit sa plume et commença à écrire. Depuis leur dernière conversation, il avait à peine revu José. Ce dernier partait en déplacement, envoyé par Quiflanche, et lors de ses retours il ne lui prêtait pas la moindre attention.

Il avait attendu le majordome un soir, pour en apprendre plus sur cette « chose » dont il avait fait mention, mais celui-ci, impatienté, lui avait dit qu'ils ne devaient plus être vus ensemble, et se montrer prudents. Il lui avait ensuite ordonné, avec un air suffisant, de rester tranquille et d'attendre un signe de lui.

André reposa sa plume en soupirant. Il ne restait qu'une semaine avant l'inauguration et le fameux dimanche, et José ne s'était pas manifesté. La perte de ses repères à l'orphelinat et l'annonce du départ de José avaient achevé ce qui demeurait en lui de volonté. Il s'était décidé : le jour de la cérémonie, il récupérerait ses gages

et les enverrait à sa mère, accompagnés de ses affaires personnelles et d'une lettre d'adieu.
André fit un paquet de ses croquis, et il signait sa lettre lorsqu'on frappa à la porte de sa mansarde.

— André, t'avais d'mandé à être prév'nu, si v'nait l'livreur ! Le v'là en bas !
— Ah, merci Alphonse. Je viens.

André prit dans sa bourse deux pièces de deux francs et descendit. Lorsqu'il remonta et rentra dans sa chambre, un choc au visage le laissa groggy. Il se tint la tête et essaya de retrouver ses esprits, mais il fut saisi au col et se retrouva bloqué contre le mur.

« Qu'est-ce que c'est que ça ! » cria un homme, lui agitant un papier sous le nez.

André reconnut le courrier qu'il venait d'achever, et par la même occasion José. Celui-ci, furieux, lui asséna un coup de poing qui le projeta à terre, puis il froissa la lettre et la lui lança au visage. Il l'agrippa de nouveau et lui souffla, tremblant d'émotion :

« Je t'ai demandé d'attendre et de rester tranquille ! Imbécile ! »

José le rejeta durement au sol.

« Demain soir, à la rivière. »

Il sortit en claquant avec rage la porte derrière lui.

***

CHAPITRE XIII

André commençait à s'impatienter. Il se demandait si José ne s'était pas moqué de lui, lorsqu'il le vit arriver.

— En route ! J'ai été retardé...

André suivit José qui se dirigea vers le pont sans souffler mot. Ils le traversèrent et arrivèrent jusqu'à un fourré qu'ils contournèrent. Après dix minutes de marche dans le bois, ils rejoignirent le champ adjacent.

— On prend par là, à travers champs. On en a pour deux heures de route aller, à bon pas.

José ouvrit la marche, et tous deux se frayèrent un chemin parmi les blés. André sifflota un air entraînant, puis rompit le silence.

— Dites donc, je repensais à hier... C'est que je ne m'en suis pas souvent pris, des taloches de ce genre !
— Tu en fais une belle, de taloche.
— Qu'est-ce que vous y faisiez ?
— Je venais prévenir M. Tréfort de mon départ.
— Alors vous partez vraiment...

Il demeura pensif un instant.

— Et pourquoi vous êtes monté ?
— Je venais te faire part du plan, imbécile.
— Le plan ? Mais quel plan, à la fin ? Vous ne m'en avez pas

seulement dit un mot !
— Ce brigadier m'insupporte. Je veux le mettre à terre. Lui en mettre une qu'il sentira passer.
— Alors tout ça, c'est du sérieux ?
— Je pense bien, oui.
— Alors j'en suis ! Je veux le faire payer moi aussi !
— Tais-toi, et avance.

José accéléra le pas, et demeura dans son mutisme habituel. Les épis de blés firent les frais d'une colère qu'il contenait difficilement.

☆☆☆

José quittait l'orphelinat et s'apprêtait à rejoindre André, quand il se retrouva face au sous-brigadier.

« Ami Pinson ! Aviez-vous remarqué que la date de l'inauguration est à un an jour pour jour de notre petit arrangement ? »

José ne répondit pas.

— Comme vous le voyez, j'ai décidé de mettre votre libération, et ma *retraite* par la même occasion, en date de votre jour de cachot !
— ...
— Allons, allons, n'avez-vous plus de langue ? N'êtes-vous pas heureux ? Reprendre votre vie où vous l'aviez laissée, participer au *jeu*... Sentez-vous cette douce liberté qui s'offre à vous ?
— Pas encore, répondit José en serrant les dents. Il y a bien quelques détails à régler avant.

— Les derniers détails sont en cours, dit Quiflanche en se frottant les mains. Et après cela vous serez libre… si tel est mon désir. Il y a un an, je vous ai sauvé la mise. En douteriez-vous ?

Devant la colère contenue de José, il ajouta, le regard perçant :

— Vous ne m'avez, à ce propos, jamais remercié…

José serra les poings et bougonna un remerciement.

— Je n'ai pas entendu.
— Merci, dit José en le regardant droit dans les yeux.

Le rire du sous-brigadier résonna.

— À la bonne heure !
— Si vous voulez bien m'excuser.

José fit un pas de côté et passa devant lui en saluant.
Le sous-brigadier devint rouge et le retint fermement par le bras.

— Vous ne partirez que lorsque vous en recevrez l'ordre !

José ravala sa rage et attendit.

— C'est que je n'en ai pas fini avec vous, mon cher ami. Je venais vous annoncer une nouvelle ! Figurez-vous que le comité présidé par monsieur le maire compte vous faire la surprise d'une prime, versée pendant la cérémonie d'inauguration. En remerciement de votre courage… de votre grande générosité dans ce projet.

Il serra un peu plus le bras de José.

— C'est que vous êtes devenu populaire, M. Duval. Force est de constater que vous avez effectué de l'excellent travail. Tout s'est magnifiquement mis en place. Décoré et agencé avec goût et intelligence. Et votre André n'est pas mauvais non plus…
— Qu'attendez-vous de moi ?
— Que vous acceptiez cette prime, bien sûr.

Il desserra son étreinte en riant.
José inspira lentement et se dirigea vers la sortie. La voix du sous-brigadier le rattrapa.

— Vous me la remettrez après la cérémonie, cela va sans dire.

José eut un demi-sourire.

— Certainement, monsieur. Après la cérémonie.

José s'éloigna et attendit le départ du sous-brigadier. Il revint sur ses pas, contourna l'établissement et se rendit à la rivière.

☆☆☆

« Quelle tête vous avez, sacrebleu ! Vous arrive-t-il seulement de rire ? »

André se mit à souffler. Depuis plus d'une heure il tentait de converser sans que José n'ait desserré les dents. Il traîna des pieds dans le bosquet, pesta, souffla encore et, exaspéré, retira sa veste et la lança sur José.

— Ah ça, par exemple ! Vous allez me prendre pour un imbécile encore longtemps ? Si on fait encore une lieue sans que je sache où l'on va et ce qu'il en est, je ne réponds plus de rien !

Le Buste de Bronze

— Vas-tu seulement te taire ? Il n'y a pas à parler, mais à marcher.
— Eh quoi, marcher ? On ne fait que ça ! Des champs, des arbres, des champs ! Quel que soit l'endroit où je regarde, je ne vois que ça ! Et j'ai mal aux pattes ! Jusqu'où irons-nous encore ?

José ne répondit pas.

— Est-ce si difficile de répondre à mes questions ? Déjà, on ne va pas chez le brigadier.

José eut un petit rire moqueur.

— Et allez donc, vos grands airs ! On est de la même espèce, vous et moi, allez ! Des sous-fifres juste bons à amuser la galerie !
— Je n'ai rien de commun avec toi. Tu te débrouilles comme un manche, toujours à voler, à réclamer !
— Je suis sans le sou, moi, personne pour m'aider !
— Parce que tu le veux bien ! Quand j'ai perdu mes parents, j'ai bien dû me débrouiller. Toi, tu n'as aucune volonté ! Avec tes plans, ta cuisine, tu pourrais te trouver un autre emploi, ou négocier. Tu ne sais que pleurnicher !

André s'arrêta net.

— Ah, ça, pour qui vous prenez-vous ? C'en est assez ! Je vous plante là, vous et votre plan de rien, et dont on ne sait rien !
— Tu veux faire demi-tour ? Vas-y ! À ce propos, tu fais quoi ce dimanche, déjà ?
— Vous êtes détestable ! Pourquoi me prendre avec vous, si vous ne me faites pas confiance, et si vous n'êtes pas content de ma compagnie ?!!

Le Buste de Bronze

Excédé, André rebroussa chemin. Il récupéra sa veste et un médaillon en tomba ; José se pencha pour le ramasser.

— Vaurien ! Pendard ! hurla André en s'éloignant. Il fallait me laisser à ma triste besogne !!

José glissa le médaillon dans sa poche et avança vers lui en le pointant du doigt.

— Il y avait d'autres solutions ! Et tu as choisi la pire ! Mauviette, sans courage, bon à rien ! Les personnes comme toi, ça me donne envie de cogner !
— Allez-y donc pour quelque chose, je m'en vas vous dire ce que vous êtes ! Rien qu'un pète-sec, un faraud ! Insupportable, égoïste et laid !
— Laid ? C'est que les bonnes femmes ne disent pas comme toi !

José s'adossa à un tronc et éclata d'un rire soudain. Secoué de spasmes, il se roula une cigarette et reconnut, après un instant :

— C'est vrai. Je ne ris pas souvent, et je ne suis qu'égoïsme et colère !

Il souffla sa fumée et lança son paquet de tabac à André.

— Mon cœur est sec de n'avoir jamais eu personne d'autre que moi à aimer… Et de penser à ce Quiflanche… mon poing me démange ! Mais il me faut pourtant rester calme.
— Ah ça, par exemple ! Et ma volée ?
— Tu en fais une belle, de volée. Il nous reste moins d'une heure à marcher. Si tu veux toujours en être, je vais tout t'expliquer.

***

CHAPITRE XIV

André s'exclama, les bras ballants :

— C'est ça, votre plan ?!
— Tu t'attendais à quoi ?
— À tout autre chose, bien certainement !

La nuit était tombée. Les bois et les champs avaient cédé leur place à un vaste terrain.

— C'était pour ça, le trou dans l'allée… Et qu'est-ce qui vous fait croire que c'est bon pour ce soir ?
— Le père Michel a la goutte. C'est son fils qui le remplace.
— Et qu'est-ce que ça change ? Est-ce qu'on va l'acheter ? Le menacer ?
— Mais non. C'est un pochtron. Des jours que j'y viens et personne ! J'ai déjà fait le gros du travail. Reste plus qu'à démouler.
— Mais… rien qu'à la livraison, quelqu'un va s'en apercevoir !
— Il y a tout de même une chance de réussite.
— Une chance seulement ?
— Oui, et je veux la tenter.
— Vous n'avez pas peur d'être soupçonné ?
— Je suis célèbre dans les environs, connu comme l'homme droit et dévoué à son maitre. Personne ne me soupçonnera. Si c'est le cas, on s'empressera de mon côté.
— Être dévoué à Tréfort, la belle affaire !
— *Monsieur* Tréfort ! Parle de lui avec plus de respect !
— Ah ça, vous l'aimez donc bien, ce mauvais drôle ?

Le Buste de Bronze

José le fusilla du regard.

— Il m'a sorti de la rue, je lui dois beaucoup. Je n'oublie pas ce que je dois, moi.
— Alors, pourquoi donc que vous vous en prenez au con qui flanche ? Il semblerait qu'il vous ait tiré d'affaire, à ce qu'il dit ?
— Je n'ai pas toujours bien agi, et toi non plus d'ailleurs. Mais tout ce qu'il m'a fait, ce n'est pas équitable. Et il me prend de haut ; il est temps que je riposte.
— C'était quoi, cette histoire de buste, au juste ?
— Une bricole, rien d'important.

Ils contournèrent un village et empruntèrent un sentier. André fredonnait machinalement.

— Arrête avec cet air, lui intima José.
— Et pourquoi que j'pourrais pas siffler, si j'en ai envie ?
— Siffle tant que tu veux, mais pas cet air.
— C'est que ça me trotte dans la tête, depuis les mois de chantier. La faute à Chouquette !
— …
— Vous êtes drôle, aussi. Avec vous, faut toujours faire ou ne pas faire, et on ne sait seulement pas pourquoi !

Ils continuèrent d'avancer en longeant le mur du sentier. José désigna un roc isolé.

— Après ça, quelques mètres et on y est.
— On y est où ?
— À l'atelier Michel, pardi !

José avança en comptant dix pas. Il s'arrêta, se pencha vers la base du mur et l'inspecta.

« C'est ici », chuchota-t-il en indiquant une croix rouge tracée sur une brique.

André répondit de même :

— Dieu, vous avez d'bons yeux ! Mais dites-moi, vous êtes sûr de votre coup ?
— On n'est jamais sûr de rien.
— C'est que je n'ai pas très envie d'être arrêté comme voleur, moi.
— Tu préfères être arrêté comme assassin ? Quand tu m'as rejoint, tu pensais qu'on allait le tuer, non ?
— Le tuer, le tuer, comme c'est dit ! Je pensais qu'on l'aurait ficelé, tout du moins... qu'on l'aurait peut-être passé à tabac... puis abandonné dans un trou... qu'on l'aurait tué tout à fait, pour ainsi dire, oui...
— Mais qu'est-ce qui ne tourne pas rond, chez toi ?
— Ah, bah, je n'ai pas très envie de tuer, moi... mais s'il faut ça pour partir avec vous, et m'échapper de *Monsieur* Tréfort, alors oui, je le pourrais bien !

José secoua la tête et fit un signe montrant qu'il le croyait fou. Il leva les yeux au ciel et souffla.

— Allez, on y va.

Il prit son élan et escalada le mur en quelques mouvements. André suivit et le rejoignit en un instant.

— Bigre ! Moi qui pensais devoir te faire la courte échelle !
— Ah, pour ça non, mon capitaine !

Ils restèrent en équilibre sur le mur, se regardèrent un instant et, arborant un demi-sourire, se laissèrent retomber souplement de

l'autre côté. José avança silencieusement vers l'arrière de l'atelier, et chercha à tâtons une échelle en bois qu'il trouva en place. Après une seconde d'étonnement, il fit signe à André de le suivre.
José grimpa et s'arrêta en face d'une ouverture grossièrement découpée dans la tôle. Il se glissa à l'intérieur en évitant les bords repliés et tranchants, agrippa prudemment une poutre de la toiture et s'élança pour rejoindre le plancher. André arriva à sa suite.

— Attention, il y a du vide, le prévint José à mi-voix. La poutre, là !

André s'élança à son tour.

— C'est vous qui avez fait ça ? demanda-t-il en désignant l'ouverture.

José répondit par l'affirmative. Ils sortirent de la pièce, descendirent un escalier en colimaçon et se retrouvèrent dans une grande salle sombre. De nombreuses formes se devinaient sur le sol et les tables.

— On n'y voit rien !
— Les lampes sont là.

André alluma et regarda autour de lui : il y avait des moules de toutes sortes, des modèles de terre, de plâtre, dont certains étaient en morceaux. Un peu à l'écart figuraient des sacs, des bacs de fonte et des produits chimiques, de l'outillage.

— C'est quoi le plan, déjà ?
— Casser le moule, faire les finitions et le recouvrir. Puis espérer.
— Vous avez vraiment travaillé dans ces conditions ?
— Il faut ce qu'il faut.

Le Buste de Bronze

— Sacré nom, mon capitaine... Quelqu'un va finir par s'en rendre compte, c'est moi qui vous le dis !
— Je te l'ai dit, il y a une infime chance que ça fonctionne. J'ai trafiqué le moule, coulé le bronze, il n'y a plus qu'à démouler. Tiens, regarde, c'est ici !

Il désigna des pièces destinées à être démoulées, d'autres à être assemblées.

— C'était bien nécessaire que j'en sois ?
— C'est le moment le plus important, tu es là pour surveiller l'entrée. Allez !
— Mais... je croyais que personne n'y venait !
— On n'est jamais trop prudent !
— J'aurai une question à vous poser...
— Plus tard, va à la porte !

André se dirigea vers la grand porte, et José se demandait par quel point commencer lorsqu'un bruit de chaîne se fit entendre.

— Y'a quelqu'un qui ouvre ! cria André.
— La ferme, tu vas nous faire prendre ! Par ici, vite !

José éteignit la lampe et se précipita derrière un bac, rejoint par André. Ils tendirent l'oreille : il n'y avait qu'un grand silence.

— Ça, par exemple, est-ce que je deviens fou ?
— Non, j'ai entendu aussi. Pourtant personne n'y est jamais venu...
— Des chats, alors ?

José et André écoutèrent plus attentivement.

— C'est singulier ! Plus rien. Retourne à la porte, moi je...

Le Buste de Bronze

Un coup donné contre la tôle l'interrompit, suivi du bruit de la chaîne tombant au sol. La grand porte s'ouvrit dans un grincement.

— On remonte, vite !

José et André détalèrent à toute allure et remontèrent l'escalier.

— On y retourne déjà ? chuchota André.
— C'est par trop bête, en vérité... Ici, on pourra voir sans être vu !

Ils s'accroupirent et attendirent derrière la rambarde.
La lumière d'une lampe se mit à danser sur les murs, au rythme des pas de l'homme qui avançait.
Un bruit sourd les fit sursauter, et ils restèrent figés en entendant une voix puissante prononcer :

« *J'savais bien... qu'j'finirai par t'avoir, mon pinson !* »

***

CHAPITRE XV

Le fils Michel se traîna avec peine jusqu'à la grand porte. La devanture affichait en grosses lettres :

Atelier Michel, créateurs et fondeurs d'art, sculpteurs de père en fils

C'est qu'il aurait préféré ne pas y aller, le fils Michel ! Mais il s'était donné une mission de la plus haute importance : rabattre le caquet à certaines mauvaises langues !

« Avec la goutte, plus une goutte d'alcool ! avait ordonné le médecin en riant. Laissez votre fils reprendre temporairement votre affaire. Avec un régime strict, d'ici à deux semaines, vous serez sur pied !
— Deux semaines ? Vindiou ! s'était écrié le père Michel. C'te con-là ! Il lui en faudra pas moins pour m'ruiner, pour sûr ! Y vont être contents, les clients ! »

Dépité, Michel fils était allé se beurrer avec ses compagnons habituels, ruminant sur les paroles de son père. Le troisième soir, après avoir terminé sa bouteille de Pinot et ses quatre verres d'absinthe, il avait décidé de montrer à tous ce qu'il valait.

Michel s'arrêta net et fixa la porte devant lui, plus trop sûr de ce qu'il devait faire, ni de l'endroit où il se trouvait.

— Ah oui… l'atelier, se souvint-il. Oh, tu t'amènes ? Déjà des jours que j'aurai dû terminer c't'affaire… Hips ! C'est qu'y… c'est qu'y m'en d'mande de belles ! À r'mettre au plus

vite, qu'y m'a dit !
— Qu'est-ce qu'y faut... qu'tu rendes ? Toutes les bouteilles qu'on s'est... pfouuu... envoyées ?
— Ah pour ça non, j'vais pas les rendre... bueurp... J'vais pas les... La clé d'la chaîne !

Michel saisit la clé au fond de sa poche et tenta de l'insérer dans le cadenas. Il tituba et fit un pas de côté ; la clé tomba et il tomba à son tour. Le claquement de la chaîne résonna dans la nuit.
Michel resta quelques secondes par terre, remit ses idées en place et chercha la clé à tâtons. Il la trouva, se releva et se cogna contre la porte.

— Ah, ça donc ! Bueurp... souffla-t-il.
— Fais donc un peu gaffe, lui dit son ami Albin, qui ne tenait pas plus que lui sur ses jambes. Ton paternel va pas s'en r'mettre !
— Tais-toi donc, eh baveux ! T... tiens-moi la chaîne...

Albin maintint la chaîne en tremblant, Michel y inséra la clé et la tourna en tremblant de même. La lourde chaîne tomba au sol.

— Aide-moi donc ! C'est qu'elle est lourde à tirer... c'te porte !

Albin aida Michel de son mieux.

— Allez ! Donne-moi une lampe, tiot ! J'a une affaire à faire !

Ils entrèrent dans l'atelier.
Michel se cogna contre une table, chancela un instant et retrouva son équilibre.

« J'savais bien... qu'j'finirai par t'avoir, mon pinson ! » brailla-t-il en avançant dans l'atelier.

Le Buste de Bronze

— Mon... cochon, j'vais te pinson ! Non. J'vais t'pincer mon... cochon ! Pfouuu... Faut qu'j'arrête de boire !
— Qui c'est qu'tu veux pincer ?
— Eul'vieux ! Toujours à faire des... r'montrances !
— Mais il est... hips... pas là ton vieux !
— J'sais bien ! J'prends possession du territoire... J'lui lance un défi ! Pose donc... ton fion sur... c'te chaise ! J'a une affaire à faire !

Et il répéta plusieurs fois « J'a une affaire à faire ».
Ahuris, José et André observaient toute la scène depuis l'étage, cachés par la rambarde.

— Diable ! C'est le fils Michel, dit tout bas José.
— Qu'est-ce qu'on fait ?
— On attend, voir !

Ils regardèrent sans bruit, attendant la suite.

Albin s'assoupit et bientôt il se mit à ronfler.

« C'est-y une bonne idée, d'travailler dans ces conditions ? J'dis... J'dis que non ! Mais j'm'en vas lui montrer au vieux, que j'suis pas plus bête qu'un aut' ! »
« Voyons voir... y'avait au moins trois pièces à livrer d'urgence, qu'il a dit... eul... hips. Eul'vieux. »
« Ah ça, mon cochon... J'... j'croyais qu'il fallait le couler, eul'bronze ! « Pas de temps à perdre, moule et coule ! », qu'y disait ! Eh, Albin ! Eul'vieux, y sait pu c'qu'y raconte ! Eh ! Pfff, y dort, ce... bon à rien... J'm'en voulais couler un beau bronze, moi... Ben tant pire... J'vas juste le casser, et pis l'tailler ! »

Michel prit son marteau et commença son ouvrage.

Le Buste de Bronze

« José ! chuchota André.
— Quoi ?
— Si il s'en rend compte, qu'est-ce qu'on fait ?
— Rien... On rentre...
— On sera venus pour rien !
— J'te paierai à boire... Attendons voir ! »

Ils continuèrent d'observer Michel qui, malgré son taux élevé d'alcool dans le sang, avait tout du savoir-faire qui se transmettait, selon le paternel, de père en fils.
« Sauf qu'à cause de toi, lui avait-il dit un jour, ça sautera une génération, pour sûr ! »

« José !
— Quoi ?!
— Y'a une chose qui m'travaille depuis des mois... Faut que j'vous demande !
— Quoi ??
— Brôoo ! éructa Michel.
— Ça ne peut pas attendre un autre moment ? chuchota José, autant irrité qu'inquiet.
— Nan. Faut qu'ce soit *maint'nant* ! J'voudrais savoir une chose...
— Mais parle donc, bon sang de bonsoir !
— Qu'est-ce que vous en avez fait...
— ???
— ...de votre médaille en chocolat ? »

José perdit l'équilibre et se rattrapa de justesse. Il pesta et envoya un coup de poing dans l'épaule d'André, qui poussa un cri de douleur.

— Qui va là !??... hurla Albin en bondissant de sa chaise.

Il tournoya en dirigeant sa lampe de tout côté.

Le Buste de Bronze

José et André se jetèrent au sol et Michel fit tomber son marteau.

— Mon pied dans ton fion !! Si tu... m'refais un coup pareil ! gronda Michel. Hips... et pis merde !

Il ramassa son marteau et se remit à taper.
Albin rota, se frotta les yeux et se rassit, la lampe posée à ses pieds.

La tête contre le plancher, José fit signe à André de se taire. Roulé en boule, le jeune homme luttait en grimaçant, mordant l'une de ses mains pour réfréner son envie de rire, et frottant de l'autre son épaule endolorie.

— Alors... hihihihi... ouille ! Qu'est-ce vous en avez... hihihi... fait ?!
— Mais bon Dieu, vas-tu te taire !?
— On... on s'en jette une petite ? proposa Albin en hoquetant.
— Pas avant c't'affaire ! grogna Michel.
— Hihihihi ! Vous l'avez... ouille... mangée ?...

Des larmes coulaient sur les joues d'André. Il se contorsionnait en se tenant le bas du ventre, faisant son possible pour maintenir sa bouche fermée. José ne savait que faire ; il était au bord de la crise de nerfs, le visage transpirant et suppliant. Il se mit sur le dos et murmura en joignant les mains :

« Mais qui... qui est-ce qui m'a fichu un engin pareil... Chuuut... Bon sang, tu vas nous perdre ! »

Le bruit sourd du marteau s'interrompit.

« Et v'là d'un ! » cria Michel.

Le Buste de Bronze

José, complètement défait, se mit à réfléchir rapidement. Si André ne se calmait pas dans l'instant, il allait devoir l'assommer.
Il prit son parti et se jeta sur lui, le poing levé.

— Ça, par m'exemple... Exemple, pfff. Qu'est-ce donc que c't'affaire-là ?

Michel appela Albin.

— Viens donc vouère, me dire... c'que t'en pince ! Pionce... Oh, j'sais plus...

Albin ne bougeait pas de la chaise.

— J'me rappelle pas qu'le paternel m'ait parlé de ça !

José se rapprocha de la rambarde en y entraînant André, sa main plaquée contre la bouche de ce dernier.

— Tiens, reprit le fils Michel, viens donc vouère, mon con ! Là, y'a la pièce du bon gars, comme qui dirait le gars dévoué... Oh ! Mon con !

Albin se réveilla en sursaut.

— Qui c'est ça, l'gars dévoué ?
— Le gars tout dévoué à son maître, comme on n'en fait pu par chez nous !
— Connais pas...
— Ma si, tu connais... Et cet aut'-là, que j'viens d'casser, et que j'm'en vas tailler... c'est pour... hips... eul'sergent !
— Eul'sergent d'quoi ?
— Eul'sergent...ou l'colonel... J'connais pas les grades, moi ! Pis

dans ma tête, tous se valent ! Les décorés, que j'les appelle ! J'les aime pô.

Michel fils fixait la statue en se grattant la tête.

— Qu'est-ce t'en penses, de c'te chose-là ?

Albin se rapprocha.

— J'en pense que t'es pas si con qu'on veut bien l'dire !
— Nan ! C'te chose, là ! Eul'vieux, il a aussi oublié d'me dire, que c'est comme qui dirait une commande spéciale ! Il avait pas tort, eul'doc. J'devrais p'têt prendre la relève…
— C'est quoi que ça, une commande spéciale ?
— Oh, tu sais… Ma si, tu sais… le beau monde ! C'est qu'y ont de drôles de choses en tête, ces cochons-là !

Pendant que Michel racontait à Albin les commandes spéciales qu'il avait vu passer à son père, José souffla à André :

— Je peux te lâcher ?

André fit un signe affirmatif. José le libéra et tous deux essayèrent de voir de quoi il s'agissait.
Albin riait grassement des explications de Michel.

— …pour leur petit salon !
— Oh, les cochons !
— Bigre ! murmura José. Tu y vois quelque chose, toi ? De quoi est-ce qu'ils parlent ?!
— Tu vas voir la belle pièce que j'vas en faire ! Y vont pouvoir s'amuser d'ssus, les cochons. Ma c'qui m'gêne quand même, c'est qu'y a not' nom dessus…

Le Buste de Bronze

— J'ai pas bien compris c'que c'est au juste... dit Albin en se penchant de plus près.
— Pour dire vrai, tiot, moi non plus ! Ça r'ssemble à une main, mais pas tout à fait... Chépa c'qu'y lui ont demandé d'faire, au vieux, ma j'vois comme une sorte de grosse courge, moi !
— Moi j'verrai plutôt comme un gros doigt... Planté dans l'derrière, c'est osé tout de même !
— C'est ça que j'comprends pô... I'm semblait que c'était pour exposer au grand public...
— Tu devrais p'têt aller d'mander à ton père !
— Ah, pour ça, non !! hurla Michel. J'vas pas m'rabaisser d'vant lui !

Pendant que Michel et Albin rapprochaient leur tête du bronze et faisaient des suppositions, José demeurait stupéfait.

— Mais qu'est-ce que c'est que ce truc ? Je me serais trompé de côté, quand j'ai fait le nouveau moule ?! Et pourquoi ce soir ? Pourquoi ce soir ?!!
— Chut ! Il n'y voit que du feu ! Attendez, v'là qu'il fait quelque chose...
— Le moulage était parfait pourtant, il était *parfait* !
— Ce n'était pas ça, le plan ?
— Mais non..., balbutia José, blanc comme un linge. J'ai dû m'y prendre à l'envers ! Il devait se prendre mon poing éternel, en plein dans la figure !
— Un poing, ça ?... Ça ressemble pas à un poing... Pis c'est pas mis dans la figure...

Alors que José grimaçait à n'en plus finir, et qu'André mourait d'envie de rire, le fils Michel continuait de se gratter la tête, la bouche entr'ouverte et l'air niais.

« Est-ce que je dois d'mander son avis au vieux ? » pensait-il.

Le Buste de Bronze

« Nan ! Hors de question ! » se mit-il soudain à hurler.

Albin le regarda avec frayeur, et recula d'un pas.

— Après tout, j'vas pas contrarier les lubies des clients !

Michel hocha la tête, les yeux dans le vague, et comme réfléchir lui donnait mal à la tête, il décida d'arrêter de se poser des questions.

— Père me prend pour un nigaud. Mais après ça, ce s'ra mon heure de gloire ! Tiot Albin, patience, mon tiot, patience ! On va bientôt s'en j'ter un p'tit !

Albin se rassit en tirant la langue, impatient, et Michel s'occupa des finitions, butant sur l'allure qu'il allait donner à la *chose*.
Il se décida, dans un éclair de génie, pour un lissage partiel et la création de petits détails.

— J'm'en vas patiner c'te bout-là à chaud ! Et je feras tout l'reste à froid ! Eul'père, et ce grand moustachu droit comme un I, dont j'ai oublié l'nom, y vont sacrément pas en rev'nir ! déclara-t-il en riant.

Au bout d'un moment qui lui sembla une éternité, Albin fut ravi d'apprendre que Michel avait terminé.

— Tiot ! Eul'vieux, il a déjà mis certaines choses en valeur, comme ça... dit Michel en regardant son travail avec fierté. Y'a en haut un p'tit quelque chose qui va nous tenir chaud au ventre !
— Qu'est-ce que c'est donc ? demanda Albin les yeux brillants.

Le Buste de Bronze

— C'est qu'le vieux, y sait s'faire plaisir en travaillant ! Ma j'connais ses cachettes, moi ! Va donc vouère, dans le petit buffet, à côté des cabinets !
— J'y monte, mais j'vais en démouler un d'abord...

José et André se regardèrent.

— Il va monter ! Tiens-toi prêt à fuir, il ne faut pas qu'on se fasse repérer !
— J'suis un peu feignant, vous êtes dans le vrai, mais croyez bien que s'il faut détaler, vous aurez du mal à m'suivre !
— Une, deux... on file !

José courut à l'endroit d'où ils étaient venus, enfila une paire de gants et monta sur un tabouret afin de rejoindre la poutre. Il se retourna vers André et constata avec effroi qu'il n'était pas là.

— Mais où est-ce que ... ? siffla-t-il avec panique.

Il revint sur ses pas et entendit Albin trébucher dans l'escalier.

— Trop tard ! Je suis fait ! pensa-t-il.
— Par ici ! appela André.

José accourut et se fourra dans un renfoncement placé à côté des cabinets.

— On va régler ça en sortant ! chuchota José, plaqué de tout son long contre André.
— J'peux plus respirer ! gémit ce dernier, tout écrasé.

Albin passa devant eux sans les voir ; il lâcha un pet, renifla sa lampe, et entra dans le cabinet.

Le Buste de Bronze

— Dieux du ciel, articula José en réprimant sa respiration.

André tournait au maximum son visage rouge vers le mur, essayant de trouver de l'air frais. Des bruits semblables à des coups de canon se firent entendre dans ce qui servait de lieu d'aisance.

— Où est-ce qu'il est, le torche-cul ? hurla Albin.
— Devant la porte, mon con ! cria d'en bas Michel.

La porte des cabinets s'ouvrit et libéra tous les effluves de ses profondeurs. Albin ramassa le journal qu'il trouva à terre, s'en servit avec application et se cogna contre le buffet.
José se serra encore plus contre André, dont le visage devenait dangereusement violet.

Albin fouilla dans le buffet avec avidité et en sortit un fromage, du pain et deux bouteilles de vin.

— J'vais mourir, souffla André, prêt à s'évanouir.

Albin fit demi-tour et redescendit l'escalier.

— Il est temps de filer ! décréta José.

« Vite ! » ordonna-t-il, voyant André qui restait en arrière.

José replaça le tabouret, saisit la poutre et s'élança. Il s'inséra dans l'ouverture avec prudence, protégeant son corps en couvrant de ses mains gantées les parties saillantes de la tôle.
Il avait rejoint l'échelle lorsqu'il reçut un choc qui faillit le faire tomber en arrière. André avait sauté à sa suite, saisissant les bords tranchants à pleines mains.

Le Buste de Bronze

José glissa et dégringola le long de l'échelle. Arrivé en bas, il voulut grimper de nouveau pour rejoindre André, mais celui-ci redescendait déjà.

— Mais qu'est-ce que tu fiches ? Tu t'es blessé ? Il fallait attendre que je te donne les gants !
— J'en savais rien, moi ! dit André en sautant le dernier mètre. Il fallait me prévenir de ça à l'avance.

José se tut et son visage s'assombrit. Ils s'éloignèrent sans bruit de l'atelier ; José sauta en haut du mur et regarda André avec inquiétude.

— Alors, cette courte échelle ?
— Pas plus à l'aller qu'au retour !

André sauta à son tour et retomba à genoux en réprimant un juron. Il se releva avec peine, et chancela.

— Ça va ? demanda José de plus en plus inquiet.
— Oui, j'ai juste la tête qui tourne…

José redescendit.

— Viens là !

Il aida André à se hisser. La lune presque pleine éclairait la nuit. José suivit gravement André qui avançait en boitant, le sang de sa main entaillée se mêlant à celui de sa cuisse blessée.
Le cœur lourd, José serra machinalement le médaillon qui était dans la poche de son pantalon.

***

PARTIE IV

CHAPITRE XVI

José n'avait pas l'esprit tranquille. Ses pensées se bousculaient et il regrettait d'avoir entraîné ce garçon avec lui. André était blessé et refusait de s'arrêter.

— On stoppe ici ! fit José lorsqu'ils arrivèrent au premier bosquet.
— Ce ne sera pas nécessaire.

André frôla sa jambe et poussa un gémissement.

— Vas-tu venir ici ? Tu risques de nous faire repérer, avec ta patte folle !

André continua d'avancer.

— Attends, tu ne peux pas continuer comme ça !
— Mais bon Dieu, allez-vous me lâcher la...

André n'eut pas le temps d'achever sa phrase : il tomba à terre sans mouvement. José courut à lui.

— Oh ! Réponds ! André !

Il lui administra des tapes pour le réanimer.

— Il a perdu trop de sang... C'est ma faute ! murmura-t-il en regardant avec anxiété autour de lui.

André entr'ouvrit les yeux.

— Vous en faites pas, ce ne sera rien... C'est que... fit-il en essayant de se redresser, je n'ai pas mangé depuis hier matin. Je n'étais pas très bien... Et il y a eu la lettre, et le livreur... et la taloche. Et vous m'avez écrasé contre le mur, aussi...
— Mais bon Dieu ! Pourquoi tu n'as rien dit ?
— Eh quoi ? Est-ce qu'il faut tout vous dire ? Vous êtes toujours comme ça, vous... à enrager.

Il reprit son souffle.

— Et puis j'ai là quelque chose... qui devrait vous plaire...

André prit la main de José et la plaça sur son pantalon. José sentit un renflement ; il devint rouge et retira sa main vivement.

— Bon Dieu, mais qu'est-ce que... ? Il veut que je l'achève, cet abruti ?!
— Que... vous êtes bête... Rentrez donc votre main... dans la poche.

Hésitant, José fit ce qu'il dit ; il écarquilla les yeux de surprise. Il sortit de la poche une bouteille de vin rouge et un gros saucisson, et se souvint qu'André était resté un instant en arrière, à l'atelier.

— Diable ! J'ai bien cru que...
— Que c'est bien vous... l'abruti ? Ne m'en veuillez pas, mais... vous n'êtes pas mon genre...

Le rire d'André se ponctua de gémissements.

— À défaut de péter le pif de l'autre, on pourrait peut-être péter c'pif-là ? Dépêchez-vous... j'ai faim !

José sortit son couteau et s'empressa de découper un morceau de saucisson, qu'il mit dans la bouche du jeune homme. Il attendit qu'il eût tout avalé et l'aida à s'adosser contre l'un des troncs d'arbre. Il lui fit boire le vin doucement, puis lui enfourna dans la bouche d'autres tranches. Le visage d'André s'anima peu à peu.

— J'ai pris dans le buffet de quoi nous requinquer ! lança-t-il joyeusement avant de grimacer de douleur. Dîner à la belle étoile... façon André !

« En voilà assez, fit-il en repoussant la bouteille que José lui présentait encore. À vous, maintenant.
— Non. Il y a une chose à faire, avant. »

José tira un peu sur l'étoffe lacérée du pantalon d'André : elle se décolla sans peine. Il vit que la plaie avait beaucoup saigné.

— Faites attention ! J'ai sur le dos tout ce que je possède, je vous ferai dire !
— Ce n'est quand même pas rien, tu t'es bien ouvert... dit José en observant la blessure. Si tu continues de marcher, ça ne pourra pas se refermer. Attends... il faut retirer ton futard, entièrement.
— Je vous l'ai dit, pourtant : vous n'êtes pas mon genre !

José défit le pantalon et le tira avec précaution jusqu'aux genoux. Il examina à nouveau la plaie et, le visage sérieux, ôta sa chemise et la déchira en plusieurs parties. Il cracha sur la plaie et retira le gros du sang avec le tissu.

— Bon Dieu... fit André avec dégoût.
— Ton mouchoir.

André le lui tendit. José coula dessus un peu de vin et acheva de nettoyer.

Le Buste de Bronze

— Bigre, grimaça André. Si c'est pas du gâchis, ça... Aïe ! ça pique.

José sécha et banda la plaie.

— La main, maintenant.

Il regarda la paume attentivement : elle était profondément entaillée. Il répéta ses gestes précédents, et la banda.

— Ça fait mal ?
— Moins que le coup que j'ai reçu à l'épaule ! répondit André avec malice.

José eut un demi-sourire et le regarda en coin. Il remit son gilet et remonta un peu le pantalon d'André.

— Tu veux une cigarette ?
— Oui mon capitaine, et encore du rouge, et du saucisson ! Mais cette fois, vous prenez votre part !

José se posa à ses côtés, mangea un bout et commença à se détendre.

— Tu te sens capable de repartir ? Il faudrait que tu voies un médecin.
— Dites donc, vous vous inquiétez pour moi, ou vous cherchez à soulager votre conscience ?
— Un peu des deux, je suppose... répondit José en recrachant sa fumée. C'est que tu pourrais attraper quelque chose.
— Tu veux dire, est-ce que je pourrais perdre ma main et ma guibole ?
— Tiens, tu donnes du *tu*, maintenant ?

— Roo, allez ! Après tout ça, on est un peu comme des amis, non ?

José ne répondit pas.

— Pourquoi gâcher du vin comme ça ?
— Les conseils d'un vieil ami. Il disait toujours « L'alcool, ça guérit tout ! » Il en versait sur nos plaies, gamins. Tu penses encore pouvoir cuisiner ?
— Mais oui, regardez !

André ouvrit la paume de sa main gauche : une cicatrice la traversait de la base du majeur jusqu'au poignet.

— Bigre, c'est pas de la rigolade, ton métier !
— En fait, je m'amusais avec Joël, le fils du boucher... à qui avait le couteau le plus tranchant... répondit André en riant.

José secoua sa tête en souriant. André désigna la bouteille.

— Un vin des gars qui luttent pour leur appellation[13] !
— Eh bien, tu sais ça aussi ?
— Bien sûr, dans mon métier il le faut bien. C'est que c'est du bon ! Un fin connaisseur, le père Michel !
— Ça aurait pu mal tourner, souffla José après un instant.

André lui montra le ciel.

— Dieu qu'la lune est belle, ce soir !
— ...
— Comment que vous vous êtes retrouvé seul ?

---

[13] Il s'agit sans doute d'un Saint-Émilion, les viticulteurs de l'époque cherchant à défendre leur appellation.

Le Buste de Bronze

— Mes parents se sont pendus, j'avais 13 ans, répondit José machinalement. Après ça, je me suis débrouillé comme j'ai pu. J'ai vécu de vols, de mauvais coups, de combats de rue... Bien plus tard, j'ai rencontré Paul. Et ma vie a changé.
— Ah, ben ça alors...

André baissa les yeux et ôta sa casquette, regrettant les insultes dont il l'avait gratifié à l'aller.

— Je comprends mieux votre colère après moi, maintenant... Ça n'a pas dû être facile tous les jours...
— C'était il y a longtemps.
— Pour parler d'autre chose, pourquoi qu'vous lui fichez pas une dérouillée, au con qui flanche ?
— C'est vrai qu'en sa présence, j'ai beaucoup de mal à me contrôler.
— C'est qu'il est sacrément costaud, aussi !
— Je n'ai pas peur de lui. Juste de tout foirer. J'attends depuis si longtemps...
— Qu'est-ce que vous attendez ?
— De faire aboutir mon projet.
— Comment vous avez tenu tout ce temps ?
— La résolution d'un avenir meilleur. Il faut parfois en chier, avant d'arriver au sommet.

☆☆☆

André était tendu à s'en rompre les os. Il essayait de lutter mais l'homme qui le maintenait par l'arrière avait une poigne de fer. Ni lui, ni celui qui lui faisait face n'avaient l'air de ressentir la moindre émotion. José s'avança mais un troisième homme se positionna devant lui, lui barrant le passage. Sur la gauche, un quatrième s'affairait en sifflotant ; il ne prêtait aucune attention

Le Buste de Bronze

aux cris étouffés d'André, jetant simplement de temps à autre un regard dans leur direction.

Des bruits retentirent dans l'arrière-salle.

André se crispa et sa tête fut rejetée en arrière, la main de l'homme plaquée contre sa bouche empêchant tout hurlement.

— On n'en a pas fini avec toi, petit ! lança l'homme qui s'activait en sifflant.

André, désespéré, tenta encore de se dégager, en vain : ses forces le quittaient. Il jeta vers José un regard suppliant et celui-ci serra les poings, ne sachant que faire pour l'aider. Lorsque sa chair fut transpercée pour la cinquième fois, André s'effondra. Libéré de l'étreinte de l'homme, son corps glissa doucement et retomba sans mouvement sur la table. José bondit mais le colosse s'interposa.

— Je m'occupe de lui ? demanda-t-il, le regard lourd de haine.

Sans attendre, José lui décocha un direct qui le mit à terre en moins d'une seconde. Les deux autres au fond retinrent leur souffle et ne firent plus aucun cas d'André. L'homme qui s'activait sortit de derrière ses planches.

— Non...

Il releva plus ses manches, découvrant deux avant-bras tatoués aux muscles saillants.

— T'es pas de taille. Celui-là, c'est moi qui vais m'occuper de son cas !

Il fondit sur José.

Le Buste de Bronze

« Il y a quelque chose d'étrange », songea José en se mettant en garde.

Il contra deux lourdes gauches, esquiva de côté et riposta avec un *combo* direct-uppercut-crochet.
L'homme fut sonné et se mit lui-même un coup pour se remettre.
José releva sa garde.
Derrière l'odeur réconfortante de pain chaud et de croissant, il y en avait une autre, plus diffuse. Comme une odeur de roussi. Était-ce cela, qui le préoccupait ?

José esquiva une nouvelle attaque de son adversaire et envoya un crochet du gauche. Il plissa le front.

« Du caramel ? »

Sonné à son tour, il encaissa les coups en repliant ses bras devant son visage.

« Du caramel brûlé ? Non… »

Il inspira profondément.

— On règle enfin nos comptes après toutes ces années, hein Jo !

José le frappa de front. L'homme recula en secouant la tête et se remit en position, tout en sifflant un air palpitant.
Alors que José tentait un uppercut, le même air se fit entendre dans l'arrière-salle.

« Que trafiquent ces hommes ? pensa-t-il. Et pourquoi je ne me sens pas tranquille ? »

— Tu manques d'entraînement ! lança l'homme en l'enchaînant.

Le Buste de Bronze

Soudain, alors que le poing de son adversaire s'écrasait contre sa tempe, il comprit. Il comprit ce qu'était cette odeur, et il devina sans peine ce qui se tramait au fond de la boulangerie.

Son échine fut parcourue d'un long frisson. Il n'avait plus ressenti ça depuis si longtemps…
José effectua une rotation et l'adrénaline l'envahit complètement. Il frappa et travailla l'homme au corps, sans lui laisser un instant de répit. Enfin, il lança son enchaînement fétiche, celui-là même qui avait fait sa renommée dans sa jeunesse, et il se dit qu'après cela, rien ne pourrait plus l'arrêter.

L'homme acculé dans l'angle de la pièce se courba en protégeant sa tête.

— Stop !! Arrête !! cria-t-il.

Les autres se précipitèrent et s'emparèrent de José.
Essoufflé, l'homme s'affala sur la table où gisait André. Il cracha du sang et fit un geste pour arrêter ses comparses.

José baissa sa garde et demeura pensif.
Il devinait ce qu'il se passait, mais une chose le taraudait encore. Et il ne parvenait pas, malgré ses efforts, à mettre le doigt dessus.

***

CHAPITRE XVII

« Mon pôpa disait toujours : « L'alcool, ça guérit tout ! » »

Pat Chouquette, boulanger-pâtissier de profession, emplit en riant un verre de malaga qu'il donna à André, et en tendit un autre à José.
Il prit place sur un tabouret et se servit à son tour.

— C'est vrai, le père Chouquette... C'était un homme, un vrai, approuva José.
— Ben... Et sinon donc, elle arrive bientôt, cette inauguration ?

José acquiesça. Chouquette se tourna vers André.

— Et comment qu'y va, l'jeunot ?
— Bien, rougit André. Mieux !
— Merci pour la chemise, fit José.

Chouquette leva son verre.

— De rien ! Ça me fait plaisir de te revoir ici. Comme au bon vieux temps !

Deux jeunes hommes entrèrent ; Chouquette se leva avec empressement.

— Sante ! Ravach ! Venez, venez !

Chouquette fit les présentations.

Le Buste de Bronze

— Sante, viens par là. André, Sante. Sante, ton patient, André !
— De vraies présentations, cette fois ! dit Sante avec un sourire charmeur.

Il tendit la main à André, qui présenta sa main gauche, piqué de s'être fait recoudre par un garçon plus jeune que lui.

— Ah, changement de pantalon ! remarqua Ravach.
— C'est qu'il s'est fait dessus, dit Sante en hochant la tête d'un air entendu.
— Et c'est qu'il bougeait !
— Mais ensuite, ça s'est fait tout seul !
— Ah, ça oui. On aurait dû commencer par là...
— ...et l'assommer ! dirent-ils en chœur.

Sante et Ravach se mirent à rire joyeusement devant André, qui devint aussi rouge qu'une tomate.

— Ohh ! Les écoute pas ! Ils étaient pas si fiers, ces pisseux, quand ils ont été à ta place, lança Chouquette en tentant de garder son sérieux.

Sante étouffa un rire et Ravach laissa échapper le sien en crachant sur Sante.

— Te fais pas d'bile ! Tomber à la cinquième, c'est honorable ! affirma Chouquette en affublant André d'une tape amicale. Allez, va ! On se moque gentiment.

À ces mots, Sante acquiesça et passa sa main sur l'épaule d'André, qui se mit à rire gauchement, alors que Chouquette leur présentait Ravach.
José les observait en silence, amusé, quand André remarqua son visage tuméfié.

Le Buste de Bronze

Il le rassura d'un mouvement de tête.

— C'est vrai que tu as manqué le clou du spectacle ! lança Chouquette, à qui rien n'échappait. Laisse-moi d'abord présenter José.

Sante et Ravach serrèrent la main de José avec respect.

— On s'l'est un peu donnée, Jo et moi, quand tu jouais à la belle endormie. C'est qu'il tape encore sec, le salaud !

À ces paroles, Sante se mit à frapper dans le vide ; il avança vers Ravach qui encaissa ses coups en riant.

— Tiens Jo, montre-lui un peu ta botte secrète. C'est qu'il était célèbre, à l'époque. Hein, Jo !

José acquiesça d'un hochement de tête. Une femme aux yeux doux apparut avec un plateau.

— Ahh ! Ma femme, entre ! V'nez par là, vous autres ! Sante, en face de moi ! Jo, ici, à mes côtés. André, Ravach, là ! Servez-vous, c'est cadeau !

José et André saluèrent respectueusement la femme de Pat, qui plaça sur la table de quoi se ravitailler. Elle revint avec du café et un panier gorgé de pain frais et de croissants, et ressortit aussi discrètement qu'elle était entrée. Chouquette parcourut la pièce du regard.

— Il est où, *grand* ? Ah, là-bas ! Allez, viens donc nous rejoindre !

Il fit signe au colosse au fond de la salle, qui ne bougea pas d'un millimètre.

— Tu fais la tête, hein ? C'est qu'il ne fait pas bon s'en prendre une de José. J'en sais quelque chose ! Mais t'y toucheras pas. On a fait les quatre cents coups ensemble. Hein, Jo !

Sante et Ravach remuaient les narines et humaient avec gourmandise la bonne odeur de pain chaud et de croissant, qui se mêlait à celle du caramel. Ils servirent tout le monde et apportèrent une tasse de café au *grand*, qui toisait José avec hostilité.

Nullement impressionné, José le fixa dans les yeux un instant.
Il avait deviné dans les grandes lignes ce qu'il se passait dans l'arrière-salle de la boulangerie, mais il ignorait quel rôle chacun d'entre eux pouvait jouer.
Il trempa ses lèvres dans le café, se roula une cigarette et jeta son paquet de tabac sur la table en faisant signe aux autres de se servir.

Chouquette animait la conversation. Rejouant la scène de la soirée pour André, tous l'écoutaient.

— ... Et là je me dis, tiens, mais c'est notre bon vieux José ! Une biche blessée dans les bras, et une belle, en plus !
— C'est toi la biche, chuchota Sante à l'oreille d'André.

Tous se mirent à rirent. Chouquette reprit, joignant le geste à la parole.

— Tiot Sante, que j'lui dis, faut recoudre une jolie ! Alors, ni une ni deux, on la déshabille, on la plaque sur la table... Ravach la maintient, c'est qu'elle se débat, une belle bête ! Sante la pique un peu, et v'là-t'y pas qu'à la cinquième notre Belle ne tient pas l'choc et s'effondre... José bondit, en beau prince, tu penses ; il en met une au *grand* qui s'interpose, et une belle, encore ! Le *grand* s'effondre. Et là... Sante ne faisait plus le malin !...

Les rires fusaient.

— J'arrive, on se cogne... comme à l'époque ! Gauche, droite ! D'un coup, euh... il m'enchaîne, comme à l'ancienne ! J'étais fait !...
— Quel est le comble pour un boulanger ? lança Ravach.
— C'est de se prendre un pain !! cria Sante en riant.

André riait également, regardant tour à tour les visages qui l'entouraient.

— Ohhhhh ! fit Chouquette. Il écarquille les yeux comme une jeune fille, eh !

Tous rirent de plus belle, et Ravach frotta amicalement avec son poing le crâne d'André.

— D'ailleurs mon garçon, comment qu'tu t'es blessé comme ça, hein ?

André ouvrit la bouche.

— Rien d'important, le coupa José.

Chouquette plissa les yeux, et reprit :

— Oh, vous autres, vous savez pas, hein ! Les coups qu'on a pu faire, Jo et moi ! André, mon garçon, on va parler de ça, si tu veux.
— Il a déjà bien à faire, rétorqua José.
— Laisse-le donc répondre tout seul.

Le Buste de Bronze

Une tension s'installa entre les deux hommes. André, gêné, ne savait pas quelle attitude adopter.

— On va causer, gronda Chouquette d'un ton qui ne tolérait aucun refus.
— On peut remettre ça… après l'inauguration ?
— C'est que ça ne peut pas attendre.

De la tête, il montra la pièce où s'était fait recoudre André. José le suivit et attendit.

— Qu'est-ce qui se passe, avec le gamin ?
— Rien qui ne te concerne.
— Comment que tu m'traites comme un pestiféré ? Je ne t'ai pas aidé ? C'est comme ça que tu remercies ton vieil ami, Jo ?

José se gratta le cou et s'adossa contre le mur en croisant les bras.

— Et qu'est-ce qui t'as pris, de me cogner comme ça ? demanda Chouquette en humectant sa feuille à rouler.

José souffla.

— J'sais pas trop… Je me suis revu, je *nous* ai revu, des années en arrière. Toutes ces années…

Il se frotta la joue.

— J'ai tout renfermé. Il est temps que je vive en homme libre.

Chouquette hocha la tête et lui donna une tape amicale.

— T'as l'air d'y tenir, à ce garçon ? Tu ne t'es pourtant jamais soucié de qui que ce soit, si ?

Le Buste de Bronze

— Et toi donc ? D'ailleurs, qu'est-ce que tu nous prépares ?
— Arrête ton char. Tu as bien compris ce qui se trame ici…
— Plus ou moins, à vrai dire. Tu les recrutes un peu jeunes, non ?
— C'est une équipe de confiance. Ils sont tous là parce qu'ils le veulent, sans exception. Prends Sante, il a pas seize ans que c'est déjà un bon ! Il va en faire du chemin, ce petit. D'ici à quelques années, tu verras ! Un Italien, boulanger comme moi. Et puis, partout où ira Ravach, il ira ! C'est comme un frère, pour lui. Toute façon, avec ou sans moi, ils sont décidés.
— Et lui ? demanda José en montrant du menton le *grand*.
— Il te touchera pas, promis. Je ne le permettrai pas. Lui en veux pas, continua-t-il en tirant sur sa cigarette. Il l'a mauvaise, mais c'est pas contre toi, dans le fond. C'est cette triste dévotion qui t'a rendu célèbre, aussi. Ça peut faire penser... que tu en fais partie.
— Partie ? De quoi est-ce que tu parles ?
— Eux, les bourgeois, les nantis. Les décorés. Tous les pourris de ce monde fini.
— Ceux que tu cherches à éradiquer. Encore et toujours.
— Ben… Tu veux nous arrêter ?
— Il y a un moyen de vous arrêter ?
— Nan. Sauf si tu causes.
— Tu me crois capable de parler ?

Chouquette le fixa avec attention.

— Ce qui m'attriste, c'est ce qui pourrait arriver, ce qu'il pourrait *t'arriver*, si tu ne changes pas d'avis.
— Alea jacta est[14], dit Chouquette avec défi et fierté.
— Je ne peux pas oublier toutes ces années. Toi et moi, c'était...

---

[14] *Alea jacta est* (*esto*) est une locution latine signifiant « Que le sort en soit jeté », que Jules César aurait prononcé en janvier de l'an 49 av. J.-C avant de franchir le Rubicon.

— Je suis au courant, pour les combats. On dit que tu te la donnes encore quelques fois. Tu veux reprendre du service ?
— Non. Ça m'est arrivé de temps en temps... comme ça.

Chouquette enchaîna José pour plaisanter.

— Tu as pris un chemin différent, Jo. Je t'ai regretté, va, et je t'en ai voulu. Longtemps. Mais j'ai fait du chemin moi aussi. Et j'ai fini par comprendre. Aujourd'hui, c'est le point de non-retour. Nos routes se séparent, pour de bon cette fois.
— Tu sais ce que j'ai toujours voulu. Je n'en suis plus très loin. Laisse juste André en dehors de ça.
— Comme tu voudras. Mais s'il vient de lui-même, je ne l'en dissuaderai pas. Allons rejoindre les autres.

Quelqu'un sifflota dans l'arrière-salle. José se pencha mais Chouquette le stoppa du regard. Ils retournèrent à ce qui servait de quartier général à Pat et ses hommes.

André soufflait sur ses fils, entouré de Ravach et Sante qui se chamaillaient en riant. Chouquette leva son verre et entonna un air boulangiste, ce même air qu'il sifflait constamment lorsqu'il apportait du café chaud aux ouvriers sur le chantier de l'orphelinat. Le *grand* s'approcha et l'accompagna avec ardeur.

Quant André vit les visages pénétrés de ses nouveaux camarades qui suivaient, lorsqu'il les vit relever leurs manches et brandir leurs avant-bras tatoués, ses yeux se mirent à briller.
Il siffla avec entrain sous le regard approbateur de Chouquette, et tous levèrent leur verre et chantèrent, à l'exception de José.

Le Buste de Bronze

Pat salua de la main José et André, et rentra dans la boulangerie.

« Je peux revenir quand je veux, Sante et Ravach m'ont à la bonne, à ce qu'il m'a dit ! Ils me couperont les fils, aussi. »

André sourit avec émerveillement, et reprit :

— Quel chic type ! C'est l'ami dont vous m'avez parlé plus tôt, n'est-ce pas ? C'est donc pour ça qu'il venait nous voir au chantier !
— Non, c'est son fils. Et, non, ce n'est pas pour ça.
— Vous vous êtes fâchés ?
— À l'époque, on a eu une divergence d'opinion. Et nous avons pris des chemins radicalement différents… André, personne ne doit savoir qu'on se trouvait ici.
— Mais moi, je pourrai y revenir, hein ?

José ouvrit la bouche et hésita.

— Fais comme tu veux, finit-il par répondre.
— Alors… On se revoit vendredi, puis à l'inauguration ?

José acquiesça et tourna les talons. André se précipita vers lui.

— Attendez ! Et si… Et si de chien et chat, on passait à cochons ?

José lui lança un regard surpris. Il demeura silencieux, et enfin il se décida à saisir la main que lui tendait André. Il la lui serra pour la première fois avec chaleur et respect.

***

CHAPITRE XVIII

« À livrer à l'orphelinat ! »

Le fils Michel accueillit le père Chicourt, qui arrivait avec le plus jeune de ses fils, le petit Jean. Il les mena à l'intérieur de l'atelier, où se trouvait Albin, attablé et un peu fait.

— Et comment qu'y va, l'père Michel ?
— Eul'père ? Y va bien, y s'remet ! Et les aut', où c'est qu'y sont ?
— Ma, y attendent, là-bas… Tiens, v'là l'Albin !
— Y dira pas non à un p'tit canon ?
— Ah, chui ben embêté… Un canon à c't'heure… J'vas dire non, ma j'veux bien du tabac, si vous avez ! J'ai amené c'lui-ci, continua le père Chicourt en désignant son jeune garçon, pour lui faire connaître les ficelles du métier ! C'est-y pas vrai, mon Jean ? Alors cette fois, j'préfère rester frais.
— Tu fais ben comme tu veux !
— Ben, y'a comme qui dirait du travail qui nous attend, alors… Où qu'elle est…?
— Là ! fit le fils Michel. C'est couvert, parce que c'est top secret. Ma pour vous, j'veux bien faire une exception, et vous la montrer !

Le père Chicourt donna du coude à Albin en regardant Michel avec malice : « Dis donc mon con, c'est qu'on va bien la voir, ta statue ! Il oublie qu'on va la monter ?! »

Albin et le petit Jean se mirent à pouffer.

Le Buste de Bronze

— Ah ma… C'est vrai ça… J'avais pu pensé…

Vexé, le fils Michel fit mine de chercher sa bouteille de vin, qu'il but à même le goulot, et se mit à bouder. Le père Chicourt s'écria avec joie :

— Allons don, y nous tire une tête longue comme mes pieds ! Tiot Michel, c'est que je n'tiens plus, maint'nant : y faut que j'la vois tout de bon ! Albin, reste pas dans nos pattes et aide-le don, l'tartempion ! On veut vite voir comment qu'elle est, hein, mon Jean !

Le fils Michel se leva d'un bond, désireux de montrer son talent. Albin eut un brusque sursaut et tenta de l'arrêter, mais il était trop tard : la toile glissait déjà sur le sol.

— Alors, qu'est-ce qu'y dit d'ça ?! brailla le fils Michel en montrant la statue.

Les éclats du bronze illuminèrent tout, camouflant les signes acharnés d'Albin. La statue étincelait tant que le père Chicourt, dont le regard fut attiré par une partie au patinage des plus réussis, en cracha son tabac.

— Qu'est-ce que c'est que ça, vindieu, s'écria-t-il en faisant le signe de croix. Où est la statue de l'inauguration ?
— Ma, là, d'vant ton nez ! Montée, reste plus qu'à la placer !

Albin toussota en montrant du regard la forme. Le fils Michel se mit à rire, l'air niais.

— Ah, flûte. J'avais pu pensé.

Le Buste de Bronze

Le père Chicourt resta hébété, regardant tour à tour la statue, Albin et le fils Michel.

— Ça, là, qu'est-ce que c'est…?? déglutit-il.
— On n'a pas encore trouvé… fit Albin, gêné.
— Moi, enchaîna le fils Michel, j'vas pas dire l'fond d'ma pensée, parce qu'y a ton garçon. Ma au départ, j'avais pensé à une grosse courge…

Albin mit un coup de coude à son ami. Le père Chicourt jeta des regards mortifiés vers son jeune fils, qui affichait un sourire figé, mi-riant mi-effrayé.

— On en a vu d'belles, avec eul'père, pis toi aussi. Des d'mandes, des plus extravagantes au plus indécentes ! Alors chui pô étonné !
— Pour des commandes privées ! Là…
— C'est c'que j'me suis dit… Mais j'vas pas contrarier les lubies des clients. C'est qu'il a payé pour, eul'sergent ! Et grassement, encore.

Le signe universel qu'il fit avec ses doigts s'accompagna des hochements de tête d'Albin.

— Pis ton fils, il en verra d'autres, va !
— Y vont en faire une tête, mes grands…
— Ma sinon, c'est-y joli ou non ?
— Ma foi, j'dois dire que c'est une beauté, comme dirait l'Autre. Ça vaut bien l'travail du père, parole !

Le fils Michel, fier de lui, sourit de toutes ses dents.

— Ah, ça, chui ben content, alors ! C'est pas que j'te mette dehors, père Chicourt, mais faut boucler c't'affaire ! Moi, j'a une livraison à part, avec instructions.

Le père Chicourt appela ses fils afin de mener sa mission à bien : transporter la statue de bronze jusqu'à son lieu de destination, et effectuer l'installation.

— Et n'oubliez pas, vous autres, cria Michel en les voyant s'affairer, c'est une surprise ! Une fois fixée, couvrez à nouveau, faut surtout pas relever ! C'est les instructions d'eul'sergent, il a payé pour.

Moins d'une heure après, les Chicourt étaient sur le départ.

— Tiot Albin, fit le fils Michel en bombant le torse, il est temps d'aller livrer la pièce qu'a été commandée. Avec un peu de chance, on aura un pourboire, et on s'en jettera un p'tit !

Il se prépara, suivit d'Albin dont les yeux brillaient d'impatience, et regarda les Chicourt s'éloigner. Il avait hâte ! Dès le lendemain, il se rendrait à la cérémonie d'inauguration, et il aurait enfin droit à son heure de gloire. Il fit claquer sa langue.

— C'est qu'on dira qu'il est sacrément futé, le fils Michel, mé !

Les Chicourt père et fils se mirent au travail. Ils placèrent la statue, la fixèrent, puis ils restèrent devant elle, en silence. Le père était en pleine réflexion, et paraissait mécontent. Les autres, embarrassés, n'osaient dire un mot.

— Elle est ben fixée, c'est du costaud, tenta l'un des fils.

Le Buste de Bronze

— Et alors, qu'est-ce t'as à en dire ? grommela le père.
— J'en dis... que ça vaut le travail du père, ma foi...
— Nan, ça, là. Le... La...

Le fils se mit à rougir.

— Ché pas quoi en dire... Avec les reliefs, on dirait bien...
— C'est p'têt pour y accrocher un vêtement ? intervint l'aîné des Chicourt. Ou qu'les gamins s'balancent dessus ?
— Et pourquoi qu'c'est à cet endroit-là, nigaud ? bougonna le père en serrant les dents.
— Devant, derrière... c'est ben tout pareil !
— C'est du *public*, bon sang !...
— Ma c'est son orphelinat à *lui* ! rétorqua le garçon.

Le père Chicourt était contrarié, et se grattait la tête. Que devait-il faire ? Après tout, il n'était là que pour l'installation. Le reste ne le concernait pas...

« Ne pas en faire plus, jamais trop en faire ! » lui répétait toujours son père.

Et puis, il n'y connaissait rien en art.

— P'tit Jean, t'en verras de belles ! dit-il en se tournant vers son jeune fils. Y faut t'préparer. Va donc nous l'chercher, ce drôle-là, qu'y vienne vérifier sa marchandise !

Le petit Jean courut demander le sous-brigadier, qu'on lui indiqua être dans le parc, à l'arrière de l'orphelinat. Il le trouva en pleine discussion avec le maire, quelques donateurs et hommes d'affaires.

— Que veux-tu, enfant ?

Le Buste de Bronze

— Je suis le fils Chicourt, M'sieur ! Mon père m'envoie pour vous dire que la statue est bien fixée sur le piédestal. Si vous voulez bien vous donner la peine de venir vérifier ?
— Non, dit gaiement le sous-brigadier. Je suis là en *affaires.* Je connais la réputation du père Michel, et celle de ton père, nul besoin de me déplacer. Et j'ai déjà vu le modèle ! Fameux modèle... ajouta-t-il en se frottant les mains. Tiens, enfant ! Et dis à ton père de surtout laisser couvert.

Le petit Jean prit la pièce en remerciant et retourna en courant à son père.

— Alors, fiston, qu'est-ce qu'y nous dit ?
— Qu'il est occupé, qu'il a déjà vu le modèle, et qu'il faut surtout laisser couvert ! Il dit que sa statue est fameuse, et qu'il en est très content !

Le père Chicourt cracha son tabac et dit avec dédain :

— Bon Dieu, et ça ouvre un orphelinat ! Tous les mêmes, pour sûr !

Une fois la toile fixée, il fit signe à ses fils et ils quittèrent les lieux.

☆☆☆

José était plongé dans ses pensées. Il était passé le matin à la maison Tréfort, et sa livraison était réceptionnée ; il n'avait maintenant plus qu'à attendre. Il allait enfin quitter cette piaule, entourée de tous ces fliquards, et ce, dès le lendemain. Si tout se déroulait comme prévu, il serait libre. Et il pourrait enfin mettre en place son projet. Bien sûr, ce brigadier de malheur n'allait pas lui rendre la tâche facile, mais c'était un risque à prendre.

Le Buste de Bronze

Il fit le vide dans son esprit : il devait se préparer mentalement pour le combat de ce soir. Torse nu, il effectua quelques mouvements. Il avait gagné en musculature, grâce à son travail à l'orphelinat, lorsqu'il s'occupait du chantier. Cela constituait un avantage. Et depuis qu'il avait revu Pat Chouquette, il sentait comme une énergie nouvelle accroître la rapidité de ses coups. Le temps imparti du lendemain, les projets de Pat, et même André, tout cela le mettait sous pression. Avec ce combat, il déchargerait ses peurs et ses nerfs, qu'il contenait difficilement. On frappa à la porte.

— Tiens, quand on… Qu'est-ce que tu fiches ici ?
— Bien le bonjour aussi ! lança gaiement André. C'est pas que j'aime l'endroit, mais… J'ai préféré passer plutôt que de vous attendre, faire un point pour demain.

José l'ignora, et continua ses enchaînements. Il mourait d'envie de savoir s'il avait revu Pat et les autres, mais il était bien trop fier pour le lui demander. Son corps souple et sculpté attira l'attention d'André, qui se mit à siffler.

— Dites donc, vous êtes sacrément bien fait ! dit-il avec envie.
— Dis donc, toi, tu ne donnerais pas dans le bonhomme, des fois ?
— Quoi ?!

José le regarda en coin, un demi-sourire aux lèvres.

— Ça expliquerait pourquoi tu collais ton museau contre moi, à l'atelier !

La colère d'André retomba. Il se mit à rire franchement.

— Ah, pour ça non, mon capitaine ! Qui collait l'autre ? Refaites

Le Buste de Bronze

une chose pareille, et vous verrez bien, si j'en suis ou pas !

Après un instant :

— Tu vas combattre ? À mains nues ?
— Tiens, tu redonnes du *tu*… Oui, une dernière fois. Pour ici, du moins.
— J'peux venir ?!
— Nan, ce soir et jusqu'à demain, tu restes dans ta piaule.
— Tréfort est vraiment d'accord avec ça ?
— *Monsieur* Tréfort, je te le redirai pas trois fois, hargna José en montrant le poing.

André leva les yeux au ciel.

— Et : oui. Il est d'accord avec ça.
— Mais, lorsque la statue sera découverte ?
— J'aviserai. Je suis heureux d'être en liberté, mais j'ai assez encaissé. Il fallait que je riposte. Ce n'est pas tout à fait ce que j'avais prévu, mais…
— Alors… c'est entendu ? Vraiment ?

José hocha la tête.

— Cette statue, servira de diversion. J'en profiterai pour m'esquiver, et me rendre à la maison Tréfort. Ensuite… je te rejoins, là où on s'est dit.
— Et… Quand vous m'aurez remis… ?

José haussa les épaules.

— On se sépare. On prend chacun notre chemin.
— Et vous irez où ? fit André, après un silence.
— Ça, ça ne regarde que moi.

Le Buste de Bronze

D'un mouvement de tête, il fit comprendre à André qu'il était temps pour lui de s'en aller.

☆☆☆

« Quelle plaie, ce… ! » songea rageusement José, en longeant la rue principale. Lui et le cuisinier ne s'étaient pas quittés bons amis, quelques heures plus tôt.

— Je n'aime pas comment vous m'traitez, je vous en préviens ! avait lancé André en serrant les poings.
— Et moi, je ne t'ai jamais demandé de passer ici !
— Je croyais qu'on était passés à cochons ?!
— Ça, c'est toi qui le dit !
— On ne sait jamais sur quel pied danser, avec vous !
— Après demain, t'auras plus à t'en plaindre ! Et va pas tout foirer !
— Oh, mais, vous avez pas besoin de moi pour ça, monsieur le délicat, avec son *projet* et ses airs de ne pas y toucher !
— Plat de nouilles, bec à foin !
— Monsieur le suffisant, combats de rue et neuf mois de chantier !
— Prends-en de la graine, et tu finiras peut-être par en avoir !
— V'nez donc un peu par ici, que je vous caresse bien comme il faut, et vous verrez si j'en ai ou pas !
— Viens si tu l'oses ! Trou du c.. ! Bon à rien ! Brêle !!!

Après quelques secondes de fureur muette, André était parti en claquant la porte, exaspéré, et lui avait repris son entraînement, ou du moins il avait essayé…

Lorsqu'il était sorti de sa chambre, il avait eu droit aux railleries enthousiastes de quelques gendarmes présents sur les lieux.

Le Buste de Bronze

« Alors, on s'est disputé avec sa p'tite femme, aujourd'hui, Duval ? »
« Et où il va, comme ça ? La retrouver ? »
« Ah, c'est qu'il va faire sa d'mande ! »

S'ensuivit les rires moqueurs des agents, que José avait préféré ignorer.

« Pas de temps à perdre avec ces abrutis, avait-il pensé. Et en parlant d'abruti, il y en a un qui commence sérieusement à me plaire !... »

José souffla. Ce soir, c'est un certain *Mitchell* qu'il allait affronter... Il traversa la rue et prit l'avenue *Sullivan*.

« J'espère que je ne serai pas trop amoché pour la cérémonie... » se dit-il en la suivant.

Des questions l'agitaient. Pourquoi s'était-il tant énervé ? Et pourquoi rendait-il la communication si difficile ? José chassa ces pensées inopportunes en lançant quelques coups de poing. Ce n'était pas le moment. Quelques dizaines de mètres, et il se mesurerait à son dernier adversaire.

— N'allez pas plus loin ! fit une voix sur le côté.
— Qui va là ? répliqua José en stoppant devant la ruelle.

Une silhouette d'homme se détacha.

— Ou, du moins, je vous le déconseille. Fortement.
— Qui êtes-vous ?! lança José en avançant. Qu'est-ce que vous me v... ?
— Je ne ferai pas ça, à votre place, le coupa l'homme. Que ce soit

ici, ou pour ce que vous vous apprêtiez à faire. Quels que soient vos projets de ce soir, renoncez, et rentrez chez vous.

Cette voix… Elle lui semblait familière. Qui cela pouvait-il être ? Simple parieur misant sur son adversaire, ou mariole[15] d'une bande plus ou moins crapuleuse ? Ce ne serait pas la première fois… et il n'allait pas se laisser intimider si facilement ! Il fit un pas vers la ruelle, décidé à en découdre.

— Peu importe qui tu es et qui t'envoie, je vais m'échauffer les poings sur toi !

La voix de l'homme s'endurcit.

— Vous devriez prendre cela comme un conseil. D'ami.

José s'arrêta net. Il y pensa soudain : et s'il était armé ? On n'y voyait rien, dans cette ruelle !

— Vous êtes prêt à *tout sacrifier*, soit. Après tout, vous êtes *libre* de faire ce que bon vous semble…

José resta figé. L'intonation sur les mots n'était pas due au hasard. Au bout de l'avenue, des éclats de voix et des sifflements se firent entendre. Son dernier combat !... Consterné, il serra les poings sur ses frissons en inspirant. Que devait-il faire ? Il avait un étrange pressentiment, et son instinct lui dictait de se retirer sans plus attendre. Qui était et ce que voulait cet homme lui importait peu, dans le fond… Ravalant sa fierté, José remonta l'encolure de sa chemise et tourna les talons.

***

---

[15] De l'italien *mariolo*, signifiant à l'époque fourbe, escroc, filou.

CHAPITRE XIX

INAUGURATION DE L'ORPHELINAT, JOUR J

ANDRÉ.

« Il commence sérieusement à me courir, celui-là ! Un coup oui, un coup non, mais quelle mouche le pique ?! »

Le jeune homme empoigna son sac, son baluchon, et sortit rageusement de la maison Tréfort, sans un au revoir ni un merci.

« Hors de question que je reste ici une seconde de plus ! Cette satanée maison… Plus jamais on ne me gélatinera ! D'ailleurs, je le planterais bien là *lui aussi*, mais on n'en a pas fini… *Monsieur* a quelque chose à me remettre ! Nous verrons bien s'il dit vrai… Et s'il s'est joué de moi, je ne réponds plus de rien ! »

Il quitta l'opulence des beaux quartiers, fendit l'indigence cruelle des sphères malfamées, et se dirigea en pestant vers le bois.

JOSÉ.

« Espèce d'abruti !!! »

Voici les premiers mots qu'il prononça en ouvrant les yeux, lorsque l'uppercut de la honte le frappa de plein fouet. Comment avait-il pu faire demi-tour aussi rapidement ? Et sans broncher !

Tu parles d'un final... Sa réputation était faite. Il se demandait si être prêt à tout pour son « projet » ne le rendait pas aussi mou qu'une chiffe ! Certes, il regrettait d'avoir fui, mais à tout bien y réfléchir, il avait joué la carte de la prudence. Et suivi son intuition. Il espérait d'ailleurs ne pas être ennuyé par quelque langue déliée, lors de la cérémonie. Encore quelques heures à tenir, et il serait loin d'ici. Se gratifiant lui-même de jurements bien corsés, il enfila une tenue sobre, rassembla un reste d'affaires, et claqua la porte de la chambre derrière lui.

☆☆☆

QUIFLANCHE.

    L'ex-sous-brigadier rejoignit son successeur qui attendait au-dehors, les yeux rivés vers le ciel.

« Une bien belle journée ! Et une bonne chose de faite. Au moins une...
— L'inauguration devrait pouvoir vous remonter le moral, che... je veux dire... Je suis confus.
— Charles, ira très bien. »

L'ancien adjudant acquiesça, la cigarette et son sourire franc aux lèvres.

— Vous voici donc à une place de choix, mon cher Latruffe. Cependant, que l'officialisation de la passation de poste ait eu lieu *avant* la cérémonie m'ennuie...
— ...
— C'est que, je n'en ai pas fini avec ce José... Et j'aimerais m'assurer, maintenant que vous êtes en poste, et que je vous ai montré ma totale confiance, que vous saurez... me le rendre... à l'occasion... Vous me comprenez ?...

Le Buste de Bronze

— Parfaitement, répondit Latruffe avec un mouvement de tête respectueux. Je suis votre obligé.

À cette réponse, la bouche de Quiflanche se tordit d'un sourire mauvais.

☆☆☆

PÈRE MICHEL, PLACE DE L'ORPHELINAT, AVEC UN AMI.

— Alors, et cette statue ?! J'a entendu dire qu'elle est ben belle, et que l'brigadier est ben content !
— Ben ! Me suis même déplacé exprès ! J'a fait l'moule, ma le reste, c'est mon con qu'a fait ! C'est-à-dire que j'a comme qui dirait la goutte et que j'a…
— Moi, a pas encore vu : elle est couverte.
— J'a pas vu non plus, ma si l'brigadier est content… c'est qu'y va pouvoir prendre la r'lève, mon con ! Et chui pas peu fier ; il a ben r'monté dans mon estime !
— Alors, père Michel, c'est qu'tu l'as ben éduqué, et qu'tu peux calancher tranquille !
— Pour sûr ! C'est qu'j'lui a toujours fait confiance, à mon con !

☆☆☆

HONORÉ CRÈME, PLACE DE L'ORPHELINAT, ESTRADE.

« Faites que du monde arrive ! » pensa le maire avec inquiétude, en cherchant son ami Paul des yeux. Il ne l'aperçut pas. Il y avait bien une partie de la tourbe[16] – celle qui n'avait pu se déplacer – et quelques donateurs. Mais tout le reste, il le savait, était parti pour *l'autre* événement, celui attendu impatiemment,

---

[16] Ou *plèbe*, ou *populace*, c'est à vous de voir !

relaté par la presse du monde entier, et il avait fallu qu'il se déroule au même moment ! Tous s'étaient empressés pour voir de leurs yeux vu *le* monument en vogue.

Que pouvaient bien faire les gens d'une tour si grotesque, qu'on n'en entendrait bientôt plus parler, alors que la crème de la crème – c'est-à-dire lui-même – présidait l'exceptionnelle cérémonie d'inauguration d'un orphelinat ! En voilà une cause qui était noble, et qui méritait la première page des journaux !

Ferreror, Suchard et les autres lui firent un signe au loin ; il les salua poliment à son tour. Heureusement, ses amis proches avaient répondu présents – il avait tout de même dû insister ! –, mais il sentait bien, avec regret, qu'ils avaient hâte d'en terminer. Même son service presse, Fourré et Coco, ne tenait pas en place ! Tiens ! Quiflanche arrivait, avec une troupe d'investisseurs. Quelle bonne idée il avait eu, de construire cet orphelinat ! Beau bâtiment. De quoi apporter un peu de classe et faire du bien à la communauté. Il éprouvait tout de même une certaine aversion envers ce sous-brigadier. Il faut dire que cette couleuvre « croustillante » qu'un jour il avait voulu lui faire avaler... lui restait en travers de la gorge. Qu'est-ce que c'était que ces manières ? Ils n'avaient pas élevé les cochons ensemble ! Et certaines gens ingurgitaient vraiment n'importe quoi...
Non, lui, ce qu'il aimait, c'était une truite bien dodue, grillée au feu de bois, et qu'il aurait pêché en bateau, ivre, avec un ami[17]...

Ah ! La place se remplissait, et du beau monde arrivait, enfin ! Voilà qui était réjouissant. Mais... Où était donc Paul ?...

---

[17] Cher lecteur, j'écrirais bien une note à ce sujet, mais ce serait très indécent !

Le Buste de Bronze

ANDRÉ.

« Je n'ai pas besoin de toi, Duval ! Je vous quitte tous sans regrets ! Lorsque j'aurai récupéré mon dû, je rentre au pays. Et vous verrez de quoi est capable André Pédard ! »

Ainsi s'exclamait André, allant et venant, lorsqu'il arriva au bois. Il s'approcha du fourré que José lui avait indiqué, y trouva quelques sacs, appartenant à ce dernier. L'espace d'un instant, une idée lui traversa l'esprit – ce qui le fit un peu rougir. Il renonça. De toute façon, José n'était pas si bête pour risquer ainsi ce qu'il avait amassé depuis tout ce temps... À moins que...
Il déposa ses affaires aux côtés des siennes et se mit à souffler.

À quelle heure devaient-ils se retrouver, déjà ? Il se rendit compte qu'il n'en savait rien... S'il l'avait accueilli plus gentiment, aussi, ils seraient allés à l'essentiel ! Mais au lieu de cela...

« J'espère qu'hier soir, tu t'es pris la raclée de ta vie ! » pensa le jeune homme avec un sourire goguenard. « Et que ça t'a appris le RESPECT ! » termina-t-il en hurlant.

Maintenant qu'il s'était lâché, restait plus qu'à attendre... Il fit les cent pas, tourna en rond, mit quelques coups de pied dans les troncs. Et pensa encore aux sacs de José, ce qui le fit sourire jusqu'aux oreilles.

« Allons bon, le bougre n'est pas si mauvais, se surprit-il à penser. Et il a un passé difficile, alors... »

Pourquoi la communication était-elle si compliquée, entre eux ? Il l'ignorait. En tout cas, sa colère était passée. Jusqu'à présent, la seule personne capable de le calmer, avait toujours été sa mère. Sa chère mère... Pour ça, il lui suffisait juste de la regarder. Il pensa à elle avec nostalgie. Treize ans, déjà. Il avait hâte ! D'un coup, il sursauta. Il fouilla chacune de ses poches, se précipita sur ses sacs, qu'il retourna. Consterné, il repartit en courant.

☆☆☆

JOSÉ.

Plusieurs fois, il inspira et souffla fort afin de garder ses idées claires. Ce qu'il ressentait était facilement descriptible : de la peur, mêlée de frissons d'excitation. C'était la dernière ligne droite, et il n'avait pas le droit à l'erreur. C'est pour cela qu'il avait préféré se faire discret avant le clou du spectacle. Parce qu'une fois la toile lâchée, il ne pourrait plus revenir en arrière. Quoique, il était, de toute façon, déjà trop tard. Il sortit du fourré où il était terré depuis des heures, y laissa ses affaires, en espérant que le plat de nouilles qu'il devait supporter ne passe pas à côté. Il rectifia sa pensée. Il espérait qu'*André* arriverait au point de rendez-vous et trouverait la cachette sans encombre. Après tout, il n'était pas si stupide qu'il en avait l'air. Il tira la montre que son ami et maître, Paul Tréfort, lui avait offert. On y était. Il était temps pour lui de se rendre à la cérémonie.

☆☆☆

CÉRÉMONIE D'INAUGURATION DE L'ORPHELINAT

Le soleil de ce samedi de mai brillait de mille feux, reflétant sa lumière sur les stands disposés à travers le parc. La bonne humeur ambiante régnait en maître, et les mines réjouies s'extasiaient toujours plus à chaque découverte. L'ex-sous-brigadier avait vu grand : il y avait ici de la musique,

Le Buste de Bronze

des jongleurs et un ventriloque, et là-bas des meubles en rang, permettant de jouer au *Trou-Madame*[18], *à la Grenouille*, et *au Sabot*[19]. Les nombreuses « buvettes » proposaient eau fraîche – et presque potable ! –, bières et café ; les plateaux : pain frais, assortiments de charcuteries et de pâtés, ainsi que des sandwichs garnis de viande et de fromage. On allait de table en table, voulant tout voir, tout faire et tout goûter. La majorité des personnes présentes, dépourvues de moyens, n'avaient pas déjeuné : elles s'en donnèrent à cœur joie, se félicitant d'être restées et de n'avoir fait cas de *l'autre* affaire.

« Cela ressemble beaucoup à ce que j'ai goûté chez *Véfour*[20] », dit un jeune ouvrier, qui n'avait jamais mis les pieds à Paris de sa vie. À l'arrivée de macarons et de petits biscuits, leur seule vue le bouleversa, et comme les autres il se tut, savourant en tremblant les mignardises dont son palais grossier n'aurait pu imaginer se délecter un jour.
Les promeneurs de toutes classes se côtoyèrent sans trop de mal. Si l'élégance du beau monde eut droit à des tables et des sièges réservés, à l'ombre, la calèche, elle, ne fit aucune différence, et tous les enfants sans exception purent profiter de balades à poney. Leurs éclats de rire retentissaient à chaque tour de parc, pendant que les parents suivaient de loin, tranquillement.

Quiflanche dominait à la table de M. le maire, attirant l'attention par des récits d'aventure, et par les quelques badauds qui osaient s'approcher pour lui serrer la main avec émoi.

---

[18] Jeu de bois destiné d'ordinaire aux femmes et aux enfants, comparable au *Passe Boules*.
[19] Jeux de palets traditionnels et populaires dans les kermesses de l'époque, surtout dans le Nord de la France, en Picardie.
[20] Le *Grand Véfour*, restaurant parisien très en vogue à la Belle Époque, qui existe toujours aujourd'hui !

Un pli leur fut adressé, annonçant à Honoré Crème que M. Tréfort, souffrant de fortes migraines, gardait le lit jusqu'au lendemain. Chacun déplora son absence, sauf l'ex-sous-brigadier qui en profita pour se réclamer du succès de la journée. Le maire, le regardant avec dédain, lui répondit froidement :

« Vous devez en ce sens beaucoup à Paul, qui a le bon goût, l'art et la manière, et qui a eu l'amabilité, pour notre bon plaisir, de nous régaler et vous prêter ses gens. »

Après des heures de festivités, de citronnade et de confiseries de chez Rocher, le groupe de M. le maire commença à se déplacer. Ces messieurs et ces dames se dirigèrent vers l'allée en direction de l'entrée du bâtiment et la foule suivit à son tour, la bouche pleine et sur un petit nuage. On s'attroupa et s'installa au mieux derrière les rangées de sièges devant l'estrade, destinés à l'élite et leurs proches. José arriva à ce moment précis, et monta la plateforme en saluant discrètement. Le maire vérifia que tout était prêt, que tout le monde était présent, puis il se plaça en évidence.

« Je déclare officiellement ouverte la cérémonie d'inauguration de l'orphelinat ! »

Un tonnerre d'applaudissements et de sifflements se fit entendre.

***

CHAPITRE XX

Après une présentation des participants financiers au projet, le maire laissa sa place à Charles Quiflanche. Celui-ci se lança dans un discours qui, une demi-heure plus tard, n'intéressa plus personne. La bonne humeur générale se dissipa, l'ennui gagna la foule, et on se mit à bâiller, à soupirer. Une dame fortunée, assise au premier rang, agita son éventail avec impatience : « Va-t-il en finir bientôt ? C'est assommant ! »

« ...et en tant que père, pour ces orphelins, je promets des corrections sévères, mais justes ! Votre bienfaiteur, ici présent... »

L'ex-sous-brigadier marqua une pause en toussotant. La foule, croyant qu'il avait terminé, applaudit avec célérité. Le maire s'empressa de faire l'annonce de ce qui devait être une surprise pour José : la remise d'une prime spéciale, sous la forme d'une bourse de pièces d'or.

« Il a été décidé par le comité, à l'unanimité, d'offrir à M. Duval cette gratification, en récompense de ses bonnes actions, de son courage et de sa générosité depuis l'année passée ! »

À l'annonce de l'or, la foule redevint euphorique, et remua d'intérêt. Une partie des agents postés par le nouveau brigadier se dirigea vers elle pour la contenir ; les autres montèrent sur l'estrade. José n'eut pas à feindre l'étonnement. Avec la pression des derniers jours, il avait tout simplement oublié.

« Vous êtes bon comédien, souffla Quiflanche à son oreille, et en lui pinçant le bras. Cette prime, ne l'oubliez pas, vous me la remettrez après la céré... »

José le repoussa d'un coup de coude et rejoignit M. Crème sur le devant de la scène. Il saisit la bourse qu'on lui remit et remercia chaleureusement, soupesant le sac dans ses paumes devant la foule silencieuse. Il avait vécu une année curieuse, étonnante, qui, à présent, prenait tout son sens. Libéré de son vêtement qui le maintenait guindé, il n'avait jamais été si sincère. Son discours fut bref, mais touchant. Il avait aimé participer à ce projet, parce qu'il était lui-même orphelin. Et il bénissait sa rencontre avec Paul, qui avait changé sa vie.

« Du reste, poursuivit-il, je ne mérite pas tous ces honneurs. Monsieur le membre du comité, monsieur le Maire, si vous le permettez... »

Ils s'entretinrent quelques minutes à voix basse, leurs hochements de tête suscitant autour d'eux un intérêt grandissant.

« Très bien ! » finit par dire M. Crème, en récupérant la bourse chargée des pièces d'or. Puis, s'adressant au public :

« C'est extraordinaire ! L'homme que vous voyez là renonce à sa prime, mais pas à sa générosité, puisqu'il opte pour une redistribution, à parts égales, entre tous les camarades ayant participé de près ou de loin au projet ! »

Les ouvriers présents sur la place restèrent figés, abasourdis du cadeau de leur ancien collègue.

« Et ce n'est pas tout ! continua le maire en ouvrant les bras. Cette journée se veut généreuse pour tous ! Monsieur Duval, *José*, a décidé de faire don de sa part à la communauté. Nous vous annonçons donc la création d'un fond de secours spécial, qui, sur sa demande, sera versé prochainement aux plus démunis d'entre vous... Et que d'éventuelles donations ne manqueront pas d'étoffer !... »

Urbains et ruraux écarquillèrent les yeux. Quiflanche, lui, émit un long son de gorge, que Fourré s'empressa de relever. Enfin, après un instant de silence, la foule s'ébaudit et célébra l'annonce dans un concert de larmes et de vivats enjoués.

« Comme c'est charmant ! approuva la dame du premier rang. Ce José est surprenant, libéral et... bel homme. »
Elle fit glisser son éventail le long de sa joue à son attention[21].

Quiflanche voyait rouge : il cumulait les humiliations. Par deux fois le maire l'avait pris de haut, et coupé dans son élan. Et maintenant le *pinson* se moquait de lui, ouvertement. Il roula des yeux terribles lorsque José se replaça, à distance cette fois, et en l'ignorant. Cet homme à tout faire lui tenait tête, et il n'aimait pas du tout cela. Il devait trouver quelque chose, et vite s'occuper de son cas. S'il ne croupissait pas en prison, c'était grâce à lui ! Et il lui devait, à ce titre et à vie, respect et obéissance ! Si seulement la nuit dernière...

Pendant que l'ex-sous-brigadier étouffait de rage et de chaleur dans son costume trop épais, les gens dans la foule ne tarissaient pas d'éloges sur cette journée exceptionnelle. Ils s'étaient amusés comme des fous, avaient goûté des mets fameux et mangé tout leur content. Puis, José, reconnu pour sa dévotion, leur avait offert soutien et considération. Dans une vie comme la leur

---

[21] Une... déclaration ?

comptant peu de loisirs, ils garderaient ce jour en mémoire et en parleraient longtemps.

Les clameurs s'estompèrent et on se prépara pour le coupé du ruban. M. Crème et Quiflanche, suivis des donateurs, des investisseurs et du personnel, quittèrent l'estrade pour l'entrée principale. Le maire invita le propriétaire des lieux à le rejoindre et ils tirèrent tous deux sur un drapeau tricolore, dévoilant la plaque inaugurale où figurait le nom de l'établissement. Après moult captures de Coco, le maire et Charles Quiflanche, ciseaux en main, allèrent au ruban. José, serrant distraitement les mains qu'on lui tendaient, se tenait prêt. Le fils Michel, entouré de ses compagnons de beuverie, trépignait d'impatience.

Les ciseaux s'ouvrirent et se refermèrent sur le ruban aux couleurs de la France.

« Mesdames, Messieurs, bienvenue à *De Belles Orphelines*[22] ! »

« Mon heure de gloire arrive ! » s'extasia le fils Michel.

« Les lions sont lâchés ! » pensa José, les sens en alerte.

La voix du maire se perdit dans les hourras de l'assemblée.

« Voici le moment que l'on attend tous avec impatience… maison Michel, dont la réputation n'est plus à faire ! J'ai hâte, comme vous tous ici présents… qui immortalisera… et dont l'on m'a vanté la beauté… Monsieur Quiflanche ?

---

[22] Soit vous l'avez, soit vous ne l'avez pas !

Le Buste de Bronze

— Avec cette journée, vous avez eu un avant-goût de ce qui attend les orphelins de notre pays. Des jeux seront construits... à mon image, symbole de mon engagement... afin de faire d'eux des sujets exemplaires... »

José, sur le qui-vive, siffla machinalement un air. Il crut entendre ce même air, quelque part dans la foule, et réprima un cri de douleur.

« Pas ici ! »

L'air continua de se jouer, par intermittence, d'un endroit à un autre. José observa à la hâte les visages alentours, en se tenant le côté. L'assemblée se mouvait, au comble de l'excitation, mais il ne trouva rien d'anormal. Avait-il rêvé ? Non. Il avait entendu une voix, et le coup violent et précis qu'on lui avait mis était bien réel. Cherchait-on à se venger de son absence, au combat de la veille ?

« ...et ainsi leur faire le plus de bien possible... grâce à ma droiture ! »

Quiflanche, fier de lui, se dressa de tout son long. Le maire fit signe aux Chicourt. José ne perdit pas un instant et s'enfonça dans la foule. Il allait en sortir lorsqu'il aperçut Chouquette et le *grand*, quelques mètres plus loin, le fixant intensément. Que faisaient-ils ici, à cet événement et... parmi cette masse humaine ? Il eut un frisson d'effroi. L'air ! Et si la présence de Chouquette signifiait... Figé dans la huée, il l'interrogea, le visage suppliant. Son sang se glaça lorsqu'un éclat déchira le ciel, et que vinrent les premiers hurlements. Le mouvement se resserra et il le perdit de vue un bon moment dans la bousculade.

« Que veut-il faire à nos enfants ?! »
« C'est honteux ! Enfermez-le ! »

La place tremblait d'un tumulte infernal. José se redressa. Pat, au loin, le rassura d'un signe de tête.

« La statue ! » pensa-t-il aussitôt.

Surchargé d'émotions, il l'avait oubliée.

D'un geste large, M. Crème envoya le signal : l'orchestre se lança et les fils Chicourt firent tomber la toile. Un éclat spectaculaire traversa la place de l'orphelinat, aveuglant toute l'assemblée. Puis, la statue apparut devant tous, majestueusement dressée sur son piédestal. Éblouissante, elle capta tous les regards. La foule obnubilée vanta sa splendeur ; les connaisseurs son patinage. Quiflanche lui-même, ne s'attendant pas à tant de noblesse, se trémoussa devant elle, la langue pendante : « Elle brille, elle rayonne, elle irradie, elle… ! »

Le père Michel était bouche bée. Il rejoignit son fils, le cœur gonflé d'orgueil, répétant à qui voulait l'entendre : « Ça c'est mon con, ça ! C'est mon con qu'a fait ! » Le fils Michel gloussait, rougissant et heureux. Honoré Crème, quant à lui, était enchanté du final de la cérémonie. Ça, c'était de l'événement, et dont on parlerait longtemps ! Et quel homme, ce José ! Quelle extraordinaire générosité ! Paul avait bien de la chance. Et cette statue ! Une vraie beauté ! Tiens ? Qu'est-ce que c'est donc ? Quelqu'un tirait sur sa manche… Il se retourna vers le donateur. Celui-ci, toussotant, montra la statue du doigt : « Monsieur le Maire, pardonnez-moi… mais qu'est-ce donc que ce… cette… ? »

Le maire suivit la direction indiquée en souriant avec bienveillance. Après quelques secondes, les yeux sortant de leur orbite, il poussa un *Uuuhhhhh !!!* des plus térébrants, que ses mains, plaquées contre sa bouche, ne réussirent à étouffer.

☆ ☆ ☆

Bosse. Bourrelet. Proéminence. Excroissance. Voici quelques-uns des mots venant à l'esprit des personnes qui, se grattant la tête et rapprochant leur visage, tentaient de nommer la *chose* qu'ils avaient devant eux. Suite au cri strident du maire, tous les regards étaient rivés sur le surplus de la taille d'un bras, fiché dans ce qui représentait le séant de l'ex-sous-brigadier. Des fortunés réajustèrent leur monocle, croyant à une plaisanterie.

« Est-ce bien l'œuvre du père Michel ? demanda une femme à un congénère.
— Cela me semble évident. Je penche pour une maladresse due à son âge avancé : il se sera trompé quant à la place du gourdin, semble-t-il...
— Ou il aura confondu avec une commande privée... »

La foule, dubitative, se mura dans une réflexion embarrassée. Les badauds se regardaient, cherchant à comprendre.

« Qu'est-ce donc que ce... cette... ? On dirait comme un long pain... fit l'un.
— Qui s'rait planté dans l'derrière... fit l'autre.
— Moi, j'penserai à tout aut'chose ! dit un troisième.
— Ça s'rait pas un vilain tour du père Michel ?
— Nan : c'est son con qu'a fait !
— Une malice du fils, alors ?
— M'étonnerait pas, faudrait lui d'mander ! C'est qu'il les aime pô, les décorés !
— Nous, on avait pensé à une grosse courge, mais maint'nant je

sais ! s'empressa de déclarer Albin. C'est pour qu'eul'sergent s'amuse dessus !
— C'est-y possib' ?! s'insurgea la troupe.
— Très possib' ; c'est tiot Michel qui m'a raconté : d'habitude, ça s'passe dans le p'tit salon ! Mais là, l'sergent, il a payé pour !
— Y'a rien d'plus vrai ! confirma le père Chicourt, les poings serrés. Et mon p'tit Jean peut en témoigner ! »

Les femmes, offensées, détournèrent leur regard et cachèrent celui des enfants. Le duo Fourré-Coco n'en perdit pas une miette, l'un glanant ci et là les premières impressions, l'autre photographiant la *forme* en cherchant l'angle le plus avantageux. Le fils Michel, de son côté, expliquait aux intéressés comment il s'y était pris pour obtenir, sur cette partie, un contraste et des couleurs variées. Si certains apprécièrent la mise en valeur et le travail tout en finesse du manche – occasionnant par là sons de contentement et passage de langue gourmande sur les lèvres – les autres – la majorité –, ne tardèrent pas à crier au scandale.

Alors que l'on se figurait toutes les choses possibles et imaginables, Quiflanche, lui, n'avait toujours rien remarqué. Il posait volontiers devant l'objectif de Coco, tout disposé aux questions de Fourré.

« Cette statue est... particulière. Sont-ce là les corrections et la droiture dont vous parliez ?
— On ne peut rien vous cacher. Cette statue, à mon image, incarne toute la discipline et le respect que je souhaite leur incul... »

Il ne finit jamais sa phrase. À cet instant, un enfant cria dans l'assemblée : « Maman, il a quoi le sous-brigadier dans son derrière ? Pourquoi il faut pas regarder ? »

Le Buste de Bronze

Un murmure réprobateur s'éleva des rangs, couvrant une Primavera[23] des plus enjouées. Même les ignares ne se laissèrent pas bernés ; un cri retentit, bientôt suivi d'un autre.

« Que veut-il faire à nos enfants ?! »
« C'est honteux ! Enfermez-le ! »

Le donateur, tentant de garder une contenance, répéta : « Mais qu'est-ce donc ?... »
« *La couleuvre !* » pensa le maire, horrifié.

Les huées de la foule – la moitié riant, l'autre moitié outrée –, l'insistance du donateur, la *chose* et les informations qualifiées de « croustillantes » par Fourré… c'en était trop : M. Crème sentit son cœur se soulever.

« Qu'on l'emmène, qu'on l'emporte ! s'écria-t-il, excédé. J'ai horreur de l'exhibition ! Et c'est par trop cru ! »

Dans le bousculement général et le fatras de sièges renversés, l'orchestre débuta de palpitants accords[24], sans aucune fausse note et sans se démonter.

☆☆☆

José entr'ouvrit la porte de la chambre.

« Monsieur ? Je n'ai pas beaucoup de temps… »

***

---

[23] Antonio Vivaldi, *Les Quatre Saisons – Printemps (Allegro, 3ᵉ mouvement)*, 1678-1741.
[24] Ici Jean-Sébastien Bach, *Concerto N°2 pour violon en Mi majeur*, 1685-1750. Note : ces deux airs sont à contre-courant pour l'époque !

PARTIE V

CHAPITRE XXI

ANDRÉ.

Il appuya sur sa jambe, espérant atténuer la douleur. Courir dans son état n'était pas recommandé. D'autant qu'il n'était pas plus avancé : aucune trace de son médaillon à la maison Tréfort, qui se trouvait étrangement vide, sauf de son propriétaire. *Monsieur* avait d'ailleurs frisé l'hystérie de le voir encore sur place et l'avait littéralement jeté dehors, sans ménagement. Un comble, après toutes ses années de service !
Si André était très peiné – pour le médaillon, pas pour *Tréfort* ! –, il avait pour l'instant plus urgent à régler. Avait-il bien entendu ? Trois pauvres hères, se plaignant d'avoir tout misé sur le combat de la veille. Gendarmes, *Mitchell*, embarquer... C'était flou, mais il n'avait pas le temps de s'arrêter. Il devait se rendre à la cérémonie et voir s'il y trouvait José. Il fit un détour par la boulangerie Chouquette – là-bas non plus, personne – espérant retrouver son médaillon.

« Mais où sont-ils tous passés, nom de nom ?! »

Si José s'était fait prendre, il devait en avoir le cœur net : pour lui, cela changeait toute la donne. Pourtant, ses affaires se trouvaient bien dans le fourré... De toute manière, en cas de problème, il trouverait refuge chez Pat, il s'était décidé.

« C'est bien ma veine, pensa-t-il, agacé, si je me retrouve dans la panade à cause de cet incapable !... Parce que tu peux bien être enfermé, Duval ! Moi, c'est pour mon dû que je m'inquiète ! Ce qu'il peut t'arriver... »

Le Buste de Bronze

Clopin-clopant, il se dirigea vers l'orphelinat et croisa sur le chemin quelques anciens camarades ouvriers, la mine réjouie et l'air pressé.

« C'est qu'on s'dépêche de rentrer, lui dit l'un d'eux. La place grouille de perdreaux ! Pour une *chose*, mais une *chose* ! qu'il ne fallait pas manquer ! L'sous-brigadier est en fuite... Si tu l'croises, fais gaffe à ton derrière ! »

Ils partirent tous dans un fou rire.

« Lorsque tu verras José, remercie-le encore, poursuivit-il, reconnaissant. On n'oubliera pas ce qu'il a fait pour nous à l'inauguration, parole d'homme ! »

André ne put en savoir plus : les ouvriers le saluaient déjà et reprenaient leur course en riant.

« Ha ! Ha ! La statue est donc découverte ! pouffa-t-il à haute voix. C'est qu'il a dû en faire une tête, notre con qui flanche ! Dommage, j'aurai bien voulu voir ça ! Quant à José, s'il était présent à la cérémonie, j'en conclus qu'il a trouvé le moyen d'échapper hier aux gendarmes... »

« Allons vite voir au bois si le loup y est, avant qu'il ne se fâche ! s'exclama-t-il en filant à grands pas. C'est qu'il serait encore capable de m'accuser d'être en retard ! »

☆☆☆

QUIFLANCHE.

La première minute, il resta immobile. Interloqué, il considéra bouche bée la *longueur*, tentant de comprendre ce qu'elle signifiait et surtout pourquoi elle se situait *là*.

Le Buste de Bronze

— Qu'en est-il des orphelins ? le relança Fourré. Vous disiez leur vouloir beaucoup de bien...
— Je souhaite leur incul... leur incul... Leur incul-cul... !

« Un cul, pensa Quiflanche, le cerveau à l'arrêt. Avec quelque chose... à l'intérieur... »

Parmi la foule, des familles ricanaient, les pointant du doigt lui et la statue, quand d'autres reculaient avec dégoût. Les participants financiers avaient cessé de chuchoter, affichant clairement leur opinion.

« Quel grossier personnage ! fit un investisseur à un donateur. Je pense me retirer de cette affaire sur le champ...
— Pour ma part, je salue son audace, pour afficher pareille chose en public. S'il faut ouvrir les paris, je pencherai pour une...
— Et moi pour un...
— Dans les deux cas, c'est du plus mauvais goût ! »

« Moi qui me rend souvent à Paris, dit le jeune ouvrier à Fourré qui l'interrogeait, cela me semble tout à fait correspondre à l'esprit du moment, et de ce que j'ai pu voir à *Grévin* !... »

De son côté, le maire hurlait à l'infamie et, à quelques mètres de là, une dispute éclatait. Quiflanche, les bras ballants, fixait toujours l'appendice de bronze qui, pendant avec flegme à l'arrière du séant statufié, semblait le narguer. Une image lui vint.

« *L'œuvre du diable !* » s'écria-t-il intérieurement.

Soudain, son visage devint rouge, les veines de son front gonflèrent, et de sa gorge sortit un flot de paroles continues.

« C'est terrible, c'est affreux, c'est abominable, c'est inconcevable, c'est... ! »

Le Buste de Bronze

Un nouvel héritier, lui tapotant l'épaule, s'enquit discrètement : « Excusez-moi, mon cher… Pour commander la même, où faut-il s'adresser ?... »

« …c'est monstrueux, c'est insoutenable, c'est intolérable… ! »

Après un moment, son débit ralentit et il se mit à marmonner, et lorsqu'il épuisa son vocabulaire et n'eut plus de mots, il se raidit, à bout de souffle, luttant pour respirer. Le monde se fissurait autour de lui, et il dut fournir un effort considérable afin de reprendre ses esprits. Il tourna sur lui-même et son regard s'arrêta sur la discussion très animée un peu plus loin. Hors de lui, il fonça droit sur la mêlée.

« C'est un coup de Trafalgar ! hurlait le fils Michel. Pou' mieux m'faire passer pour un nigaud aux yeux du monde ! Ma chui pas fou : c'était déjà coulé !
— J'a fait l'moule, ma j'a rien coulé ! criait le père à son tour. J'avons dit : moule et coule, et ça veut dire « tu prends l'moule et tu coules », 'spèce de bon à rien !
— Tu m'prends pou' un nigaud, ma c'était déjà coulé, quand chui arrivé ! Dis-lui, tiot Albin !
— Si fait, père Michel, y dit vrai, vot' garçon : il a eu qu'à casser ! La courge était moulée, restait plus qu'à la tailler ! »

À la découverte de l'extrémité éminente, le père Michel était resté coi, et aussi raide que la statue de bronze.

« Vindiou ! s'était-il écrié, multipliant les signes de croix. Qu'est-ce que c'est que ce… que cette… ?! »

En une fraction de seconde, il était passé des accolades affectives aux coups de pieds et, le bruit ne tardant pas à se répandre, un attroupement s'était formé, les uns accusant le fils et sa beuverie invétérée, les autres mettant en cause le père et son âge avancé, quand certains pointaient du doigt l'ex-sous-brigadier (tous les mêmes, pour sûr !).

Suite à l'intervention d'Albin, le pauvre père Michel était dans l'embarras, et ne savait plus quoi penser ; quant à son fils, il jubilait.

— Y sait pu c'qui fait, eul vieux ! cria-t-il à l'assemblée. Puisque t'as moulé, tu sais bien que ce machin-là, c'était déjà là !
— J'm'en vas t'frotter les reins à coup de paume dans l'derrière ! J'avons dit *moule et coule* ! Et main'nant, c'est la maison qui va couler ! Les yeux m'en tombent, si c'est pas malheureux !
— Et qu'est-ce que ça change ? Pourquoi tu m'reproches d'avoir taillé la courge, quand c'est toi-même qui l'a moulée ?
— C'est ben vrai père Michel, j'étais là et j'a tout vu, parole ! insista Albin.
— Père Michel, intervint Chicourt, pourquoi t'en prendre à ton tiot, quand c'est ce drôle-là qui est cause de tout ?

Tous les regards suivirent et convergèrent vers Quiflanche qui, tournoyant sur lui-même, arrêta ses yeux fous dans leur direction.

— M'est avis qu'c'est l'déshonneur sur ta maison, et j'comprends ben ta position. Ma vous avez fait rien que ce qu'y vous a dit de faire !
— Ça c'est ben vrai, père Chicourt ! lança le fils Michel. Il a payé pour, et en plus, j'a fait du bon boulot !
— Oui, oui ! Il a fait du bon boulot, serrez-lui la main, père Michel ! s'écrièrent les gens dans la foule.

Le vieux fondeur se fit un peu prier, puis consentit à serrer la main de son garçon.

— Ma foi, c'est vrai qu'elle est ben belle, pis qu'elle est ben patinée ! Chui pas peu fier de toi, fiston. Ma j'sens ma pauv'tête qu'est tout embrouill…
— Vous !!! hurla Quiflanche en l'empoignant.

Fourré, s'assurant que Coco était sur le coup, se précipita :

— Avez-vous accepté la commande de suite, messieurs Michel ? Et qu'avez-vous ressenti en moulant le bout ?
— Laisse mon paternel tranquille, eh l'décoré ! cria le fils en mettant un coup de pied dans le mollet de l'ex-gendarme.

Quiflanche l'attrapa par le col et le souleva de terre, l'envoyant rejoindre son père dans les airs.

— À moi, mes garçons ! De l'aide pour nos amis Michel ! cria Chicourt en s'interposant.
— Tiot Albin, les amis, à moi ! hurla le fils Michel en se débattant comme un beau diable.
— Vieux débris sénile ! hurla Quiflanche, secouant le père comme un prunier. Qu'as-tu fait à *ma* statue ?!
— Relâchez ces hommes sur le champ ! ordonna le préfet, que le maire s'était empressé de faire mander.
— Négatif ! Pas avant que je ne règle le compte de ce gredin !

Le préfet, car il s'agissait bien de lui, réitéra d'un air sévère :

— Ce comportement est inacceptable ! Lâchez ces hommes immédiatement ! Et que l'on m'explique ce qu'il se passe ici !

Les rangs se resserrèrent autour de Quiflanche, qui, soufflant par le nez et le col des deux hommes entre les mains, ne bougea pas d'un iota. Les Chicourt et les autres hésitaient à passer à l'action, impressionnés par la présence du préfet, qui était un homme

Le Buste de Bronze

d'importance. Celui-ci était entouré d'agents, attendant ses ordres. Albin se lança et affirma haut et fort que la statue avait été payée « grassement » pour pouvoir « s'amuser d'ssus en public » ce qui changeait du « p'tit salon », et le père Chicourt fit venir son petit Jean, qui témoigna que Quiflanche avait trouvé sa statue « fameuse ». Fourré notait, rapide comme l'éclair, et aucun parti n'échappa à l'œil avisé de Coco.

— Que veut-il faire à nos enfants ? C'est honteux !
— Et v'là qu'y s'en prend à l'un des nôtres ! Monsieur le préfet, enfermez-le !
— Oui, enfermez-le ! hurlait-on de tout côté. À mort !
— Faites appeler le brigadier, ordonna le préfet à l'un des agents. Que l'on emmène ces hommes au poste, pour tirer cette affaire au clair.
— Il y a méprise ! cria Quiflanche.
— J'a fait l'moule ! Le reste c'est mon con qu'a fait... s'exténua le père Michel, avant de tourner de l'œil et de retomber sans mouvement.
— Il a tué l'un des nôtres ! scanda la foule.
— Pôpa !
— Agents, emparez-vous de cet homme !
— Je suis le sous-brigadier !
— *Ex*-sous-brigadier ! Vous filez un mauvais coton...

Quiflanche mesura rapidement la situation. La foule allait crescendo, réclamant justice, et les circonstances et témoignages ne jouaient pas en sa faveur. Il devait se retirer au plus vite, le temps de trouver une solution. Ni une ni deux, il envoya valser les agents en projetant sur eux les deux Michel, puis repoussa par des prises ceux qui tentèrent de lui barrer la route. Après quelques bonds, il disparut dans la masse. Chicourt et les autres se précipitèrent au secours du père Michel, et le maire hurla à l'envi.

« Que l'on emporte cette chose ! Que l'on démonte cette horreur ! Brigadier !! L'homme s'enfuit, mais rattrapez-le !!
— Il y a plus urgent, répondit Latruffe qui, repérant Quiflanche au loin, se détourna délibérément. La foule est intenable, il est de mon devoir de protéger bourse et participants. La haute société est notre priorité.
— Soit, mais... »

À l'arrivée des renforts, on décampa sans plus de manières. Albin quitta la place en zigzaguant et le fils Michel, aidé des Chicourt, emporta son père qui reprenait connaissance. L'émeute, une fois maîtrisée, ne présenta plus de danger. L'assemblée se dissipa, laissant un maire inconsolable face à l'orphelinat. Quant au duo Fourré et Coco, topant la tige rutilante, ils se félicitèrent d'être restés, et de tenir le seul article capable de faire de l'ombre à *l'autre* événement.

« Avance, eh gnou ! »

Quiflanche percuta l'homme au violon se trouvant sur son chemin et emprunta en courant la route menant à la ville. Comment cette journée, qui devait signifier son entrée dans la haute société, avait-elle pu se transformer en un tel cauchemar ? Il avait pourtant bien vu et validé le modèle ! Ce vieux grigou – était-il vivant, d'ailleurs ? – ne perdait rien pour attendre ! Il avait bien préparé son coup... Même les Chicourt, semblaient de la partie. Mais dans quel but ? Était-ce ce parfum d'anarchie, qu'il sentait flotter dans l'air ?...

L'ex-sous-brigadier trouva refuge dans un bosquet, le temps de reprendre son souffle. C'était un coup monté, il en était certain...

Et cet imbécile de Crème, qui avait fait venir le préfet ! Cela n'arrangeait pas ses affaires. Il rendrait une petite visite à cette fripouille de Michel – à moins qu'il ne soit mort ! –, mais, dans l'état actuel des choses, considéré comme un fugitif, il devait se montrer prudent. Le temps que cela se décante. Heureusement, il pouvait compter sur l'aide précieuse de son ex-adjudant. Une chance qu'il ait été nommé brigadier. Et une fois blanchi, il n'en tirerait que plus de gloire…

Alors que Quiflanche évaluait ses différentes options, la silhouette dégingandée d'un jeune homme chantant à tue-tête défila devant ses yeux.

***

CHAPITRE XXII

« Loup y es-tu ?!! »

José sortit comme un fou du fourré.

— Où est-ce que tu étais ?!
— Attendez, attendez, écoutez ça :

> « *L'bricard s'est mis en fuite, quand on a vu sa b... !*
> *Si y savait qu'c'est nous, c'est sûr, y d'viendrait fou !*
>
> *L'bricard a disparu, quand on a vu son cul !*
> *Maint'nant y peut chialer, fallait pas nous chercher !* »

Alors, qu'est-ce que vous en pensez ? J'me suis entraîné tout du long. Et j'ai d'autres couplets !
— Mais qu'est-ce que tu baves, bougre de... ? Où étais-tu ?! C'était pourtant pas compliqué, tu devais te trouver *ici*, à mon arrivée ! Et attendre !!
— 'tendez ! J'en ai un autre, encore meilleur. 'coutez ça : *L'bricon s'est pris une...*
— *T'étais où*, bon sang de bonsoir !! hurla José en le saisissant par le col.
— Eh ! Je t'ai dit de ne pas m'parler comme ça, Duval !

André se dégagea ; José joignit les mains.

— Mais qu'est-ce que je... qu'est-ce que j'ai fait ?...
— J'suis reparti chercher une chose importante pour moi, d'abord !
— Qu'est-ce qui ne tourne pas rond, chez lui ?...

— Ensuite, j'ai appris qu'on vous avait arrêté, alors fallait bien qu'j'aille voir !
— Mais qu'est-ce qu'il bave ?!
— J'suis passé chez les Chouquette : personne !
— J'en demandais pourtant pas tant ! Il fallait juste *surveiller les affaires* ! Et m'attendre !...
— Eh quoi, les affaires ? Rien n'est plus là ?
— J'allais partir sans toi, abruti ! Je n'savais ni où tu étais, ni ce que tu faisais !!
— Mais... J'viens d'vous l'dire ! Et quelle tête vous avez, bon Dieu ! Bon alors, vous l'avez gagné c'combat, oui ou merde ?

José s'arrêta, stupéfait.

— C'était pourtant évident ! Depuis le début, c'est ce que j'aurai dû faire !...
— Comment donc ? Qu'est-ce qu'il vous fallait faire ?
— Te péter la gueule, pardi ! Et c'est ce que je vais faire, là, maintenant !
— Ah, ça ! C'en est assez !

André se pencha et saisit un bâton.

— C'est moi qui vais vous l'arranger, votre tête de boursouflé ! Mais avant, donne ce que tu m'dois !
— Mais je ne te dois rien, incapable ! Encore fallait-il arriver à l'heure ! Ah, mais oui, j'y pense ! Tu cherchais peut-être *ça* ? argua José en lui mettant un objet sous le nez.
— Hein ?! Mon médaillon ! C'est vous qui l'aviez ?!
— Alors c'est bien *ça* que tu cherchais ! Et c'est pour *ça* que tu es en retard ! Allez, viens donc chercher !

José agita le médaillon devant le visage d'André, qui tenta de lui reprendre, sans succès.

Le Buste de Bronze

— Coquin, faraud ! Cette chose a une grande valeur, pour moi !
— Allez, attrape donc ! C'est ça... ! Comme la bonne gélatine à son maître !
— Espèce de... Vous allez me le payer !

André fit mine de vouloir se saisir du médaillon ; il profita de la nargue adverse pour prendre son élan et écraser son poing sur la figure de José. Il se tint aussitôt la main, lâchant un cri de douleur.

— Ho, ho, ho ! Je ne l'ai pas vu venir, celle-là ! pouffa José en se frottant la mâchoire.

André serra les dents et leva de nouveau le poing.

— Fini de rire ! Rends-moi le médaillon, et donne-moi ce que tu me dois !
— 'tention à ta main, imbécile... Et je ne te dois rien, je te l'ai déjà dit !

Il alluma tranquillement une cigarette.

— Tu ne fais pas le poids, contre moi. Une seule, et je te mets au sol. Alors présente tes excuses, et on en reste là.
— Un peu, que je vais m'excuser, boxeur à la noix ! Et je parie qu'il vous l'a mise, votre pâtée ! cria André en s'élançant.

José recracha sa fumée en plissant les yeux. De sa jambe, il balaya celle d'André et le bloqua en s'asseyant sur lui de tout son poids.

— Ahh, mais ôtez-vous de là, bon Dieu !
— Alors calme-toi et arrête ! Tu es en tort, excuse-toi !
— Et puis quoi, encore ? C'est de votre faute, si vous m'aviez rendu mon médaillon, je n'serai pas parti... !
— Tant pis, on va y passer la nuit.
— Vous ne... servez à rien qu'à rendre fou !

Le Buste de Bronze

— Tiens, tu veux fumer ?
— Barrez-vous, j'ai mal ! gémit André, en pressant sa cuisse blessée.

José se releva en soupirant et lui tendit la main, qu'André, à bout de nerfs, repoussa d'un coup de pied.

— Mon médaillon !
— N'insiste pas. Pas d'excuses, pas de médaillon, décréta José en le glissant dans sa poche.
— Je vais vous…

L'ex-majordome en avala sa fumée de travers, lorsque le bâton s'enfonça pile dans l'ecchymose laissée par le coup qu'il s'était pris dans la mêlée.

— Ah ! Ça fait mal ! souffla-t-il en se tenant le côté.
— Ça me démangeait ! Mon médaillon, où je t'en mets un autre !
— Restons-en là… Il est temps de faire le partage, et de nous en aller…
— Ça, c'est ce qu'on va voir !
— Tu vas faire quoi, dans ton état ? Je te donne ton dû, et ensuite, adieu l'ami !
— Et mon médaill…
— Chut !

José tendit l'oreille.

— Tu n'as rien entendu ?
— Si, attendez voir…

Il profita que José soit aux aguets pour lui remettre un coup dans le flanc.

Le Buste de Bronze

— Ah ! Quel leurre ! Et il est content ! Bon, ça suffit, maintenant ! s'exclama José en saisissant le bâton qui arrivait de nouveau sur lui.

Il le cassa sur son genou, jeta les deux bouts, puis mit une claque sur la tête hilare d'André.

— Je ne plaisante pas ! J'ai entendu quelque chose ! chuchota-t-il, concentré.

André leva les yeux au ciel ; ils attendirent tous deux sans bouger.

— Là, tu entends ? Il y a quelque chose…

Cette fois, André le prit au sérieux. Une sorte de vrombissement émanait, de derrière le fourré.

— André, tu as quoi dans tes poches ?
— Moi ? Je… Rien, j'ai rien ! déplora-t-il après les avoir fouillées.
— J'ai mon petit couteau ! Ramasse ton bâton, doucement !
— Mon bâton ? Mais j'vous rappelle que vous l'avez pété en deux, mon bâton !…

Des branches du fourré remuèrent, et le bourdonnement s'amplifia.

— Un loup ! C'est un loup !
— Peu probable, rétorqua José, en se tenant prêt. On en a vu peu, ces derniers temps. Ce serait vraiment pas de chance…
— C'est un loup, j'vous dis ! Et s'il a la rage, comment qu'on fait ?!

Ils demeurèrent, anxieux, dans l'attente de secondes insoutenables.

— Là, ça vient de là ! cria André en se retournant. Il esquissa un mouvement de surprise.

José fit volte-face à son tour, et blêmit. André avait raison. Il s'agissait bien d'un loup, énorme, dont les yeux brillaient d'une férocité sans précédent. Et ce loup-là avait la rage, c'était indéniable. Une rage qui ne s'apaiserait que lorsqu'il les aurait taillés en pièces tous les deux.

☆☆☆

Elle se tenait devant eux, le regard fixe et la bave au lèvres, leur barrant l'unique issue. Ils le savaient bien, au fond d'eux : la bête allait leur donner du mal. Un grognement plaintif sortit de sa gorge ; elle semblait prête à leur sauter dessus à tout instant. Pâle comme un linge, José serra plus fort son petit couteau. André l'interrogea du regard. Que devaient-ils faire ? Lui-même l'ignorait. Attaquer de front ? Cela laisserait peut-être à l'un d'eux une chance de s'en sortir…

— Il est tout seul, murmura André. Et on est deux…
— Avec deux mains, t'es déjà bon à rien… Alors avec une en moins…
— Qu'est-ce qu'on fait, alors ? Si on lui passe sur le côté, vous croyez… ?

Sueur au front, José tenta d'élaborer un plan. Les fourrés étaient trop épais pour passer au-dessus ou à travers ; ils étaient acculés, et face à deux difficultés majeures. Premièrement, récupérer leurs affaires. Ce qui signifiait emprunter le seul passage qu'il avait créé dans le massif, et ressortir par celui-là même ; à la sortie, ils seraient forcément faits. Ce qui l'amenait à la seconde possibilité : renoncer à leurs effets, et profiter de « l'immobilité ponctuelle » pour tenter de s'échapper. Mais l'espace étroit les obligeaient à un face-à-face, et rien ne garantissait que l'un d'eux puisse passer et s'en sorte sain et sauf ; la bête était costaud, il y avait fort à parier qu'elle se montrerait rapide comme l'éclair.

André frotta sa paume et sa cuisse en grimaçant. José l'observa à la dérobée. Il ne voyait qu'une seule chose. Quelqu'un devait faire diversion, et laisser sa chance à l'autre.

— Alors ? Qu'est-ce que vous décidez ? Ça fait vraiment peur, et je n'vais pas tarder à m'faire dessus...

José inspira. Il fourra son couteau dans la main d'André.

— Avec ta main gauche, tu sauras te débrouiller ?
— Je... Oui... Pourquoi ?

José demeura grave, fixant la sortie.

— Attendez, vous voulez que je... ? Espèce de... Je n'ai rien à voir dans tout ça, moi ! C'est de votre faute si on en est là, d'abord !
— André, je lui fonce dessus, et toi tu cours.
— La tige, ou le je n'sais quoi qu'vous lui avez mis dans l'derrière, c'était votre id... Hein ?
— Tu peux encore t'en tirer, va chercher les affaires ! Allez, dépêche-toi !
— N... Non !

Le grognement bestial s'acheva en vibrato d'injures, la face violacée repris couleur humaine, et le regard se ranima à la flamme d'une sagacité toujours sauvage mais aiguisée.

— Il revient à lui... souffla André, complètement paniqué.
— Va chercher les affaires ! Magne-toi !

Le Buste de Bronze

André se précipita dans la brèche. Il ressortit à l'identique, traînant les sacs derrière lui.

— Je... J'partirais pas sans vous !
— Je vais te rejoindre, imbécile... Allez !

L'homme habituellement droit comme un I était courbé, en position de prédateur. D'un revers de main, il essuya l'écume blanchâtre à la commissure de ses lèvres et rechercha lentement le gourdin à sa ceinture. Ne trouvant que du vide, il prit son parti et fit claquer ses poings.

— Personne ici n'ira nulle part.

À la vue des deux hommes et de leur désarroi, sa bouche s'agrandit d'un effroyable sourire.

— Comme on se retrouve... mes tout doux !

☆☆☆

« Il... Il parle ! Et il nous voit ! »

André, plus mort que vif, se mit à l'écart, les sacs à ses pieds. L'ex-sous-brigadier Quiflanche avait refait surface, et retrouvé toute sa lucidité.

— J'ai bien cru que je ne redescendrais pas... Je dois dire que vous n'y êtes pas allés de main morte. J'en ai *bavé*...
— Laisse-moi régler ça, commanda José. Reste à l'arrière, et tiens-toi prêt !
— Tiens-toi prêt ?

Quiflanche éclata d'un rire nerveux.

— Tiens-toi prêt à quoi ? Vous auriez pu vous en tirer haut la main, je le reconnais... C'était bien pensé... Mais le sort en a décidé autrement. Ce dégénéré a un tel clapet qu'il a réussi à tout me faire comprendre, sans que j'ai quoi que ce soit à faire d'autre que l'écouter et le suivre... jusque votre planque !

André vira cramoisi, maudissant sa stupide insouciance.

— Misérables, reprit Quiflanche en soufflant par le nez, c'était donc vous... aidés des Chicourt, des Michel, et de je ne sais quels autres parasites de la société ! Vous êtes bons pour le bagne, mes boute-en-train ! Oh oui !... Mais avant, je m'en vais vous en donner un avant-goût... et vous rosser d'importance !

José évalua rapidement la situation. Ils étaient découverts, et coincés face à ce fou dangereux. De plus, les blessures d'André compliquaient les choses. Mais il restait une infime chance et il allait la saisir. Et pour cela, il n'y avait qu'un seul moyen : se confronter à Quiflanche.

— Fini de jouer ! lança-t-il. Réglons ça par les poings, ils me démangent bien assez depuis que je vous connais !

Décision prise, il se mit en position. L'ex-gendarme lui fonça aussitôt dessus et la lutte entre les deux hommes démarra en puissance. José lança des attaques rapides et tenta de l'atteindre au visage, mais Quiflanche le contra sans trop de mal.

« Il encaisse et sait bouger, pensa José en portant un direct-crochet qui fit mouche. Ah ! Touché ! »

Il lança un enchaînement, qui ébranla à peine son adversaire.

« Je ne comprends pas, se dit-il en réajustant sa posture. Il moufte à peine lorsque j'envoie mes coups... »

— Force ! Esprit ! Caractère ! énonça Quiflanche comme s'il avait lu dans ses pensées. Formation militaire. Rien à voir avec tes petits combats de rue de rigolos de minables de... illégaux...

Il chargea José et envoya un double direct suivi d'un croisé.

— Tu croyais que je l'ignorais ? poursuivit-il devant son air hébété. Je me demande d'ailleurs comment tu as pu nous échapper !

Il plia l'ex-majordome d'un coup de genou, et son coup de pied arrière laissa André groggy sur le sol. José se redressa et bondit dans leur direction. Il fallait à tout prix éviter qu'il approche des sacs et d'André. Il se sentit soulevé par les jambes, et se retrouva la tête la première dans le fourré. Avant qu'il ait pu se reconnaître, une pluie de coups s'abattit sur sa tête et son dos. Il se protégea de son mieux ; Quiflanche l'envoya rouler un peu plus loin.

— À nous deux... André !
— Il... Il n'a rien à voir là-dedans !

José s'élança de nouveau sur Quiflanche, qui ne lui laissa aucun répit.

« Il se débrouille, le bougre... J'ai pourtant une bonne garde... »

José usait de sa vitesse de frappe, mais Quiflanche ripostait avec force, le forçant à être sur la défensive ; jusqu'ici, peu de ses coups avaient eu l'effet escompté. Il prit soin de maintenir entre eux une distance, le temps de reprendre son souffle. Il n'était pas assez concentré ; quelque chose n'allait pas, il le sentait.

« Oh ! L'bon à rien ! lança-t-il à l'attention d'André. Il faudrait peut-être songer à prendre les sacs, et à te tirer ! »

Le Buste de Bronze

Le jeune homme se releva avec peine.

— Qui est le… bon à rien des deux ? répondit-il en se tenant le ventre. Vous savez bien que… c'est pas moi… Et puis vous en mettez, un temps !
— Il est plus coriace que… aah !... prévu…

José esquiva de justesse une lourde gauche, et travailla Quiflanche au corps.

— Tu me gênes, plutôt qu'autre chose ! Tire-toi !
— J'partirais pas… sans vous !

Quiflanche était robuste et faisait montre d'endurance ; il semblait, à mesure du combat, gagner en intensité. José, au contraire, s'épuisait, peinant à toucher sa cible.

« Mais qu'est-ce qui m'arrive, bon sang ?! »

L'ennemi s'imposait, s'évertuant à le déstabiliser ; il jouait des coudes, des genoux et des pieds, visait ses points vitaux. Il devait trouver une parade, n'importe quoi, et vite. Il ne pouvait se permettre de perdre. La panique le gagna subitement. Il avait peur ! Mais de quoi ? En sueur, il cracha du sang, et s'efforça de rester calme. Le choc de l'impact, il le sentit, suivi du sifflement dans ses oreilles. Il chancela et entendit, de très loin, la voix d'André. Des étoiles au coin des yeux, il perdit la vue, pendant quelques secondes. Il refit surface, rajusta ses mains à hauteur de visage. Mais il était trop tard. Quiflanche avait brisé sa garde et se ruait sur lui.

« André ! Tire-toi ! » se mit-il à hurler.

Les chocs sur son visage se multiplièrent ; il savait qu'il ne tiendrait plus longtemps.

Le Buste de Bronze

« La situation m'a échappé ! On est faits... pensa-t-il avec amertume. Alors on va finir comme ça ? C'était ça, ma vie ?... »

Il inspira et expira à fond, luttant pour ne pas s'évanouir. Il ne pouvait pas perdre ! Il ne *devait* pas perdre. Un autre choc sourd le laissa pantois ; il tomba à genoux. Pourquoi ne devait-il pas perdre, déjà ? Il y avait l'argent, le projet... André ? André ! La vision floue, il l'entrevit, sauter sur Quiflanche. Le jeune homme se démena de son mieux, mais, affaibli par ses blessures récentes, il se fit sévèrement rabrouer. L'ex-gendarme le laissa là et se redirigea vers José ; André revint à la charge et l'assaillit de coups. Cette nouvelle tentative fut accueillie avec fureur ; empoigné et projeté au sol, André retomba sur la tête violemment.

José assistait, tétanisé, à leur confrontation. Il se sentait aussi impuissant et démuni que ce jour où, âgé de treize ans, il avait fait la consternante découverte des corps brimbalants de ses parents.
Quiflanche s'en retourna vers lui, traînant André qui s'agrippait de toutes ses forces. Impatienté, il s'en débarrassa du pied, en écrasant son talon sur sa jambe. Le jeune homme lâcha sa prise en hurlant.

« Ordure... Il n'a rien à voir là-dedans... »

José articulait avec peine, et respirait par à-coups.
L'ex-sous-brigadier lui fit face, et bloqua sans mal les deux poings envoyés mollement dans sa direction. José s'efforça de rester conscient. Il devait absolument... Il eut un grand vide. Il ne savait plus.

« Tes magouilles ont fait long feu ! » tonna Quiflanche en lui portant deux coups fermes des tranchants de la main.

Le Buste de Bronze

« Décidément, songea José avant de s'écrouler au sol, les chocs contre la tempe sont chez moi gage de révélations… »

Il venait de comprendre qu'il crevait de peur à l'idée de perdre à nouveau quelqu'un. Qu'il crevait de peur à l'idée de perdre André.

***

CHAPITRE XXIII

« Vous n'avez aucune preuve contre nous… »

Avachi contre un tronc, André cracha du sang et continua de marmonner, sans grande conviction : « C'est votre parole… contre la nôtre… »

L'ex-sous-brigadier Quiflanche ouvrit d'un coup sec l'un des baluchons à ses pieds.

— Qui crois-tu être ? Ta parole n'a aucune valeur. Je vais trouver de quoi vous saucissonner, canailles, et ensuite, je m'occupe de vous faire parler, sois-en certain !
— Je n'ai… rien fait à votre statue ! Vous le savez bien : je ne suis pas assez malin pour ça…
— Pas assez malin ? Tes couplets et votre conversation indiquent le contraire. Toi et ton acolyte, à vous deux et aidés des autres, vous avez ruiné ma statue, et pis encore : ma vie !…
— José n'a rien fait non plus, je le jure ! Je chantais ça comme ça, pour me venger de vous et de ce que j'ai subi à la maison Tréfort !
— Tais-toi donc, eh baveux. Tu piailleras bien assez vite, je te le garantis ! Vous allez tous finir au mitard, et l'un de vous va finir par parler… Et quand je saurai qui est à la tête de cette opération… gare !

Il laissa tomber le sac et se rabattit sur un autre.

« Vous en faites une belle, de tête… »

José cligna des yeux et ouvrit sa bouche d'un air moqueur.

« …de nœud. Une vraie gueule d'empeigne ! »

— Tiens, l'autre bégonia qui nous revient… et qui en redemande ! Je vais t'en donner, moi, du nœud et de l'empeigne… Et vlan ! vlan !

José endura les coups de pied en serrant les dents.

— La ferme, sacrebleu ! chuchota André, alors que Quiflanche s'installait avec leurs sacoches un peu plus loin. Tu veux qu'il t'achève ?

José resta la bouche ouverte, amorphe. Couché sur le côté, il regarda l'ex-gendarme faire l'inventaire de leurs affaires.

— Remue-toi donc, lève-toi et mets-lui sa pâtée ! Elle est passée où, cette fameuse botte secrète ?!
— Peux pas, protesta José en soufflant. A plus de forces…

Il fournit un effort considérable pour se dresser sur ses avant-bras ; son crâne sembla prêt à exploser. L'ex-majordome se traîna sur quelques centimètres, s'accrocha à une racine et se laissa choir contre le tronc d'un arbre.

« André a raison, rognonna-t-il les yeux fermés. Vous n'avez rien… contre lui du moins. »

Quiflanche se redirigea brusquement vers lui, et ouvrit grand son veston. Devant l'absence évidente de bretelles, il eut comme premier réflexe de lever le poing, mais se contint et retourna aux sacs en pestant.

— Laissez André et les autres... en dehors de ça ! J'assume et endosserai l'entière responsabilité de tout. Je suis l'unique responsable du fiasco de l'inauguration. Celui qui a trafiqué et profané votre statue. Je vous dirai tout. Laissez-le s'en aller.

L'ex-sous-brigadier ne l'écoutait qu'à moitié. Il était préoccupé et se sentait confus quant à la direction à prendre. Et si le vieux Michel avait rendu l'âme tout de bon ? Il continua de fouiller le sac, cherchant à dissimuler son trouble.

— Il ment ! cria André à son attention. Je vous en préviens, glissa-t-il à José, si vous tombez, je tombe avec vous !

José l'ignora. Il tenta d'argumenter, espérant capter l'intérêt de l'ex-gendarme.

— Je vous dirai tout ! Comment. Pourquoi. Si vous refusez, je vous promets que vous ne saurez rien ! Je clamerai mon innocence. Et vous savez à quel point les...

Quiflanche l'arrêta du regard.

— Crois-tu être en position de négocier ? Qu'est-ce qui pourrait changer tout ça, me faire changer d'avis, quand je brûle de vous flanquer une raclée dont vous n'avez encore rien vu ? Vous tombez tous si bas, prêts à inventer n'importe quoi, lorsqu'il s'agit de sauver votre misérable vie !...
— J'ai de l'argent ! Beaucoup d'argent. Je ne vous demande rien d'autre que de le laisser partir. Je vous suivrai et avouerai sans faire d'histoires.
— Mais qu'est-ce qui te prend, à la fin ?! Ne croyez pas un mot de ce qu'il dit !! Moi, je sais qui a tout commandité ! Et c'est qu'il ne fait pas bon se frotter à ces hommes-là ! Alors si je me mets à causer, qui sait ce qui pourrait...

— La ferme, André ! J'ai de l'argent ! Le sac bleu, là, prenez ma part ! Et laissez-le partir !
— Mais enfin, pourquoi ?!... s'écria André, complètement défait.
— Je t'ai entraîné avec moi, ma vie est fichue... Mais toi... tu peux encore sauver ta peau.
— Vous m'échauffez les oreilles, tous les deux ! gronda Quiflanche en farfouillant dans le grand sac de toile. Je m'en vais vous réduire au silence, et vous...

Il s'interrompit, stupéfait.

— Vous voyez, je ne vous ai pas menti. Alors, vous acceptez ? On va chercher l'argent et puis vous m'arrêtez, comme vous l'aviez prévu. Lui, il part. Et je n'en sortirai pas, cette fois.

André était consterné : c'était à n'y rien comprendre. Cet ex-majordome d'ordinaire si colérique, hautain et froid, était prêt à se sacrifier et à abandonner son projet – dont il ne savait d'ailleurs toujours pas un traître mot ! – en échange de sa liberté à lui, le sombre idiot qui venait de réduire à néant le labeur de toute une vie ! Dépité, furieux, il serra les poings et se mordit la lèvre jusqu'au sang. Comment pouvait-il arranger ça, et lui être utile à son tour ?...

— Bonté divine...

Quiflanche écarquilla les yeux, un portefeuille en cuir entre les mains. Il réfléchit à toute allure. Primo : il leur réglait leur compte en les livrant à la justice. Choix raisonnable, puisqu'il mourait d'envie de leur faire payer, de les voir croupir en prison, et qu'il voulait absolument coincer tous les responsables de cette terrible infamie. La vérité serait alors rétablie, mais... il devrait dire adieu à cet argent. Et quelle somme ! Il n'en croyait pas ses yeux. Que ce majordome de rien puisse posséder autant le sidérait. Et puis, même si après enquête il était blanchi et obtenait réparation, le mal était fait : il s'en trouverait déshonoré, peut-être même ruiné. L'image de ce... (ou de cette... !) fiché à *cet endroit* de *sa* statue resterait gravée à tout jamais dans les esprits. Le scandale de cette affaire traînerait son nom dans la boue, la haute le rejetterait, et ses anciens collègues riraient à ses dépens dès qu'il aurait le dos tourné. Une victoire « juste », mais qui demeurerait bien trop amère à son goût...

Quiflanche souffla du nez en émettant un grognement rageur. Il poussa plus loin sa réflexion. S'il s'agissait d'un réseau organisé, il pourrait avoir du mal à prouver son innocence. Et puis, il s'était enfui... Pourrait-il bénéficier de circonstances atténuantes ? Avec les nombreux témoignages et celui du préfet, rien n'était moins sûr. Et si le vieux Michel avait clamsé, il était bon pour les fers. Ce qui l'amenait à *secundo* : il « réglait ses comptes » en acceptant la proposition de José. S'il choisissait cette option, il serait dégradé, poursuivi, et deviendrait un homme de rien. Et devrait s'expatrier, loin de sa chère patrie. Mais avec une telle somme et l'aide de son ancien adjoint, c'était encore possible. Cependant, il n'aurait pas la satisfaction de voir ce majordome de malheur moisir en prison – il avait envisagé le faire expédier à *la Nouvelle* – et André et leurs complices s'en tireraient également à bon compte. Et ça, c'était inenvisageable. Intolérable. Par ailleurs, les chèques étant nominatifs et leur montant conséquent, cela compliquait un éventuel transfert...

Quiflanche reprit l'inspection du sac en plissant les yeux ; sa main rencontra une forme pleine. Il desserra le lien du contenant et retint son souffle.

— Je comprends maintenant avec quelle facilité tu as abandonné la prime de l'inauguration, ami Pinson... dit-il d'un ton grinçant.

Le Buste de Bronze

Il replongea dans ses pensées. Ces deux-là n'étaient pas en état de lui tenir tête ; les ligoter s'avérait superflu. Il pouvait au moins prendre les billets et la bourse. Et les laisser là... libres. Libres de continuer leur vie. Alors que la sienne était fichue. À cette seule idée... Négatif. C'était insupportable. Inconcevable. Les veines sur son front gonflèrent.

« Tertio... » fit-il en se tournant vers les deux acolytes et en changeant d'expression.

Il leur réglait leur compte, *tout court*.

José se laissa baigner dans l'enveloppe douce-amère de la délivrance. Il en ressentait l'inconfort, et le soulagement aussi : sa carapace, durcie par les années, se brisait enfin. Il avait pris un risque en conscience et il avait échoué. Avant cela, il n'avait jamais imaginé finir le reste de sa vie en prison, sauf il y a très longtemps, lors de sa rencontre avec Paul, et l'année précédente, où il avait passé une nuit des plus désagréables au cachot.
Au souvenir de la soupe insipide au pain sec et à la feuille de chou, il réprima un frisson. Paul allait être profondément déçu et choqué, comme il l'était lui-même à cet instant. Comment en était-il arrivé là ? Le point de départ de sa chute avait été le buste de bronze, trouvé dans la ruelle... Ou sa rencontre avec le sous-brigadier ? Ou plutôt André, qui, à l'époque, était déterminé à lui nuire ? Non. Il était le seul et unique responsable : la vie n'était qu'une suite de choix, il n'avait qu'à assumer. Qui lui répétait cela, déjà ? Le père Chouquette ! Ça, c'était un homme, un vrai ! Avec des méthodes bien à lui, et des idées bien tranchées. Et qui avait été pour lui comme un père, et son fils Pat comme un frère. Jusqu'à ce que ça ne dégénère. Il étouffa un rire nerveux, déclenchant une quinte de toux.

— Mais qu'est-ce qui vous fait rire, à la fin ?! Notre vie est finie, je vous f'rai dire !

José se tourna vers André. Il fallait le voir, la tête enflée et les cheveux collés au visage, barbouillé de sang séché, et au milieu de tout ça, deux yeux de biche effarouchés. C'en était presque risible. Ils étaient tous deux à bout de forces. Il négocierait une trêve, en espérant que Quiflanche respecte sa parole et que cela laisse le temps à André de se retourner. Il avait eu droit à sa chance par le passé, et il ferait de même à son tour. C'était douloureux, mais il faisait le bon choix ; cette certitude le consolait un peu. Il lui sourit, résigné.

— La mienne, seulement. Tu t'en remettras, va.

Puis, s'adressant à Quiflanche :

— Alors… vous acceptez ?
— Pour ça oui, j'accepte ! En guise de dédommagement, cela va sans dire !

José poussa un soupir de soulagement.

— La petite bourse ne m'appartient pas. Et il y a aussi un pap…
— Crois-tu avoir ton mot à dire ? le coupa Quiflanche en refermant le sac de toile.
— Qu'est-ce que vous faites ? Il y a la part d'André ! Le marché, c'est d'échan…
— Un marché ?… Vous avez ruiné ma statue, ma situation, ma réputation. J'ai perdu ma crédibilité, et l'affront subi mérite réparation ! Ces fichues bourses, et ces billets, ne changeront rien à votre peine. Vous enfermer à *la Nouvelle* ne sera plus suffisant pour que je retrouve la paix.
— Qu'est-ce… Qu'est-ce que ça signifie ?

— Que vous allez payer le prix fort, tous les deux ! Il est trop tard pour reculer… Je me suis pourtant montré bon et généreux… Je t'ai sauvé la mise ! Et tu as gâché ta chance, ami Pinson. Mais on ne m'a pas deux fois.

José serra les poings de rage.

— Quelle chance ?! Celle de vous servir toute ma vie ? Il n'y avait rien de gratuit, dans votre sacro-sainte générosité ! Et vous le savez ! Vous vouliez me garder sous votre coupe ! Et m'humilier !
— Dettes, combats illégaux… Toutes ces années, tu t'en es bien tiré… jusqu'ici. Je vais veiller à ce que tu payes ta dette à la société !
— Les dettes de mes parents ont été honorées ! Je suis en règle !
— Je me suis renseigné, sur toi… Ces dettes ont été réglées intégralement, du jour au lendemain, après des années. La question est : comment un enfant de rien, de la rue, sans famille, a pu amasser une telle somme, doublée des intérêts… si ce n'est en la volant, ou en l'extorquant ?…
— C'est de l'histoire ancienne, j'en suis sorti !
— Les combats de boxe, les paris… tu gagnais gros ! Tu t'es joué de la loi, Duval, comme tu t'es joué de moi. Nous avons cueilli *Mitchell*, mais lui et les autres refusent de donner ton nom… Mais je sais que c'est toi ! Tout se paye, et le jour est arrivé. Cet argent prouve que vous avez reçu votre part pour me nuire !
— Vous vous trompez ! Je ne touche plus rien sur les combats… Et cet argent a été gagné honnêtement, je peux le prouver ! Regardez le nom sur les chèques ! Ils sont signés de…
— Un an après, jour pour jour ! Une mauvaise graine ne s'arrête jamais ! Tu n'en sortiras pas, cette fois. Et lui, il va payer aussi !
— André n'a rien fait ! Personne n'a rien fait ! J'étais tout seul… !

Le Buste de Bronze

— Vous allez apprendre *les conséquences*...

L'ex-sous-brigadier empoigna André et le mit face contre terre.

— Les noms !
— Qu'est-ce que vous faites... ?! Vous ne m'avez pas écouté !
— Il est devenu fou... Je vous l'avais dit, qu'on aurait dû le passer à tabac, et le laisser dans un trou... !

Bam ! Un choc retentit sur la tête d'André.

— Parle !
— Vous n'avez pas le droit ! C'est à la justice de régler ça !
— C'est parce qu'il est en fuite, je vous signale ! Des ouvriers me l'ont dit, lorsque je suis parti pour vous cherch... Ahh !
— Je n'ai plus rien à perdre, si vous ne parlez pas, vous ne servez à rien... ! Tiens ! ça c'est pour le con qui flanche ! Et ça, pour avoir brisé mon rêve et terni ma réputation !... Ça, pour avoir ruiné *mon* événement !

José se releva tant bien que mal, se maintenant à la verticale à l'aide du tronc.

— Je vais te faire travailler tes gammes, moi ! Tiens, tu peux chanter, maintenant !
— Ça suffit, arrêtez ! Il n'y a aucun complice, il n'y a que moi !
— Tu as l'air d'y tenir, à ce garçon... Je vais te montrer ce que c'est, que de tout perdre !

La tempête Quiflanche s'abattit plus fort sur André, qui essuya sa fureur et en récolta les coups sans pouvoir se défendre. Il était mal en point. Si le traitement perdurait dans ce sens...

— Il a eu son compte !! Vous allez le tuer !

— C'est à moi seul d'en décider ! Je vais vous mettre de quoi vous rendre sage comme des images, et quand vous vous réveillerez, *si vous vous réveillez,* croyez-moi, vous regretterez d'être nés !
— Vous êtes fou… Je me plaindrai, je vous ferai enfermer…
— Pour ça, il faudrait que tu puisses témoigner… Et rien n'est moins sûr… pendard !

José devint livide. L'ex-sous-brigadier se dirigea vers lui, les poings serrés.

— Qu'est-ce qu'un *pendard* comme toi pourrait y faire ? À ton tour de subir mon courroux…
— Retire…
— Tu vas me donner tes complices, mon pinson ! Qui est vraiment visé, et qui a commandité le coup ! Sont-ce des anarchistes ?…
— Re… tire…

Quiflanche saisit José par le col, et se prépara à frapper.

— Ensuite, ce sera le tour des Michel, puis des Chicourt… Je ne serais pas le seul à tomber !…
— Retire !!!

Quiflanche fit volte-face. André était debout, tenant à peine sur ses jambes.

— Je vais… tout arranger…, souffla-t-il, hors de lui.

Il se redressa. De sa main tremblante dépassait un petit couteau.

Le Buste de Bronze

« Je vais tout arranger, fit André d'une voix où perçait la rage. Mais avant, retire... »

Il essuya en vacillant le sang qui lui brouillait la vue.

— Retire... répéta-t-il, faisant un pas en avant.
— André, qu'est-ce que tu fais ?!
— Le pendard... retire ! Ex-sous-brigadier de mes deux !
— André... murmura José, touché au cœur.

Quiflanche, dont la fureur fit place à la surprise, resta sans voix.

— C'est parce que c'est un fils de pendus, que...

Il éclata d'un rire tonitruant.

— À la bonne heure ! Allons bon, la camaraderie a du bon. Mais fini de jouer !

Il agrippa José et l'envoya rejoindre André.

— Un couteau, hein ? Mauvais chemin, mon garçon...
— Le pendard. Retire !
— André, lâche ça ! cria José en se relevant.
— Non ! Vous avez vraiment cru que je pourrais vivre normalement, en sachant que vous finiriez en prison ? Je vous l'ai dit : vous plongez, je plonge aussi !
— Nous avons tous fait des erreurs... On peut encore tout arranger ! Prenez l'argent, tout ! Vous n'entendrez plus parler de nous !

La jambe d'André se mit à trembler violemment.

— Parce que vous croyez qu'il va nous laisser partir ? Sa décision est prise : il est en fuite, il va en finir avec nous... Rien ne l'arrêtera. Mais nous non plus !

Il serra plus fort le petit couteau.

— Je veux rendre ma mère fière et je ne mourrai pas sans dire la vérité. Et la vérité, c'est que moi et José on est complices, et que s'il tombe, je tombe ! On a voulu vous mettre à terre, et on a réussi ! À deux ! Vous n'avez plus rien, et vous n'êtes plus rien ! Vous avez joué à un mauvais jeu, Quiflanche, et vous avez perdu. Voilà ce qu'il en coûte, de vous en être pris à nous !

La bouche de Quiflanche se tordit. Rétablir l'ordre, ne jamais faillir... était sa raison de vivre ? Sa tête se mit à tourner et ses veines à pulser. Il y avait aussi « Acculé, fais tout péter ! » et « Quitte à tout perdre, n'en laisse rien ! » Les paroles de feu le général son père étaient on ne peut plus claires sur la marche à suivre. « Coup pour coup, vache pour vache » et « Toujours voir grand ! »... C'était la première fois qu'il envisageait d'aller si loin, mais la limite était franchie : pas de retour en arrière possible. Le vieux Michel était crevé, et un groupe de révolutionnaires avait ruiné sa statue. C'était décidé, il prenait l'argent, leur réglait leur compte... puis livrait les anarchistes à son ancien adjoint. Ensuite, il serait couvert de gloire. Ou, devait-il tout faire disparaître ? Enterrer cette histoire... en enterrant *tout* avec ?

L'ex-gendarme se mit à soupirer. Quel mal de tête ! Il y pensa soudain : et s'il avait mérité tout cela ? La solution était peut-être là : si c'était sa faute, peut-être valait-il mieux en finir avec lui-même ? Sa lassitude fit brusquement place à un sentiment d'euphorie. Négatif. Il était le grand Charles Quiflanche, il pouvait absolument tout faire !

— C'est ça ! Me débarrasser d'eux, arrêter les libertaires, puis retrouver ma place dans la haute ! s'exclama-t-il d'une voix enjouée. Ça, c'est une idée !
— Qu'est-ce qu'il baragouine ? s'écria José. Est-ce qu'il veut vraiment nous tuer ?!
— Allons, allons, mes tout doux, fit Quiflanche en affichant un sourire mi-enthousiaste mi-inquiétant. Vous allez rester bien tranquille, et me dire gentiment pour qui vous travaillez. Ensuite, nous pourrons en finir !
— Il… est vraiment fou ! se rendit compte José, effaré.

Les yeux dans le vague, l'ex-gendarme sortit quelque chose de sa veste.

— Très bien. Vous trouviez mes méthodes dures ? Vous étiez loin du compte. Mais peut-être que cette nouvelle tournure arrange mes affaires…
— D'a… D'accord, je vous présente toutes mes excuses ! s'écria José. André, reste où tu es. Vous, rangez ça !
— Il est trop tard. Un affront, ça se paye. Et ça se nettoie.
— J'ai conscience que rien ne pourra arranger ça, balbutia José. Mais on peut trouver une solution ! J'ai… J'ai de l'argent…
— Arrêtez ! cria André. Ça suffit… On n'a plus à faire ça… Plus jamais, on…

Il tituba, tentant de garder un équilibre.

— Vous êtes un homme libre, et vous avez un projet… continua-t-il en appuyant sur sa cuisse. J'ai vu votre regard, lorsque vous en parliez ! Alors fini de rire, fini de s'excuser ! On ne s'aplatira plus… devant personne !!
— À terre ! décréta l'ex-gendarme en glissant un doigt sur la détente. Il est regrettable d'en arriver à de tels extrêmes, mais… À la guerre comme à la guerre ! Les noms !

— André, par pitié, lâche ça ! supplia José en tendant un bras vers lui. Et vous… !
— Je sais comment faire pour nous tirer de là. C'est à vous de prendre les sacs, et de partir loin d'ici ! Quoi qu'il arrive, vous ne devez pas renoncer à votre projet ! Je compte sur vous…
— J'ai dit *à terre*, tas de vermine ! Ou je tire dans le tas !

José sentit le désespoir l'envahir. Il ne voyait pas, cette fois, comment ils pouvaient s'en sortir. Il restait figé par la peur de l'arme pointée dans leur direction, mais, malgré tout, continuait de lutter pour se maintenir debout. La situation échappait à tout contrôle ; d'un côté, il y avait l'ex-sous-brigadier aux yeux hagards et de l'autre, André qui, poussé dans ses retranchements, n'écoutait plus rien.

— Mettez-les donc quelque part, vos anarchistes : vous ne saurez rien ! Moi, j'ai jamais eu aucun but, dans la vie ! Et j'le sais bien, qu'j'suis qu'un idiot fini ! Mais j'crèverai pas pour rien ! Ah, ça non, mon capitaine ! J'peux bien faire ça pour un ami.

La bouche de José s'ouvrit.

— André !… C'est ma faute, c'est moi qui t'ai entraîné là-dedans ! Laissez-le partir ! André, tire-toi !!

Le jeune homme se tourna vers lui avec, sur son visage, un sourire où ne se lisait pas le moindre regret : « *Tu* t'en remettras, va ! »

Puis, fonçant sur Quiflanche :

— Il ne sera pas dit qu'André Pédard n'en avait pas…!!!

***

CHAPITRE XXIV

Tiens, tu donnes encore du tu...

José ferma les yeux. Le timbre de la voix d'André traversa son esprit, résonnant à l'instar d'un autre son dur et froid, comme suspendu dans le temps.

« José ? Qu'est-ce que vous en avez fait... de votre médaille en chocolat ?? »
« J'en savais rien, moi ! Il fallait me prévenir de ça à l'avance. »
« Et si... et si de chien et chat, on passait à cochons ? »

Sous le choc, il chercha à remettre ses idées en place. La gifle retentit contre sa joue, donnant plus d'ampleur au souvenir d'un bruit sourd... Un bruit sourd, comme...

« Bam ! Tu vas me donner le nom de tes complices ! »
« André, arrête !! »
« Retire !! »

Un bruit sourd. Comme...

André, arrête...

José rouvrit les yeux. Il se fit violence pour s'extraire du courant brumeux qui l'emportait au loin. Il devait absolument affronter la réalité, et ce, aussi terrible qu'elle puisse être. Sinon, il le savait, il n'en reviendrait pas.

« *Tu t'en remettras, va !* »

Le Buste de Bronze

Tiens, tu donnes encore du tu…

Il se rappelait, maintenant : il n'avait pu s'empêcher de penser cela, alors qu'une détonation soudaine et brutale éclatait, laissant son écho dans le bois.

— Il… n'avait rien fait…

Des secondes défilèrent. André était à terre. Un filet de sang s'écoulait de sa tête, le long de son front.

— Vous l'avez tué…

José était déjà pâle ; il ne pouvait l'être davantage. Ce ne pouvait être vrai… Il se mit à hurler :

— Il n'avait rien fait !!

Quiflanche regardait son arme avec stupéfaction, paraissant aussi médusé que lui. André était à terre, et le mode urgence de José se mit en branle.

« *Quoi qu'il arrive… Je compte sur vous !* »

Il ne lui restait que ça. Et Quiflanche était l'ultime obstacle se dressant entre lui et son projet. José se débarrassa de sa veste et ôta son maillot.

« *On se bat pour ce qu'on aime, mais on doit être prêt à le perdre !* »

Cette fois, c'est la voix du père Chouquette qui résonna en lui. Il se redressa d'un coup, souffla sur ses poings, et, dans la foulée, fonça sur l'ex-gendarme.

Le Buste de Bronze

Bim ! L'ex-sous-brigadier lâcha son arme sous l'effet de la surprise.

— Que...

Bam ! Il accusa le coup, reculant de quelques pas.

— À la bonne heure ! Te voilà parti pour ta deuxième brossée ! Je...

Boum ! Quiflanche, bras écartés, devint aussi rouge qu'une cerise.

— Ah, ça...

Bim ! Bam ! Boum ! José continua ses enchaînements. Tenter le tout pour le tout. S'accrocher de toutes ses forces à ses années d'expériences et à ce qu'elles lui avaient appris. André était... Non, il ne devait pas y penser, ni même l'envisager, ou il allait devenir fou.

« *Frappe, petit, frappe ! Comme si ta vie en dépendait...* »

José dirigea son attaque vers le torse de Quiflanche. Comme prévu, ce dernier baissa sa garde ; il en profita pour pivoter et lui envoyer un crochet en plein visage.

« *C'est ça ! Frappe, frappe, petit ! Mets toute ta colère, toute ta rage, transcende-là, jusqu'à ce que...* »

Affronter Quiflanche, sans faire plus de manières. Aller au bout.

« *Cogner, y'a que ça de vrai ! Tu le sens, hein, que t'es vivant ?!* »

La voix du père de Pat l'habitait entièrement, comme à l'époque.

José envoya son épaule. L'ex-gendarme contra et riposta, hors de lui.

— Il est pas encore mort, le vieux... !

« *Apprends à encaisser les coups, c'est ça, qui va te rendre plus fort !* »

Quiflanche fit montre d'une agressivité sans précédent. *Pah !* José accueillit la droite et la gauche qui arrivaient sur lui. Oui, la douleur ! Oui, il était vivant ! Gauche-gauche à la tête, droite au corps... José usait de son *combo* pour briser la garde de l'ex-gendarme. Ce qu'il voulait, c'était le confondre, le prendre au dépourvu. Mais Quiflanche lui montra que rien n'était encore joué et le sonna d'un vigoureux coup de poing.

« *Fonce dans le tas, petit... Et pas de sentiment !* »

Il s'accrocha au but qu'il s'était fixé. *Ffff !* Jeu de jambes ! *Ffff, fffff !* Attaque tête, corps ! Quiflanche répliqua durement. D'un mouvement souple, José esquiva de côté et aligna des droites fluides, déchirant l'air qui le séparait de lui. Sa ténacité paya enfin : il passa la garde de l'ex-gendarme et, rapide comme l'éclair, lui décocha un crochet de son droit. Touché ! *Ffff*, rotation, *ffff, fffff*, feinte, respire ! Gauche-droite-gauche-droite ! C'était au tour de Quiflanche, d'être sur la défensive. Sa tête et ses flancs furent exposés : José avança et frappa d'un coup de massue. Il augmenta la vitesse de ses allonges. Quiflanche se prit de plein fouet l'impact, suivit d'un autre. Abasourdi, il voulut maintenir une distance pour retrouver ses esprits ; José ne lui en laissa pas le temps. Neutraliser sa résistance... encore un peu et il était bon. Mouvement de tête ! La gauche de Quiflanche manqua sa cible. Nouvel enchaînement de José. Une pensée tournait en boucle dans sa tête ; il était à bout de souffle, complètement harassé, mais il devait tenir coûte que coûte.

Le Buste de Bronze

« *On se bat pour ce qu'on aime, mais on doit être prêt à le perdre !* »

J'ai toujours eu peur, et j'ai toujours eu honte d'aimer...

André était... ? Non ! Ce n'était pas *possible* ! Il réalisa, en même temps que le cri qu'il poussa.

« *Quand on aime quelque chose, quand on aime quelqu'un, pour le vivre pleinement, on doit être prêt à le perdre !*
— *Je ne veux plus jamais rien perdre, je ne veux plus rien aimer !!*
— *Alors frappe, petit, frappe ! Cogne ! Mets toute ta colère, toute ta rage, transcende-là, jusqu'à ce que vous ne fassiez plus qu'un !* »

José para le coup de Quiflanche et *boum !* uppercut au corps, attaque de côté. En une fraction de seconde, la mécanique s'huila et la machine se relança. Un long frisson parcourut sa colonne et elle jaillit comme par magie, celle que lui-même ne pouvait contrôler ni prévoir à l'avance, celle qui, lui faisant in extremis reprendre l'avantage, l'avait toujours fait sortir invaincu de ses combats. Plus rien d'autre n'existait que le mouvement, instinctif et précis. L'ex-gendarme n'avait aucune idée d'où provenaient les attaques, il ne les voyait plus venir.

— C'est... c'est impossible, balbutia-t-il, stupéfié. Comment peut-il... ?

Ça y est ! La garde était brisée, offrant un chemin direct vers le visage ! Tête ! Flancs ! Menton ! Les coups portés étaient d'une puissance inouïe.

« *Perdre et aimer, ça fait mal, mais ça fait partie de la vie ! Alors vis-là, Jo, vis-là à fond !* »

J'ai si mal... Et plus j'ai mal, plus je frappe !

Le Buste de Bronze

Son direct et son crochet, dévastateurs, étourdirent Quiflanche, qui dût voir quelques chandelles. José ne le lâcha pas et assura sa position d'une frappe au foie, lui cassant quelques côtes aux passages. Il remonta d'un crochet au menton, et lui fit mettre genou à terre. Quiflanche, le visage ensanglanté, demeura interdit et chancelant. José l'agrippa par le col et lui asséna un coup qui le souleva et lui fit mordre la poussière.

« Il n'y a aucune honte à aimer, balbutia-t-il en essuyant son visage de son avant-bras. Aucune honte... à aimer... »

Épuisé, il reprit son souffle et continua de boxer Quiflanche, qui n'esquissait plus un mouvement.

— Vous l'avez tué !... Salaud ! Vous l'avez tué...

Couché sur l'ex-gendarme, il leva de nouveau son poing, prêt à frapper.

— Vous aussi, vous allez... Je vais...

Clic.

— Vous allez quoi ?

Les branchages du fourré s'ouvrirent soudain, découvrant la silhouette de l'ancien adjoint de Quiflanche et actuel brigadier : Louis Latruffe. Il s'avança vers eux, et considéra son ex-chef de brigade.

— La fameuse botte secrète, je présume ? Impressionnant... Vous lui avez quasiment décroché la mâchoire...

José eut un geste désemparé. Qu'est-ce que c'était, encore ? Ne serait-il jamais tranquille ? Il devait terminer le travail, puis se

Le Buste de Bronze

jeter à corps perdu dans son projet ! Il n'avait pas le choix, il le devait, pour André ! Il avait pourtant repris le contrôle, et voilà qu'un nouvel obstacle survenait... Anéanti, il resserra le poing.

— À votre place, je ne ferai pas ça.

Latruffe se rapprocha de lui calmement.

— Tuer un homme, est-ce vraiment ce que vous voulez ? Vous aggraveriez votre cas...

Il se pencha pour ramasser l'arme d'essai tombée au sol.

— La 1887[25]... fit-il en l'observant. Très bien améliorée. Plus petite. Plus légère... Et vide, ajouta-t-il en ouvrant et faisant tourner le barillet. Il m'avait caché s'en être procuré une... Sacré chef Quiflanche.

Il reposa l'arme et laissa un temps de silence.

— Bien, Monsieur Duval. Passons aux choses sérieuses. Une cuisse d'agneau, ça vous tente ?
— Je... Comment ? bafouilla l'ex-majordome, son seul œil ouvert hébété.
— Pour commencer, vous allez reculer, lentement... ordonna Latruffe, mettant la main à sa ceinture. Je suis ici...

Il jeta un regard sur Quiflanche, et s'accroupit à ses côtés.

— Je suis ici, pour rendre service à un ami.

---

[25] Le revolver d'essai modèle 1887 a été développé pour un contrat militaire. Fabriqué à la Manufacture d'Armes de Saint-Etienne en France, l'armée leur en commanda 50 000 exemplaires. Mais il ne leur sera livré que 1000 revolvers ! Quel veinard, ce Quiflanche !

Le Buste de Bronze

Et, son sourire le plus charmant aux lèvres, il colla son arme en plein milieu du front de José.

☆☆☆

« La Bodéo 1889[26], précisa Latruffe le plus naturellement du monde, en repositionnant son revolver contre le front de l'ex-majordome. Une italienne. Belle bête ! »

Que José soit encore conscient après deux combats contre Quiflanche relevait du miracle. Il était plus qu'évident qu'il n'avait pas les idées claires. Néanmoins, le mode survie en lui tentait de les remettre en ordre... Primo, il avait un canon tiède pointé juste en haut de ses deux yeux, et cette situation inédite et désagréable l'incommodait au plus haut point. Secundo, l'homme maintenant l'arme avait beau ressembler au Latruffe qu'il connaissait, il avait dans le regard... quelque chose de terrifiant ; son instinct lui indiquait un grand danger, ce qui le mit encore plus mal à l'aise. Tertio, il n'était plus en état de se battre. Cette fois, c'était bel et bien terminé.

— Pou... Pour Quiflanche... il est... devenu fou ! tenta-t-il d'expliquer. Je... p... peux vous...
— Crachez.

José s'exécuta, et essuya maladroitement son menton.

— Le sous-brigadier... il est devenu fou, reprit-il en faisant son possible pour articuler. André... J'ai dû...

---

[26] Le revolver italien 1889 Bodéo, plus connu sous l'appellation de « cuisse d'agneau », et ce, en rapport à sa poignée, sort officiellement en octobre 1889. Or, la scène entre José et Latruffe se déroule en mai 1889... Étrange, ne trouvez-vous pas ?

Le Buste de Bronze

— Chuuut, souffla Latruffe en lui mettant un doigt sur la bouche. Ce qu'il s'est passé entre vous et Quiflanche, je n'en ai cure. Parlons peu, mais parlons *bien*...

Le visage de José ne reflétant rien d'autre que lassitude et incompréhension, Latruffe se mit à renifler.

— Tiens... Vous sentez ? Il y a comme une odeur. Qui flotte dans l'air...

Devant le mutisme béat de l'ex-majordome, le brigadier Latruffe eut un mouvement d'impatience.

— Allons, faites un effort...
— Je ne comprends pas ce que...
— *Les noms...* fit Latruffe en enfonçant plus fort le canon de son arme.
— Hein ?...

Le visage de José se décomposa.

— Les... noms ?...
— Je suis ici pour finir le travail de mon prédécesseur. Allons, les noms.

José demeura interdit.

— Les noms !! hurla Latruffe, dont le visage perdit d'un coup toute trace d'humanité.

Rapide comme l'éclair, la cuisse d'agneau marqua le crâne de José d'une douleur cuisante.

— Croyez-vous que je suis ici pour plaisanter ? Les noms !
— Je ne vois pas... de quoi vous parlez... Rahh !!

José se tint la main, écrasée par la botte du brigadier.

— Reprenons depuis le début, annonça Latruffe en lui saisissant l'annulaire. Je vous ai entendu parler d'anarchistes. Les noms.
— Je ne connais aucun anarchiste ! Tout est dans la tête de Quiflanche ! Pour la statue, il n'y avait personne d'autre que moi !

Crac. La douleur le fit se retourner. Cette fois, Latruffe saisit son auriculaire.

— Il y a des rumeurs. Il se raconte des histoires... Un groupe envisagerait de faire... *certaines choses*. Des histoires de rue. Des histoires... *de boulangerie.*
— J'ignore de quoi vous parlez ! Je n'en fréquente aucun !
— Avec vos combats de rue, vos anciennes fréquentations, vous avez dû entendre des choses. Les noms.
— Je ne connais aucun...

Re-crac. Nouvel hurlement de José.

— Vous êtes... cinglés !!! cria-t-il, sa main sous lui, repliée.

« Mais bon sang, qu'est-ce que c'est que ces gendarmes ?!... » pensa-t-il alors qu'il se retrouvait face contre terre. Il sentit de nouveau un poids métallique derrière sa tête.

« Il veut Chouquette et les autres ! Mais il ne faut pas... Je ne dois pas... »

Un regard glacial, sans âme. José n'aurait su dire quel était le plus froid entre l'arme et les yeux bleu-vert du nouveau brigadier. Plusieurs choses le taraudaient depuis son arrivée, mais il n'arrivait pas à savoir quoi.

Le Buste de Bronze

— Ca... Cassez-moi tous les doigts, tuez-moi, ça ne changera rien... ! J... Je ne sais rien !
— Un nom. Un lieu. Réfléchissez bien, vous n'aurez pas d'autre chance. *Ou bien...* Quiflanche et moi, n'aurons pas de mal à faire passer tout cela pour de la légitime défense.
— Avec des gendarmes pareils, l'avenir de la France a du souci à se faire ! lança José en se redressant.

Latruffe eut un demi sourire.

— Allons, José, ne faites pas votre forte tête. Dites ce que vous savez, simplement, et je m'engage à vous laisser partir. Vous et... André.

José se raidit.

— André est... murmura-t-il, ravalant un sanglot.
— S'il est mort, ce ne sera pas une balle qui l'aura tué...
— Co... Quoi ?
— C'est moi, qui ai tiré.
— ...
— En l'air, précisa-t-il, devant la mine contrite de José.

Ahuri par cette déclaration, l'ex-majordome ne savait que penser. Latruffe avait tiré ? Cela expliquait le canon tiède sur son front au départ, mais... André était vivant ? Ça, il n'osait y croire.

— Regardez, fit Latruffe en se penchant sur le corps du jeune homme. Il respire. Faiblement, mais il respire. Tiens... il remue. Le petit sait peut-être quelque chose ? Croyez-vous qu'il soit en mesure de parler ? Vérifions cela...

Le brigadier Latruffe se mit à genoux et immobilisa la tête d'André entre ses deux jambes.

— Qu'est-ce... Laissez-le !!
— Vous avez l'air d'y tenir, à ce garçon. Et si je mettais mon doigt là ? fit Latruffe en se saisissant de la main droite d'André.

Le jeune homme se mit à gémir doucement.

— Ou si j'enfonçais le canon de mon arme *là*... continua Latruffe en posant son revolver sur la cuisse sanguinolente.
— Vous... Vous lui porteriez sans doute le coup fatal, répondit José d'un air grave.
— Alors... dites-moi ce que vous savez.

« Bon Dieu ! André est vivant ! hurla José intérieurement. Il est vivant ! »

La jambe d'André tressauta. Latruffe articula : « Les noms. » Devant le silence de l'ex-majordome, son visage se ferma et il augmenta la pression. Le corps du jeune homme, toujours inconscient, s'arqua mécaniquement.

— Je peux aussi le tuer tout de bon ? décréta Latruffe en bloquant la tête d'André sous son genou. Pensez-vous que j'hésiterai ?

José soutint son regard, des larmes de rage roulant sur ses joues. Il vit bien que non et capitula, devant le canon pointé sur la tempe d'André. Il ne savait pas qui était cet homme, mais il était sûr qu'il n'avait rien de commun avec ce qu'il avait pu en voir par le passé. Celui-ci ne plaisantait pas et, pour lui, la fin justifiait tous les moyens. Rendu, il maintint sa main pendante et répondit d'une voix inintelligible :

— D'accord, je vais tout vous dire... Je vais vous dire tout ce que je sais...
— À la bonne heure.

Le Buste de Bronze

José prit une grande inspiration.

— La vérité... c'est que vous ne saurez rien. Jamais. Que vous libériez André ou non, que vous nous tuiez ou non, la réponse sera la même. Alors... finissons-en !

André... Désolé, vieux. Je ne peux perdre mon honneur, et je ne peux donner un ami. Pat... tu ne sauras jamais ce que tu me dois.

— Comme vous voudrez.

Latruffe haussa les épaules et glissa deux balles dans le barillet.

« Merde !! C'est fini ! pensa José, en pleine montée d'adrénaline. Tout ça pour ça ?! » Il eut soudain envie de rire. Il allait savoir ce qu'il y avait *après* ! Et il était en train de faire dans son pantalon...

— Une dernière chose à exprimer ?
— Oui ! répondit-il avec un sourire moqueur, mi-riant mi-pleurant. J'ai cru à ma chance, jusqu'à la dernière seconde. Mais on n'échappe pas si facilement à son destin.
— C'est tout ?
— Non ! Je vous emmerde, vous, le con qui flanche et toute votre clique. Les perdreaux, les décorés, j'ai jamais aimé ça. Vous pouvez tous crever !

Latruffe pouffa.

— À qui le dites-vous, murmura-t-il en empoignant José par la tête et en le plaquant à terre.

José fut pris de vertige, lorsque Latruffe braqua son arme sur l'arrière de son crâne. Malgré cela, il garda les yeux ouverts. Après tout, on était homme, ou on ne l'était pas.

Le Buste de Bronze

Pardon, André...

À quelques secondes d'intervalle, deux détonations retentirent dans le bois.

***

CHAPITRE XXV

Tout ça pour ça... Je croyais m'en sortir, mais... On n'échappe pas si facilement à son destin.

Latruffe glissait deux balles dans le barillet de son arme en sifflotant. Quel salaud ! Il n'avait jamais eu l'intention de les laisser partir, il était prêt à le parier ! Qu'importe. Il n'aurait pas parlé, de toute façon. Il mourrait dignement, comme un homme. Mais André... Que pouvait-il faire d'autre ? Il ne pouvait donner un ami. Et l'argent, le projet... tout était fini. Au moins, il avait eu la satisfaction de démolir un gendarme, et pas n'importe lequel : Quiflanche ! Cette pensée eut pour effet de le consoler un peu.

— Salaud ! Vous sauterez tous jusqu'au dernier !!

José sentit le sol se dérober lorsque le brigadier Latruffe l'empoigna par la tête, le plaqua et pointa son revolver sur l'arrière de son crâne. Dans quelques secondes, il saurait ce qu'il y avait *après*...

Tout ça pour ça... Désolé, vieux... Mais je ne pouvais donner un...

Pan ! José, yeux fixes et grands ouverts, resta figé à terre. *Pan !* Le corps d'André rebondit d'un tressaut. Satisfait, Latruffe remit son arme à sa ceinture, alluma une cigarette, gratta son avant-bras et, sourire aux lèvres, siffla un air des plus détonants.

La voiture allait bon train sur la route poudroyante, secouée au rythme du claquement des sabots. André entr'ouvrit les yeux.

— Quoi, qu'est-ce que c'est ?... Où est le con qui flanche...
— André ! Nous sommes en chemin pour...
— Nous v'là partis pour... *la Nouvelle*... murmura le jeune homme, dépité.
— André ?...

Il venait de se rendormir.

« *La nouvelle, oui, André. La nouvelle...* »

« Comment tu te sens ?!
— Un peu moulu...
— De quoi tu te rappelles ?
— Ma guibole a lâché, lorsque j'ai voulu sauter sur Quiflanche...
— Et ensuite ?
— Ensuite... rien. J'me rappelle rien... »

André regarda autour de lui. Il se trouvait sur une couche confortable, vêtu d'habits propres, et, conclut-il en voyant sa main et sa jambe, fraîchement recousu. L'endroit était coquet, et José occupait l'une des chaises, à ses côtés.

— Où est-ce qu'on est ?
— En sécurité. On est là depuis deux jours. Tout va bien, maintenant ! Je suis là, j'te laisserai pas.

C'était sorti sans qu'il s'y attende. Il se mordit les lèvres, partagé entre la honte et la crainte. Devant le haussement de sourcil d'André, il fut saisi d'une gêne si intense qu'elle lui gonfla le visage et injecta ses yeux de sang.

Le Buste de Bronze

— Dame ! C'est quoi, ça ? Et Dieu, c'que vous êtes laid !...

André se tut aussitôt, devant le regard de reproche que lui lança José. Un œil couvert par sa paupière, un œil ouvert mais plus bas que l'autre, le visage bouffi et de travers, c'est vrai qu'il n'était pas beau à voir, notre José. La tête entre ses mains encore rouges et meurtries, il se laissa aller, les épaules secouées de longs sanglots.

« Au diable la vie ! s'écria-t-il en lui-même. Au diable l'humain, au diable tout ! Et quelle plaie que cette empathie, qui vous fait créer des liens et qui, à votre insu, vous fait aimer même le plus stupide des idiots !... »

— Qu'est-ce qu'il y a donc ? Quelqu'un est mort ?? Ah, mais, votre main... !

Ce bougre d'âne n'avait aucune idée de ce qui s'était passé !

Certes, José n'était pas beau à voir, mais ils étaient peu nombreux, ceux qui pouvaient se vanter d'être aimé de lui. Ils se comptaient à peine sur les doigts d'une main.

☆☆☆

Deux hommes marchaient côte à côte dans la nuit noire. L'un, bien bâti, le regard profond et imprégné de la sagesse de ceux qui savent, possédait une élégance naturelle contrastant avec sa tenue. L'autre, l'air affirmé d'une volonté nouvelle, dégageait dans sa physionomie une forme d'émerveillement, mélange d'innocence et de gaieté naturelle qu'ont les enfants. La tournure de l'un était un peu raide ; l'autre boitait légèrement.

« Allez, racontez-moi le reste !
— Nan.

— Allez !!!
— Trouvons un endroit pour mâquer. Et dormir un peu.
— Dormir un peu ? Mais c'est impossible ! Racontez la suite, je veux tout savoir ! »

José acquiesça d'un mouvement de tête. Il repéra un tronc et coupa le pain, le fromage, déboucha une bouteille de vin puis, après avoir distribué le tout, laissa aller ses pensées, tourné vers le ciel étoilé.

☆☆☆

« Qu'est-ce qu'il y a donc ? Quelqu'un est mort ?? Ah, mais, votre main… ! Et vos doigts !! »

José secoua la tête et laissa échapper un rire malgré lui.

— Il n'y a pas à dire, tu sais remonter le moral des troupes, toi ! Bigre, j'ai quand même encore toutes mes dents !
— Mais votre nez…
— Ah, ça… déplora l'ex-majordome, qui jusque-là avait réussi à le préserver. Tu crois que ça plaira aux bonnes femmes ?
— J'ai entendu dire que la pince à linge…
— J'ai bien entendu du bruit, les interrompit un homme en entrant, et faisant un signe de tête à André. Il est temps pour vous d'y aller. Demain matin, à la première heure. Voici vos sacs ; vous trouverez de quoi vous ravitailler.

José remercia avec chaleur et respect.

— Ravach et Sante… ? le questionna-t-il.
— Loin.

L'homme fit de nouveau signe à André et prit congé. Une femme entra à son tour et déposa sur la table un plateau contenant de quoi se sustenter : la moitié d'une miche de pain, de la charcuterie, une demi-bouteille de vin rouge, deux potages et des œufs. Elle ressortit après les avoir gratifié d'un grand sourire.

— Qui sont ces gens ? demanda André après son départ. Et au fait, où qu'il est, le con qui flanche ?
— Ça, si on te demande, tu diras que tu n'en sais rien !
— Racontez-moi ! fit André en se jetant sur son potage. Qu'est-ce qui s'est passé, après ma guibole ? Et pourquoi, Ravach et Sante ?...
— ...
— Quoique... je comprends votre silence, fit le jeune homme en avalant successivement pain, œuf et vin. Ce doit être terrible, deux raclées d'affilée...

José retint un nouveau sanglot et se laissa bercer par l'entrechoc régulier des pelles à pain.

— Et qu'est-ce que vous avez donc, à chialoter, depuis tout à l'heure ?
— Tu as reçu les premiers soins sur le chemin... commença José d'une voix qui trahit son émotion.

« Quoi ?! Pas possib' ! Il nous a braqué tous les deux ?
— Oui. Et crois-moi, ce n'était pas de la rigolade... »

José déboucha une autre bouteille, prit une lampée et la tendit à André.

— Alors, quoi ?! Vite, dépêchez-vous de raconter ! s'exclama le jeune homme en trépignant d'impatience.

José se cala mieux sur le tronc d'arbre. Après une grande inspiration, il reprit son récit en grignotant nerveusement le contour de son croûton.

— Alors que j'avais son revolver chargé collé à l'arrière du crâne…

☆☆☆

Le visage tuméfié et rougi par les larmes, José interrompit son récit et jeta à André un regard en coin. Celui-ci, yeux ronds et bouche ouverte, sortit de sa rêverie et, après avoir bu une longue gorgée de rouge, entama l'assortiment de charcuteries.

— Attendez, vous êtes sérieux ? demanda-t-il la bouche pleine. Vous avez gagné contre Quiflanche ?...
— Te croire mort m'a donné la force de combattre, répondit José les yeux humides.
— Ah, ça ! s'exclama André, son assiette vide entre les mains. Si je m'attendais… Vous m'aimez donc bien ?
— Il faut croire, bougre d'imbécile…
— Qui est le plus imbécile des deux ? Vous voilà bien, à présent : vous n'aurez plus jamais le dessus !

Il eut un moment d'hésitation et, contre toute attente, se mit à verser de chaudes larmes.

— Tiens, à toi de pleurnicher, maintenant ! Tu fais le fanfaron, comme ça, mais tu n'es pas si…
— J'ai raté le *combo* !! *La botte secrète*… !!
— Hein ? C'est pour ça, que… ?

José soupira. Qui lui avait collé un bec d'ombrelle pareil ?

— De toute façon, ça ne change absolument rien, geignit le jeune homme en se resservant. Que vous ayez gagné ou pas, ça vous

Le Buste de Bronze

fait toujours deux raclées !
— Tu crois ça ? répondit José, un sourire en coin.
— Ahh, c'est pas juste !!... La botte secrète... !

André continua de se lamenter, et José se mit à rire tout de bon.

« Il n'y a pas à dire, songea-t-il en terminant son repas, verser quelques larmes de temps en temps, ça soulage, ça libère. »

Et puis, il l'avait eu, son dernier combat. Et l'avait même remporté haut la main.

☆☆☆

Pan ! José brama comme cerf en rut. *Pan !*

« Hein ?... » ne put-il s'empêcher de penser, paralysé par la première détonation.

— Vous pouvez vous relever, fit Latruffe en jetant l'un des baluchons à ses côtés. Des hommes vont arriver, nous n'avons pas beaucoup de temps.

Il se saisit du sac de toile.

— Belle somme, fit-il en en découvrant le contenu.
— Touchez pas à ça !! hurla encore José, son bras recouvrant son visage. Vous n'avez jamais eu l'intention de nous laisser en vie, avouez-le !
— Pourtant, vous l'êtes.

José resta figé, sous le choc. *Mais oui, il était vivant !!*

— Combien de temps comptez-vous rester ainsi ? Je viens de vous le dire : le temps ne joue pas en notre faveur. Allons,

pressez-vous !
— Qu'est-ce que vous attendez de moi ?! Je ne vous dirai rien, vous entendez, rien !!!
— Soyez-en heureux ; vous seriez morts, à l'heure qu'il est.

Alors que José se mit en boule, trop angoissé et à bout de nerfs, Latruffe se gratta l'avant-bras.

— Dame ! fit-il en relevant sa manche. Ça me démange à n'en plus finir...

José était aux aguets, immobile et méfiant. Latruffe eut un grand sourire.

— Allons, José, il n'y a plus rien à craindre. C'est Pat, qui m'envoie. Pas de doute possible : vous en êtes, et vous en avez.
— P... Pat ?! Je ne sais pas de quoi vous parlez ! Vous ne saurez...

Il s'interrompit, apercevant l'avant-bras du nouveau brigadier.

— Vous... Votre... Alors c'est... Pat a... vraiment... ordonné tout ça... ? bafouilla-t-il, stupéfait.
— Pas exactement... fit Latruffe en tirant sur sa cigarette. Vous fumez ?
— Il... doute de moi ?
— Non, c'est de ma propre initiative, répondit Louis Latruffe avec ce grand sourire qui le caractérisait. Selon lui, vous êtes un homme de confiance. Je voulais m'en assurer. Tenez, fumez.

En pleine détresse, José pris la cigarette d'une main tremblante. Impossible pour lui d'assimiler quoi que ce soit, tout cela le dépassait. Pat... Latruffe... Pat ??

Le Buste de Bronze

— Il va vous falloir des vêtements propres, si vous voulez continuer à vivre en hommes libres.

Latruffe plissa les yeux face au soleil.

— Une italienne, en main bien avant l'heure, dit-il en désignant l'arme à sa ceinture. Que nous ferons modifier avant même sa sortie officielle. Avec ça, nous irons loin. Il me tarde de l'essayer. *Vraiment.* Votre ami, Chouquette, les aime. Vous le saviez ?
— …
— Vous n'y êtes pas allé de main morte, continua-t-il en montrant Quiflanche du menton.

José tomba des nues.

— C'est vraiment l'hôpital qui se…
— Veuillez excuser, fit Latruffe avec un léger mouvement de tête. Il fallait que ça fasse vrai. Une attelle, du repos, et il n'y paraîtra plus.
— Mais bien sûr… grommela José, mi-ironique, mi-fou de rage.

Il serra son poing valide, mais se ravisa.

— Sachez quand renoncer, et saisissez votre chance, lui conseilla Latruffe, à qui rien n'échappait.
— Vous pouvez y compter, rétorqua José d'une voix cinglante.

Après un silence :

« Vous nous avez devancé, José Duval. La ville a évité un attentat, et ce, grâce à vous. Ce n'est que partie remise…
— Un… attentat ?
— Pourquoi voir petit quand nous pouvons viser le sommet ?

Le Buste de Bronze

Nous avons changé nos plans. Placés ci et là, nous attendons le bon moment. D'ici à quelques années, vous verrez… Les petits, surtout, feront de grandes choses. »

Le regard de Latruffe se perdit un instant. Un sifflement se fit entendre, auquel il répondit par un air des plus palpitants.

— Ils sont là. Préparez-vous.

Six hommes arrivèrent et se précipitèrent, saluant José avec respect et l'appelant *camarade*.

— Nettoyez-les. Une chemise et un pantalon propre pour celui-ci, des soins urgents pour celui-là, commanda Latruffe.

Le *grand* était parmi eux, et, après un bref signe de tête à José, il examina André et le transporta sur son épaule.

— J'ai misé sur deux balles ! fit un homme au violon, avec enthousiasme.
— J'ai misé sur quatre…déplora un second.
— Trois ou cinq au total, expliqua Latruffe à José, portant une nouvelle cigarette à ses lèvres. Première balle : signal d'arrivée sur les lieux, puis deux coups : vous êtes des nôtres. Deux de plus : vous êtes morts.

L'ex-majordome réprima un frisson. S'il avait parlé…

— De toute façon, porter la main sur un officier, même ancien, vous étiez bon pour les fers, fit Latruffe comme s'il avait lu dans ses pensées. Il valait mieux pour vous deux une balle dans la tête.

« Évidemment, comme si tout cela était normal… » pensa José en laissant échapper sa cigarette.

« Vous êtes amochés, vous aurez deux jours pour vous refaire. À quelques lieues d'ici est une boulangerie... » Latruffe déplia une carte. « Ici, indiqua-t-il du doigt. Mes hommes vous accompagneront en voiture sur cette partie-ci, puis du monde passera vous prendre... là. Vous donnerez le nom de code *biscuit*, et vous serez pris en charge. Pour le reste, débrouillez-vous tout seuls.
— Et lui ? demanda José au sujet de Quiflanche.
— J'en fais mon affaire. »

Alors que certains s'occupèrent de porter sacs et baluchons, d'autres aidèrent José à se relever et le soutinrent dans sa marche.

— Ravach et Sante ? demanda Latruffe à ses hommes.
— Sur le chemin.

Le nouveau brigadier avait retrouvé son humeur joviale ; il sifflotait gaiement. Latruffe était redevenu Latruffe : un bel homme sur la réserve, au sourire et au regard francs. L'ex-majordome se laissa prendre en charge, quand une question l'incommoda : devait-il... le remercier ?

— Ah ! J'ai failli oublier...

Louis Latruffe lui tendit un papier. Lorsqu'il en découvrit le contenu, José s'adossa contre un tronc, bouleversé. Ils s'entretinrent quelques instants, puis José repartit, soutenu par les camarades.

— José, bonne chance à vous. Vous autres, vous l'aiderez à fumer !

Une fois installé, des larmes coulèrent lentement ; il n'eut pas la force de les retenir. Il pleura de rage, de soulagement, de gratitude, d'épuisement... Ravach et Sante les rattrapèrent, sautant dans la voiture sans plus de manières.

— Ah ! Y'a comme qui dirait une Belle à recoudre, mon compagnon !
— Oui-da, compère ! Et cette fois, elle est endormie tout de bon !

José entendit, de très loin, leurs esclaffades et taquineries, ainsi qu'un violon. Il venait de mener son combat le plus difficile, et ce, alors qu'il tenait à peine sur ses jambes. La marque de la 1889 ornait encore son front. Dans un hoquet las, il s'écroula aux côtés d'André.

— Tiens, en v'là une autre !

Pat, Père Chouquette... Merci...

***

PARTIE VI

CHAPITRE XXVI

José Duval et André Pédard, libérés de tout engagement, poussaient force « Hou ! Hou ! » et « Aouuuuh ! » sur le chemin à tout bout de champ. Voilà deux jours qu'ils enjambaient, pas claudicant, les kilomètres en haletant. Suant comme des bœufs, ils filaient sans demander leur reste, baluchons aux bras, visage au vent, leurs poches garnies de bon tabac, qu'ils savouraient longuement à l'ombre, à chaque halte.

« Prenons une auberge pour la nuit ! Encore deux ou trois jours, et on est à Paris !
— Nan, ce soir, à la belle étoile ! Il reste encore à manger. Pis j'ai envie d'm'en jeter une et d'fumer en pleine nature, couché dans le frais. »

Ils dénichèrent un coin plaisant, tirèrent d'une sacoche de quoi se sustenter.

« N'empêche, lança André après un instant, c'est que j'aurais bien aimé les revoir, moi, les Ravach et les Sante…
— Crois-moi, c'est bien mieux ainsi.
— N'empêche… à bien y réfléchir… Si vous aviez causé… C'est qu'on servirait d'engrais, vous et moi, à l'heure qu'il est ! »

José manqua s'étrangler. De sa main valide, il déboucha une bouteille de vin et l'entama, l'air de rien, puis la passa à André.

— Tiens, un p'tit canon, et il n'y paraîtra plus !
— Un p'tit canon… un p'tit coup de rouge…

Le Buste de Bronze

Ils se jetèrent des regards en coin, décontenancés, la tête penchée dans leur galtouze[27]... puis ils se mirent à rire, aux larmes, jusqu'à en avoir mal au ventre.

— Hi, hi, hi, hi ! s'esclaffa André en se tenant les côtes. La chiotte, alors ! C'est un comble : vous me reprochiez d'vouloir en finir, pis c'est vous qui me menez tout droit à l'abatt...

Il interrompit sa phrase de justesse. José frissonna ; c'était la vérité. Il l'aurait sacrifié, non sans scrupules, et lui avec. Mais ils seraient morts, s'il avait choisi de sauver André... Il soupira, essuya une larme entre deux éclats nerveux, et fouilla dans l'une de ses poches.

— Tiens.

Avec un clin d'œil, il lui glissa le petit couteau.

— Souvenir d'après-guerre.

André le garda serré dans sa main, pensif.

— Ouah. Merci bien. Et j'en reviens toujours pas d'avoir manqué le *combo*... Il était si terrible ?
— Plus encore. Tu peux le voir de près, si tu veux !
— Ha, ha. Et alors, vous l'avez remporté, pour ce qui est de l'aut' combat ?...

José frotta ses yeux en souriant.

— Hmm. Je n'ai pas combattu, mais oui, j'ai gagné haut la main.
— Vous n'avez pas combattu, mais vous avez gagné ?... Je ne

---

[27] (Argot) Gamelle, récipient destiné à l'alimentation.

comprends rien à c'que vous racontez... Et la médaille en chocolat, vous l'avez apportée ? Ou elle a fondu, ce s'rait bien dommage !

José pouffa de bon cœur. Il se pencha sur un sac, exhiba l'écrin de velours rouge, puis l'ouvrit en riant.

— Intact !

Il remplit les timbales, cassa et partagea la médaille, et ils la dégustèrent en se pâmant.

— Au meilleur des serviteurs !
— Hmm, pardi, le vin est un peu chaud, mais, y'a pas à dire... Rocher, c'est un bon !

☆☆☆

La nuit était étrangement claire, et José et André burent plus que de raison. Ils achevèrent ce qui leur restait de pain, fromage et malaga offerts par les amis et complices de Pat Chouquette, à la boulangerie Biscuit.

— Hmm ! Le moral des troupes dépend bien d'la qualité du pain, comme dirait l'Autre[28] !
— Ah, tiens ! En parlant... Il y a deux choses...

José fouilla l'un de ses baluchons et tendit à André un médaillon d'argent, finement gravé de fleurs.

— Mon médaillon !!
— Et en l'état ! Qu'est-ce que c'est donc, des roses ?
— Des pivoines. Elle en a tout autour de la maison...

---

[28] Selon Napoléon, le moral des troupes et du pays dépend beaucoup de la qualité du pain !

Le Buste de Bronze

André avait l'air heureux, et s'extasiait un peu niaisement devant la photographie à l'intérieur. José avait déjà ouvert le médaillon à plusieurs reprises, et admiré le portrait d'une jeune femme à la physionomie modeste mais de grande beauté.

— Merci, fit-il.
— De quoi ?
— Pour le pendard. C'est quelque chose qu'on n'oublie pas.

Ils se serrèrent la main en riant et s'écrièrent « Cochons ! », puis ils trinquèrent de plus belle et retournèrent à leur discussion.

— Pourquoi tu as voulu faire ça ?
— Faire quoi ?
— Tu sais bien… Tu as une poule, qui t'attend. J'ai beaucoup de mal à comprendre.
— Une poule ? Où ça donc ? Qui a une poule donc ?

José montra le médaillon.

— Là.
— C'est pas une poule !

José fronça les sourcils.

— C'est qui, alors ?
— C'est ma mère ! Je vous l'ai dit, pourtant : j'ai personne d'autre sur cette terre, à part ma mère !
— Quoi, ça ??
— Comment ça, *ça* ?! Vous avez un problème ?!
— Bigre non ! C'est donc qu'elle était plus jeune ?
— Nan, c'est elle, *maint'nant*. Chaque année, elle m'envoie son portrait, et j'le mets dans mon médaillon !
— Diable ! Sacrée belle femme ! Elle t'a eu à quel âge ?

— Elle m'a eu a quinze ans, et n'vous avisez pas d'en dire quelque chose ! Je n'connais pas une personne aussi courageuse et aussi bonne qu'elle ! Elle s'est saignée aux quatre veines, quand mon con d'paternel s'est barré à la mer ! Et c'est ben pour elle que tout c'que j'ai fait… hips… eh ben j'l'ai fait !
— Et tu as fait quoi ?
— Tout chez Tréfort !
— Je t'en mettrais bien une, mais j'suis pas en état…
— Je vous interdis de penser du mal d'elle, je vous en préviens !
— Mais je n'ai rien dit ! À part qu'elle est sacrément jolie !

André se leva en titubant et se mit en garde, ses yeux lançant des éclairs.

— Fini de rire ! Je vais vous… hips !
— Je croyais qu'on était amis ?
— Ça, c'était avant d'savoir que vous aviez des vues sur ma mère ! On va reprendre là où on en était, avant qu'le con qui… flanche !… J'm'en vas vous claquer vot'beignet !
— Respecte un peu ton aîné ! Et t'en fais vraiment un beau, de beignet… Pis arrête un peu, on marche déjà pas droit, nos mains, nos tronches, et ta guibole…

André desserra son poing et se frotta la paume en hoquetant.

— J'ai bien failli tout perdre, à cause de toi. J't'aime bien, mais un conseil, te mets plus jamais en travers de mon chemin !

André soupira et se laissa tomber par terre. Dépité, il rangea le médaillon et saisit la bouteille.

— Pardon !… Je sais bien que… j'suis con… Mais j'me suis ben rattrapé… j'vous rappelle !
— C'est vrai… Et moi, j'ai le cœur lourd de mes choix, alors…

toujours cochons ?
— Oui, mon capitaine !...
— Et ça te vient d'où, ça ?
— C'est à cause de mon père ! Tout le monde l'appelait comme ça : mon capitaine ! Parce qu'il avait son propre bateau. De pêche ! Alors, ça m'est resté...
— Il est plus là ?
— Il était *jamais* là ! Il s'est barré, ou il est mort à la mer...
— Dame... Il vous a rien laissé ?
— Rien de rien ! On a bien la maison, mais elle est à ma mère ! Et j'sais... hips ! qu'il s'est tiré ! Parce qu'avant d'partir, j'avais six ans, mais j'm'en rappelle – parce qu'il le répétait *tout le temps !*... – il m'a dit : « Fils... à partir de main'nant, t'es un homme ! Et un homme, c'est la base... de tout ! Et le feu... hips... c'est la base... de l'homme ! »...
— Ah... Oui... Ben le mien, il me disait toujours, en boucle et d'une traite, comme ça : « N'oublie pas c'que tu dois ni c'qu'on t'doit ! »... N'oublie pas c'que tu dois... ni c'qu'on t'doit...
— Ça explique que vous soyez tout raide...
— Et qu'toi, tu partes dans tous les sens... Enfin, reposons-nous, parce que demain, nous avons encore du chemin ! J'aime bien le grand air, mais demain, on prend une auberge !
— Mouais, vous avez raison. Et vu nos tronches, va falloir allonger l'beurre...
— En parlant, deuxième chose : demain matin, on fait le partage !
— Ah oui, c'est vrai... La part... que vous m'devez... fit André en bâillant.
— *Je ne te dois rien du tout !!*

Ils se couchèrent dans l'herbe, la tête contre des sacs ; José garda contre lui les plus précieux, et plaça sous sa jambe un couteau pliant de combat militaire.

Le Buste de Bronze

— José...
— Hmm ?
— T'sais, j'voulais pas vraiment l'faire... Des fois, j'saurais pas bien dire, mais j'ai comme des choses... des choses qui m'disent... que j'en ai pas... et qu'j'en aurai jamais, qu'j'aurai beau faire... Mais maint'nant... j'sens... que ça va...
— Tu en as. Et ce n'est pas moi qui le dit !
— J'comprends toujours rien... à c'que vous racontez...

Les mains derrière la tête, José laissa errer son regard sur le ciel d'une clarté surprenante. Il crut y voir une spirale et, pendant qu'André rendait ce qu'il avait à rendre, il ferma les yeux et se laissa porter.

« Tenez. Son cadeau d'adieu. »

Latruffe tendit à José un papier, et un objet recouvert d'un linge. Ce dernier, mal en point, peina à les prendre en main.

— Permettez que je vous aide, fit Latruffe en dépliant la lettre.
— Mais... c'est... !

Sang et sueur perlant aux tempes, il lut la lettre en retenant son souffle.

— « ... *Ainsi, il aurait voulu que je la partage avec toi. Fais-en bon usage. Ton frère et ami, Pat Chouquette.* » Pat...

José s'adossa contre un tronc, luttant pour contenir son émotion. Latruffe replia le courrier et le glissa dans l'une des poches du pantalon de José, puis il l'encouragea du menton. José, bouleversé, souleva le tissu de ses paumes tremblantes, découvrant un couteau de combat militaire, splendide de la pointe de sa lame jusqu'à celle de son pommeau.

— De Pat, qui le tenait de son père. Qui lui-même le tenait de son père, qui le tenait de son p…
— Je connais ce couteau, le coupa José. Il est chargé d'histoire. Mais pourquoi, Pat… Je ne peux pas…
— Vous étiez comme un fils pour son père. Et pour lui comme un frère.

José ferma les yeux, sa main valide contre son front.

— Que s'est-il passé, entre vous ?

☆☆☆

« J'ai un plan ! se vanta Pat, poussant avec force José sur la voie pavée. Tu m'en diras des nouvelles !
— Quel plan, encore !? s'exclama ce dernier en riant, évitant une nouvelle bourrade.
— Tu vas pas en revenir, Jo ! J'en ai dégoté un, plein de chez plein ! »

José et Pat simulèrent un combat de boxe en avançant dans la ruelle, l'un esquivant les coups de l'autre en s'esclaffant. Pat sauta pour éviter un coup de pied et se positionna le long du mur, sa cigarette au bout des lèvres.

— Là ! C'est le plan parfait, expliqua-t-il à mi-voix. Un soulôt, toujours fourré chez l'cafetier ! Quelques jours que j'y viens, la thune lui dégueule de ses poches. Il va pas tarder à passer, tu vas voir… Tiens, c'est lui, regarde !

José jeta un œil prudent. Un bourgeois, l'allure éméchée, à peine plus âgé que Pat et lui, avançait en beuglant.

Le Buste de Bronze

— Mais qu'est-ce qu'il fiche dans l'coin, et qu'est-ce qu'il braille ?
— On s'en fout ! Cette fois, Jo, va falloir y aller sérieusement ! Regarde...

José sursauta devant le revolver que lui dévoila Pat Chouquette, son ami d'enfance, qu'il considérait ces dernières années comme un frère.

— J'l'ai pris au père ! D'la cavalerie, un vrai de vrai !
— Qu'est-ce que tu... ?! Non !!
— La ferme ! C'est le moment ou jamais ! Le moment de faire nos preuves, et de nous en mettre plein les fouilles ! Tu savais que ça allait arriver, Jo !
— Qu'est-ce que tu comptes faire avec ça ? Juste le menacer, hein, dis ?! On peut juste le défaire, comme on l'a toujours fait ! Ou je peux y aller tout seul, vu comme il est fait, il ne verra rien v'nir !
— Arrête, Jo ! Fini de jouer ! Tu en es ou tu en s'ras jamais !... C'est le moment, c'est *maint'nant* !... Allez, amène-toi !

« Maman ! Ma... man !... Hips... Pourquoi t'es... partie... Maman !... »

Le nanti fit un tour sur lui-même et s'interrompit dans la seconde : face à lui se tenaient deux jeunes des bas quartiers de la ville, l'un d'eux le pointant d'une arme à feu.

— J'veux bien t'laisser t'en charger, Jo ! Mais je renoncerai pas, j'te préviens...
— Sors les thunes ! hurla José en virant hystérique, et en surveillant du coin de l'œil son comparse.
— Qu'est-ce que...
— Sors-les ! Magne !

Le Buste de Bronze

Le bourgeois resta figé, transi sous l'effet de la peur.

— L'argent !!
— Prends le revolver et crève-le, Jo ! C'est qu'un pourri de nanti !
— Je vais… tout vous donner, fit le jeune homme en tendant ses bras en avant. Voilà ! Je n'ai que ça…
— La ferme !!

Pat lui arracha la bourse des mains et sa colère monta d'un cran lorsqu'il en découvrit le maigre contenu.

— Qu'est-ce que c'est que ça ?! Où est l'argent ?!!
— J'ai tout dépensé… hoqueta le jeune homme. J'ai des… bons de nécessité, ajouta-t-il en les tirant de sa poche.
— Tu vas payer, pourri d'nanti !

Sous le coup de poignée du revolver de Pat, le jeune bourgeois s'effondra sur le sol délabré de la ruelle.

— T'es pas dans l'bon endroit de la ville, fumier !
— Ça suffit, il a rien ! Alors, viens, on s'tire !
— De quel côté tu es, Jo ? On doit faire un exemple, on doit leur montrer ! Si tu veux plus en être, dis-le-moi, maint'nant !
— Ne me tuez pas ! supplia le jeune homme d'une voix aiguë. J'ai de l'argent, chez moi, ne me tuez…

Pat Chouquette le fit taire d'un coup de pied au visage, et tendit un couteau de combat à José.

— Vas-y, j'le tiens en joue, finis-le !
— Pat, non…
— Sainte Marie, Mère de Dieu, ayez pitié ! J'ai perdu ma mère, j'ai perdu mon père ! Je ne veux pas mou…

Le Buste de Bronze

Pat déplia le couteau militaire avec rage et fondit sur lui en jurant. José se jeta sur son ami, le déviant du jeune bourgeois qui couvrit sa tête de ses bras en pleurant.

— Qu'est-ce que tu fous, bon sang, Jo ?!
— Laisse-le maint'nant, on s'tire !
— Je vais le crever, Jo ! Si tu te mets en travers de mon chemin...

Bing ! Pat recula sous l'impact.

— Jo...

Bam !

— Cogner des gars, voler, faire des coups, j'veux bien, mais ça...

Bim !

— Pat, j'peux pas t'laisser faire ça !...

Bang ! L'ami d'enfance de José s'écroula sur les pavés de la ruelle.

— Merci ! Merci !... Je vous...
— Ta gueule, toi !! Fous le camp, sale pourri de riche de nanti !!!... Dégage !!

☆☆☆

« C'est ainsi que nous nous sommes brouillés, ne nous revoyant que lors de la mise en terre de son père...
— Vous ne vouliez plus en être ?
— Si fait, mais je n'avais pas mesuré à l'époque ce que ça pouvait impliquer. Aller jusqu'à tuer... Anarchiste, oui. Mais ça... À partir de là, nous avons pris des chemins radicalement opposés. »

Le Buste de Bronze

Latruffe hocha la tête pensivement.

— C'est le cas de le dire. Pat a dû l'avoir mauvaise… Trahi dans votre lien, et dans son *idéal*… Malgré ce qu'il s'est passé, vous étiez prêt à mourir pour lui, c'est une certitude. Alors saisissez la chance qu'il vous donne et ne revenez jamais ici. *Conseil d'ami.*
— Je leur dois tellement. Le père Chouquette et lui m'ont…

José eut un brusque sursaut.

— Ce… Cette voix ! C'était vous… dans la ruelle !

Latruffe plissa les yeux et se mit à siffloter. José eut un deuxième sursaut.

— L'a… L'arrière-salle ! Vous…
— Vous avez pris la bonne décision en renonçant au combat. Quiflanche n'a jamais eu l'intention de vous rendre votre liberté ; il comptait même vous faire arrêter. Pour tout vous dire, Pat, au fait de ses chantages, m'avait demandé de garder un œil sur vous. Ce dont je ne m'attendais pas, en revanche, c'est de vous trouver à la fonderie avec André…
— Les ateliers Michel ? Vous y étiez ?!
— Et comment… Ce soir-là, par un heureux hasard, je passais du côté de l'orphelinat. Une chance, car je compris alors qu'il devenait urgent de nous débarrasser de Quiflanche…

☆☆☆

« Mauvais drôle… pesta Quiflanche en suivant José du regard. Tiens ! Latruffe ?!… Quel vent vous amène ?
— Un vent de prudence, chef. J'ai entendu des voix ; je suis entré vérifier.

— Je vous reconnais bien là ! C'est que j'étais avec notre *pinson*... Il ne se doute de rien ?
— De rien, chef. Puis-je... vous poser une question ?
— Posez, Latruffe, posez donc !
— Après ses efforts à l'orphelinat, ne comptez-vous pas le libérer ? Je vous trouve... un peu dur, chef.
— Dur ? On n'est jamais trop dur avec ces gens-là. Ce vaurien se la donne dans des combats de boxe clandestin et se moque de la loi ! Je compte l'avoir à ce moment-là. Les rebuts de son espèce n'ont pas leur place dans notre société. Il me tarde de récupérer la prime ! ajouta Quiflanche en riant et en se frottant les mains. Elle devrait rembourser intégralement l'achat de ma statue !
— Pourquoi l'avoir aidé au départ ? Pour le tirer d'affaire, vous aviez pourtant mis le *paquet*...
— Toute aide n'est jamais gratuite, mon cher Latruffe. Mon père le général disait toujours : « Garde tes amis sous le coude, et tes ennemis aussi : ils pourront toujours servir. »
— Ces méthodes ne me semblent pas très orthodoxes, chef.
— Mais elles fonctionnent ! rétorqua Quiflanche en grimaçant. Il suffit. J'ai tout arrangé, l'affaire est déjà réglée.
— Bien, chef. Prenez-vous correctement votre dosage ?...
— Ne vous occupez pas de cela, mon cher, je peux m'en passer...
— Dans ce cas, je suis rassuré et me retire. En vous souhaitant une bonne soirée, chef.
— Une dernière chose, Latruffe. Le sentez-vous ? Il y a comme un parfum... qui flotte dans l'air. Je comptais faire surveiller de près un certain *Pat Chouquette*, boulanger de profession, que j'ai vu roder près de l'orphelinat lors de sa construction... Je me demande si ce n'en est pas un...
— Preuves ou... simples suppositions ?
— Rien pour le moment, mais on n'est jamais trop prudent. Les chats ne font pas des chiens, mon cher Latruffe. Son père était connu pour ses idées rebelles, révolutionnaires... Sous prétexte de faire circuler café et viennoiseries, son fils pourrait

avoir fait circuler ces mêmes idées sur le chantier... J'espère que lors de votre passage en tant que nouveau brigadier...
— Comptez sur moi pour faire de cette mission l'une de mes priorités, chef. »

☆☆☆

« Encore tremblant d'avoir évité le risque d'être découverts, je pris la décision d'agrémenter sa statue, poursuivit Latruffe, l'inauguration étant le moyen le plus sûr et rapide de l'atteindre. Seulement, c'était sans compter votre plan à vous, José... Après vous avoir entr'aperçus dans un bois en pleine dispute avec André, j'arrivais à la fonderie Michel et y pénétrais grâce à une ouverture de fortune à l'arrière, que j'ignorais à ce moment être de votre fait. J'examinais le moule, lorsque j'eus la surprise de vous entendre ! Vous aussi, vous y étiez ! Puis les deux autres sont arrivés... Vous compromettiez tous mes intentions, mais j'ai pu apprendre les vôtres. J'attendis de pouvoir filer à mon tour, manquant me briser le cou sans plus d'échelle pour redescendre... et, alors que je pensais me rabattre sur le socle et que j'arrivais au quartier pour en informer les autres, le gamin se faisait recoudre, et vous et Chouquette renouiez vos liens à la force de vos poings... Je repris donc mon travail dans l'arrière-salle, comme si de rien n'était. Soirée surprenante. »

José eut un frisson. Il ne s'était donc pas trompé...

« Nous abandonnâmes l'idée de l'attentat, ayant mieux à faire que couper l'herbe sous le pied à de pauvres orphelins... et visons désormais *le sommet*. Pat trouvait votre idée plaisante ; il décida de ne pas interférer, et ainsi voir où la *chose* allait nous mener. »

José se rappela Pat parmi les badauds, et Latruffe sourit, les yeux dans le vague.

Le Buste de Bronze

« Pour autant, nous ne renoncions pas à nous débarrasser de Charles Quiflanche. Nos hommes sont placés stratégiquement : dans la rue, parmi nos agents, dans la haute et vos musiciens… c'est ainsi je vous retrouvai aisément. « Mets-lui un brocco[29] ! » me dit Chouquette en riant. Je n'ai pas eu à le faire. »

José repensa à cet air populaire, joué par les musiciens il y avait tout juste un an, lors de sa soirée de libération… Cela signifiait-il que… ?

« Il n'arrivera rien à Paul Tréfort, le rassura Latruffe. Nous avons d'autres objectifs, ailleurs qu'ici. Il se prépare de grandes choses ! Et beaucoup tomberont, dans quelques années… Au fait, j'ai là la prime qui vous était destinée. Une partie vous revient. »

José refusa d'un signe de tête.

« Je salue ta générosité pour le peuple, camarade ! »

José se troubla à cette appellation et ne put s'empêcher de protéger sa main pendante et engourdie ; la douleur était toujours vive.

« Oublions le passé, fit Latruffe en lui tendant la main. Pat m'en voudra ; ça lui passera. Il connaît ma rigueur.
— Comment le revoir ? demanda José en se résignant, et acceptant la poignée de main.
— Tu ne le reverras pas ; vos routes se sont recroisées pour mieux se séparer. Vous opérez tous deux dans un genre différent, mais marquant les esprits tout aussi fort… Tu es et resteras un anarchiste, José Duval. À ta façon. Quant à André, il en a, ce garçon. Notre ami commun avait des projets pour

---

[29] Mettre un pain, une mornifle, une taloche, une droite, un crochet…

lui, mais il est trop tard. Alors partez loin d'ici, refaites votre vie.
— Merci… Louis. Pouvez-vous transmettre à Pat toute ma reconnaissance ? Tout ce que je ne suis capable d'exprimer ?
— Tu peux compter sur moi », répondit Latruffe en saluant.

Ils se quittèrent, José soutenu, presque porté par les hommes du nouveau brigadier ; Louis Latruffe le regarda s'éloigner en se grattant l'avant-bras, un grand sourire aux lèvres.

***

CHAPITRE XXVII

« Alors ?
— Tout s'est déroulé comme prévu.
— La déclaration ?
— Signée et remise, comme convenu.
— Comment ce p... a-t-il réagi ?
— Surpris, l'affaire de quelques secondes. Son assentiment est total. »

Pat Chouquette recracha sa fumée.

— Bien. Quiflanche ?
— La couleuvre est passée.
— Et Jo ?
— Il s'en tire bien. Tu as toute sa gratitude et sa reconnaissance.
— Tu nous l'as abîmé ?
— Si peu. Sans... exagérer.

Pat éclata d'un rire franc et donna une accolade à l'homme qui lui faisait face.

— Sacré Latruffe ! Bon, j'regrette un peu le petit ! Raconte-moi encore, pour le pendard !

Le brigadier Louis Latruffe, espion et l'une des plus grandes forces du mouvement anarchiste de Pat Chouquette, s'exécuta.

— Je ne m'en lasse pas, il en a, c'garçon !... Et tu me manqueras, mon Louis. Nous ne nous reverrons peut-être pas.
— Je vous rejoindrai, le moment venu.

— Ces prochaines années vont être explosives. Ravach et Sante…

Latruffe acquiesça, et ils découvrirent tous deux leur avant-bras tatoué.

— Boulangerie[30] !! Anarchie !!

Ils s'étreignirent dans un embrassement amical, fraternel, absolu.

☆☆☆

Quiflanche refit surface brusquement.

« Qu'est-ce que… ?! Queue !!…
— Vous voici enfin parmi nous.
— Ma… La statue ! Une queue, sur ma statue ! L'inauguration ! Le gredin, le pendard, je le tenais, je le…
— Tout va bien, vous êtes ici en sécurité.
— La… Latruffe ! Vous pensez que j'ai mis une sacrée pagaille, mais je ne suis pas responsable…
— Calmez-vous, nous le savons tous, l'affaire est déjà réglée. Il ne vous reste plus qu'à signer.
— Vrai, déjà réglée ? Dieu soit loué, je vous reconnais bien là, mon cher Latruffe, prompt à tout prendre en main ! Mais… où suis-je ?
— À l'infirmerie. Vous y êtes depuis sept jours. Nous vous avons retrouvé dans les bois le jour de l'inauguration, en mauvais état. Rassurez-vous, vous êtes parfaitement remis. En attendant le médecin, si nous reparlions de toute cette histoire ?

---

[30] Le terme exact serait *boulangisme* mais, dans cette histoire, nous ne sommes plus à un jeu de mots près !

— À la bonne heure ! Et je meurs de faim ! Où sont donc ces deux gueux, que je jubile comme il se doit ? M'accordera-t-on la faveur de les envoyer moisir à *la Nouvelle* ?
— De quels gueux parlez-vous ?
— De ce gredin de José et de cet imbécile de Pédard, bien sûr ! De qui d'autre pourrait-il s'agir ? »

Latruffe soupira.

— Quelle tristesse, le médecin nous a pourtant prévenus… Vous n'avez donc plus toute votre tête, mon pauvre Charles ? Si seulement vous aviez pris correctement votre dosage… J'aurai dû insister davantage…. Hélas ! Vous étiez un homme brillant, que j'admirais et respectais sincèrement – même si, entre nous, quelques-unes de vos méthodes n'étaient pas très conventionnelles…
— Allons donc ! Qu'est-ce que vous me chantez là ? Cessez et dites-moi où sont ces fripouilles d'André et de José, que je…
— Nous espérions tous que vous en finiriez avec ça. Lorsque je vous ai retrouvé, seul dans ce bois, criant *Pendard ! José !* ou *André !* et vous portant des coups si puissants que vous vous êtes vous-même assommé… je vous avoue avoir eu du mal à le croire.
— Allons, mon bon Latruffe, que signifie… ? Ces deux hommes m'ont agressé, et…
— Remettriez-vous en cause ce que j'ai vu, de mes propres yeux vu ? Monsieur Tréfort l'a par ailleurs certifié : André Pédard et José Duval se trouvaient à ce moment précis *avec lui* pour régler le détail de leur congé. Quant au médecin, il est formel : sans un traitement adapté, vous êtes un danger pour les autres et pour vous-même.
— C'est impossible ! Il y a méprise ! J'ai été victime d'une machination ! Je porterai l'affaires aux…
— Vous oubliez avoir été en fuite, Charles, et ce qu'il s'est passé à l'inauguration. De nombreux témoignages vous décrivent

en plein délire, allant même jusqu'à parler de... folie. De comportements abusifs, excessifs... Mais... j'y pense soudain !... Cela ressemble beaucoup à ce que vous avez fait subir à José ! Et cela me fait penser à cet atroce renflement suspect, qui orne l'arrière de votre statue !...
— Voyons, Latruffe, de quel côté êtes-vous ?!
— Du vôtre, bien-sûr. En douteriez-vous ? Monsieur le maire et moi-même avons eu un mal fou à convaincre monsieur le préfet, qui, par respect pour feu le général votre père et par considération pour vos années de service, a consenti à ce qu'aucune charge ne soit retenue contre vous. *Cependant*, au vu de la situation, votre rédemption ne sera faite qu'à certaines conditions. Alors je vous le demande, Charles, jusqu'où iriez-vous, pour conserver vos avantages ?
— Ce... Cela n'a pas de sens ! balbutia Quiflanche en regardant avec panique autour de lui. Que... Quelles conditions ?
— Je vais vous faire une proposition que vous ne pourrez pas refuser... Moyennant votre silence *à vie* sur toute cette affaire, votre renoncement à la recherche et à la vengeance sur les personnes d'André Pédard et de José Duval – qui, je vous le rappelle, sont parfaitement innocents –, à la condition de vous retirer quelques temps dans ce que nous qualifierons de « voyage », prétexte à vous remettre du choc émotionnel de votre maladie... vous pourrez revenir et vous refaire.
— Vous avez perdu la tête ! Pourquoi devrais-je partir, alors que c'est ce Duval qu'il faut rechercher et qui est cause de tout ?!
— Réfléchissez bien, cet arrangement est une aubaine... Vous reviendrez dans une ou deux années, le temps que tout se tasse, récupérer vos biens et vos droits sur l'orphelinat, qui sera, en attendant votre retour, géré par la ville. Tout ceci afin de vous protéger et vous éviter une humiliation publique... et un nouveau scandale.
— Et si je refuse ?!
— Vous croulerez sous les plaintes, notamment celle des Michel et de la ville ; votre innocence sera difficile à prouver,

vous serez déshonoré et votre maladie connue de tous. Au mieux, vous séjournerez dans une institution psychiatrique, et vous finirez… ruiné.
— C'est un scandale !! Je…

Louis Latruffe présenta quelques documents et une plume.

— Qu'est-ce que c'est ?! demanda Quiflanche en se palpant la mâchoire à travers le bandage.
— Votre consentement pour votre sortie, selon les termes écrits. Dans votre intérêt, Charles, réfléchissez. Deux années passent vite, et d'ici-là, le monde aura oublié.
— Je… Je consens !

Charles Quiflanche apposa sa signature avec empressement, et Latruffe remit les papiers avec instructions à un agent.

— Vous avez fait le bon choix. Jusqu'à votre retour, vous serez suivi par un médecin qui s'assurera de la prise correcte de votre dosage.
— La mâchoire m'en tombe !! Ce Tréfort ment ! Il est sûrement complice de… Et vous, Latruffe !…
— *Brigadier* Latruffe, dorénavant.

Il se pencha à son oreille :

— Vous avez perdu, Charles ; on ne gagne pas à tous les coups. Estimez-vous heureux, j'aurai pu vous faire bramer et miauler pendant des heures… ou vous faire chanter jusqu'à votre dernier souffle.
— Je… Que… Et où irais-je, tout ce temps ??
— Mais… à *la Nouvelle*, bien sûr…. puisque vous l'aimez tant.

Le Buste de Bronze

Entouré de deux agents, Quiflanche pesta dans le vestibule. C'était à n'y rien comprendre ! Alors qu'il s'interrogeait et avait demandé à voir Paul Tréfort, voici que Latruffe l'avait flanqué d'une escorte ! D'ordinaire sifflotant et chaleureux, le nouveau brigadier s'était montré si froid et impénétrable que cela lui avait glacé le sang. Il venait d'être traité comme n'importe quel scélérat ! Ce nouveau poste devait lui monter à la tête...

« J'ai été agressé ! avait-il clamé haut et fort. Et l'on ne m'a pas traité correctement ! J'exige de voir Paul Tréfort !
— Revenez-vous sur les termes de notre accord ? avait répondu Louis Latruffe d'un ton sec. Dois-je en informer monsieur le préfet ?
— Bien... Bien sûr que non. Je tiens juste à...
— Agents ! Une escorte en bonne et due forme pour cet homme. En cas de besoin, n'hésitez pas à user des menottes... et du reste ! »

Les veines sur son front s'étaient mises à gonfler. Latruffe prenait son travail trop au sérieux ! S'il avait obtenu la faveur de ce poste, c'était grâce à lui ! Et pour que lui, Charles Quiflanche, conserve bon nombre de ses avantages ! Il se serait fait un plaisir de le lui rappeler, mais, prudent, il avait préféré se taire et serrer les dents sur sa colère et son humiliation.

« Si vous voulez ben m'suivre ! », fit un vieux cuisinier en saluant.

Le domestique le mena jusqu'à un petit salon où attendait un élégant homme en peignoir. À ses côtés figurait un buste de bronze rutilant, identique comme deux gouttes d'eau à celui de monsieur Crème, le maire de la ville. Quiflanche entra et les agents restèrent au-dehors, le vieux cuisinier le saluant encore avant de refermer la porte derrière eux.

Le Buste de Bronze

« Veuillez excuser cet accueil, dit Paul Tréfort en toussotant. Je n'ai pas encore trouvé d'homme assez remarquable pour remplacer mon majordome. Que puis-je pour vous ? »

L'ex-sous-brigadier, irrité, l'examina les yeux plissés.

— Je vois clair dans votre jeu... mais vous et moi savons ce qu'il en est ! articula-t-il avec défiance.
— Plaît-il ?
— Croyez-vous que je sois dupe ?
— Je ne comprends pas un mot de ce que vous bavez, mon pauvre ami... Si vous voulez un jour être accepté de la haute, il serait temps de vous comporter en tant que tel.
— Vous n'êtes pas venu à la cérémonie d'inauguration... !
— Est-ce pour cela que vous m'en voulez ? C'est exact, je souffrais de migraines. Et je dois dire qu'elles me reprennent à l'instant...
— Votre déclaration est un mensonge éhonté ! Vous ne pouviez être avec José et André, puisqu'ils se trouvaient *avec moi*, dans les bois !
— Mettriez-vous ma parole en doute, monsieur ? José est venu me rejoindre *après* la cérémonie, de même pour André. Je leur ai remis moi-même leur congé. Des griefs personnels contre mon ancien majordome vous feraient-ils perdre la tête ?
— Cet homme est un scélérat ! Un gredin, un misérable, un in...

Quiflanche tenta de se maîtriser et se tamponna le front en soufflant.

— Vous vouliez sans doute dire un homme *généreux* et *fidèle* ?
— Il n'a aucun mérite ! Tout ceci, c'est grâce à moi ! C'est à moi de recueillir les fruits de... Il ne s'en tirera pas comme ça ! Où est-il allé ?
— Vous n'êtes plus sous-brigadier, très cher, je n'ai donc pas à vous répondre.

— Vous faites fi de la loi et de l'ordre !
— Ne l'avez-vous pas fait vous-même ?
— Je vous demande pardon ?
— Depuis des années, n'avez-vous pas fait fi de la loi et de l'ordre vous-même ?
— Mais que...
— Figurez-vous que l'on m'a remis hier une enveloppe, contenant des documents très... intéressants. Des aveux complets et signés de votre main, que j'ai fait certifier et déposer en lieu sûr. Ainsi qu'une liste de noms, des témoignages, déclarations... J'en ai informé le maire, bien évidemment. Tout ceci me semble compromettant, monsieur Quiflanche.
— Des aveux ? De quoi parlez...
— En plus des multiples preuves de votre acharnement sur des pauvres gens, figure la lettre d'un médecin, attestant de votre... mégalomanie[31], me trompé-je ? Si vous pouviez m'éclairer à ce sujet ?

Quiflanche se raidit. Sa maladie était pourtant confidentielle, et très peu de gens était au courant !
« Latruffe ! pensa-t-il aussitôt. Les documents de la veille ! »

— Scélérats !! cria Quiflanche en se rapprochant dangereusement.
— Vous m'insultez ? Allez-vous m'agresser moi aussi ? Dois-je ajouter mon nom à la liste ?
— J'ai été piégé !!
— Prouvez-le.
— Je... C'est... bafouilla Quiflanche en serrant les poings, bouillant de rage.

---

[31] Note de l'auteur : Charles Quiflanche souffre en réalité de *psychose maniaco-dépressive*, se caractérisant par des troubles de l'humeur et du comportement. Cette maladie sera appelée plus tard *trouble bipolaire*.

Le Buste de Bronze

— C'est *fini*, dit Paul Tréfort en le regardant avec hauteur. Ce qui vous arrive semble difficile à vivre, mais vous vous en remettrez.
— ...
— Les gens oublient vite, et le peuple est versatile. Vous l'apprendrez à votre avantage... et à vos dépens.

Paul se leva et saisit le buste trônant sur la table à ses côtés.

— Il y a un an, vous êtes venu me vanter les qualités de mon majordome, dont je me suis séparé à regret. Vous l'avez dit vous-même : cet homme possède une dévotion exceptionnelle ! Quant à moi, je ne connais pas meilleur ami que José.
— Une dévotion ? Un ami ? Laissez-moi rire ! Votre gélatine ! Il vous a *chié* dessus, littéralement !!

Paul Tréfort afficha une moue dédaigneuse.

— Quelle vulgarité, fit-il en le toisant. Une personne telle que vous ne saurait comprendre ce qui nous lie l'un à l'autre. Il *m'en a sorti, je l'en ai sorti*, c'est devenu une sorte de banalité, entre nous !

Il maintint le buste de bronze tout contre lui serré.

— Il a et aura toujours ma plus totale confiance, continua Paul, un sourire ironique aux lèvres. *Les plus grosses merdes, c'est ce que partagent les plus grands amis.*

Quiflanche fit grincer ses dents de colère et de frustration.

— Maintenant, si vous voulez bien disposer, un invité m'attend. Nous sommes dimanche ! Et comme vous le savez, le dimanche, j'ai mes habitudes du dimanche. À moins que... vous ne vouliez en être ? ajouta-t-il d'un air moqueur.

Blême de rage, l'ex-sous-brigadier n'eut d'autre choix que de prendre congé ; il avait sous-estimé le lien unissant le domestique à son maître. Le cuisinier Alphonse reconduisit les trois hommes à la porte, les saluant à n'en plus finir et faisant force révérences. Paul Tréfort regagna sa chambre, baisant son buste et frétillant. Charles Quiflanche rentra à l'infirmerie la tête basse, escorté comme un petit enfant. Par chance, ils croisèrent peu de monde en cette journée de mai ensoleillée.

José se réveilla de bonne humeur ; des gazouillis d'oiseaux dans les arbres, il profita encore un peu de l'ombre et de la fraîcheur. Il rangea son couteau, se leva et s'étira, souffla doucement sur ses doigts gonflés, et, comme il le faisait plusieurs fois par jour depuis la boulangerie Biscuit, tenta de remodeler la forme de son nez.

— Oh ! siffla-t-il à l'attention d'André. Réveille ! Profitons qu'il fasse bon pour faire le partage !

André gémit en se frottant les yeux et le crâne, et geignit de plus belle en agitant sa main dans les airs.

— Ouh !! souffla-t-il en grimaçant. Qu'est-ce que c'est ? Il y a de ces odeurs... qui vous tuerait un homme !
— C'est toi, hier ! T'as lâché l'renard ! fit José en riant.

André se pencha et entrevit avec dégoût ses restes de la veille.

— Allez, debout ! On fait le partage ! Mais avant, il y a une chose à faire.

Le Buste de Bronze

— Ah, nan ! Vous n'allez pas remettre ça ?! Hors de question que je descende une fois de plus le pantalard !
— Il faut bien, ordre de Sante. Chaque jour, jusqu'à ce que je t'enlève les fils. Tu sais, elles étaient pas belles, tes plaies...
— Vous avez vu votre tronche ? Pis comment vous pourrez me retirer les fils, puisqu'à Paris on se sépare ?!
— Pffou, mais qu'est-ce qu'on va faire de lui...

Après avoir examiné la cuisse et la main d'André, José sortit d'un sac de toile un portefeuille en cuir et en tira un papier, qu'il plia et glissa dans une petite bourse.

— Viens par là, fit-il en la tendant à André. Voici ta part.

André se précipita à l'ouvrir, et demeura perplexe devant son contenu.

— Mais qu'est-ce que c'est que tout ça ? fit-il en considérant les billets, l'or et le chèque à son nom. C'est singulier... Il y a un surplus ? Vous avez dû vous tromper ! Et le chèque...
— Les espèces sont à déposer, ou à en faire ce que bon te semble ; le chèque : une compensation pour les années où tu n'as pas été payé correctement. L'or... c'est parce qu'il fait bon en avoir, fit José en haussant les épaules.

André tourna et retourna le chèque signé de la main de Paul Tréfort, époustouflé.

— C'est-y possible ? Tout ça est vraiment à moi ?!
— À toi et rien qu'à toi.
— Ah, ça, mon capitaine ! Alors Tréfort aussi a de bons côtés ?

Bing !

— On a en tous, je pense : des bons et des mauvais.

Le Buste de Bronze

— Aïe ! Mais pourquoi… ?!
— Une envie, comme ça.

André frotta son crâne et serra la bourse entre sa main.

— Dame ! Moi qui n'avait pas un radis ! Et qui n'avait jamais vu d'or !!
— Dis donc, tu n'étais pas si mal loti, à la maison Tréfort ! Et qu'est-ce que tu faisais de tes étrennes ?
— J'ai toujours tout envoyé à ma mère !
— Ah… Eh bien maintenant, tu as les radis *et* le beurre !

José alluma une cigarette, rassembla les sacs, et constata que la gourde était vide.

— On s'arrêtera vite fait en chemin, pour à manger et à boire !

André acquiesça, le visage illuminé de joie.

— Et ce soir, on prend une auberge !
— Oui, mon capitaine ! C'est après-demain qu'on arrive, nan ?
— Si ta guibole tient la route, il y a des chances…

José sourit en aspirant sa bouffée. De la tête, il signa leur départ.

— En route !

André étira ses jambes, massa sa cuisse et se trouva un nouveau bâton.

— Allez, tu peux y aller.
— Y aller où ?
— Allez ! *Je sais* que tu en meurs d'envie !

Un grand sourire flotta sur les lèvres du jeune homme. Il inspira.

Le Buste de Bronze

— Oui-é, mon capitaine ! « Le brigadier qui flanche », premier couplet !

L'bricard s'est mis en fuite, quand on a vu sa b... !! Si y savait qu'c'est nous, c'est sûr, y d'viendrait fou !! L'bricard a disparu, quand on a vu son cul !! Maint'nant y peut chialer, fallait pas nous chercher !!...

Deuxième couplet, tous avec moi ! *L'bricon s'est pris une tannée, il l'a sentie passer... !*

***

CHAPITRE XXVIII

Il remonta les manches de son maillot ; le temps dehors était superbe. Un vent tiède venait par instants, faisant danser le carillon à la porte. Le nez à la fenêtre, jetant un œil au journal accroché sur le vieux mur de pierre, José sourit...

QUIFLANCHE A FLANCHÉ !!!

Ainsi criaient les porteurs du journal *À la Bonne Nouvelle* qui, grâce à sa une alléchante, se vendit comme des petits pains. Sur quatre pages entières, l'article décapant signé Fourré et Coco et consacré au fiasco de l'inauguration de l'orphelinat ne manqua pas d'enflammer toutes les classes sociales sur des kilomètres à la ronde. Au menu : la colère virulente des donateurs et le retrait imminent des investisseurs, les témoignages d'Albin, du fils Michel et de quelques badauds qui *y étaient*, le tout agrémenté de clichés illustrant la fameuse journée, de ses débuts jusqu'à la fuite de l'ex-sous-brigadier. Les photographies de la statue aux angles choisis et aux légendes corsées ne manquèrent pas de faire scandale ; dans la rue, les clubs et les foyers, l'on ne parlait plus que de cela : Quiflanche et sa *queue du diable* ! Mauvaise blague ou erreur de commande ? Génie ou perversion ? Le maire et le préfet se refusant à tout commentaire, les théories les plus fumeuses émergeaient à n'en plus finir ! L'actualité : le peuple réclamait justice, et les Michel, réparation ! Quel avenir pour l'orphelinat, les orphelins et la ville ? Quelles raisons au départ soudain de Charles Quiflanche, et à celui d'un certain José Duval, connu pour sa grande dévotion ? Autant de sujets qui ne manquèrent pas de faire sensation. Enfin, s'il était de bon ton d'admirer une certaine *Tour* à l'Exposition Universelle, il était plus qu'inconvenant d'approcher la statue flamboyante de l'ex-gendarme. Selon la rumeur, M. Crème envisagerait d'en faire scier le bout sans plus attendre ! Faisant fi de la menace, quelques garnements n'hésitèrent pas à braver les interdits et à s'afficher devant la proéminence, les plus intrépides prenant même plaisir à se balancer dessus toute la nuit !

Deux beaux lurons se rapprochaient de leur destination, épuisés mais heureux, occupant les dernières heures les séparant de Paris-Montparnasse en chantant, mangeant et fumant. André, comme il se plaisait à le répéter, rentrait au pays dans son village natal, ne cessant de vanter les mérites de vivre une vie au grand air, et la comparant à celle menée à la ville. Quant à José, il se dirigeait, confiant, vers son projet.

— José…
— Hmm ?
— Une fois à Pantruche[32], qu'est-ce que vous y f'rez ?
— Ça, si on te l'demande, tu diras que t'en sais toujours rien !
— Soyez chic ! J'aimerais bien savoir !
— Je compte partir loin et mener la belle vie ! Et toi, qu'est-ce que tu vas nous faire, dans ta campagne aux dix habitants ?
— Je vais revoir ma mère !
— Mais après ? Tu vas t'ennuyer !…
— Possible… Mais au moins, j'aurai échappé au dernier dimanche !

---

[32] Pantruche, Pantin, Pampeluche… sont d'anciennes appellations désignant Paris, la capitale de France !

Le Buste de Bronze

José éclata de rire et André souffla, traînant des pieds.

— Aurait-ce été *la brouette* ou *le vole en l'air* ?
— Ou peut-être *le petit bassin* ?
— *La partie de pêche* ou *le tour à cheval* ?!
— *La chasse aux truffes* ou *aux œufs* ?!...
— Attendez, c'est quoi, ça, déjà ?
— Il vaut mieux que tu n'en saches rien...
— Mais dites donc, *après*, qu'est-ce qu'il peut bien en faire ?
— Qui et de quoi ?
— Tré... Monsieur Tréfort, une fois qu'il a attrapé sa gélatine, qu'est-ce qu'il fiche avec ?
— Ça, il faudrait que je t'en doive une sacrée, pour te raconter !
— Donc, vous le savez ?
— Peut-être... Mais je ne te dirais rien !
— Allez, soyez chic ! J'aimerais bien savoir !
— Mais *qui* veut savoir ça ? Personne !!
— Pfff... En tout cas, il me tarde de revoir ma mère !
— Dis donc, dans ton coin, on peut se baigner ?
— Ben oui, les plages de là-bas sont réputées !
— Écoutez-le ! fit José en s'allumant une cigarette.
— Qu'est-ce que ça peut vous faire ?
— Dis-moi... Tu te rappelles de mon projet ?
— Je ne pense qu'à ça !... répondit André d'un air goguenard.
— J'aimerais savoir... si tu veux toujours en être.
— A... Attendez... En être ? Où ? Quand ? Et pourquoi ?
— Où ? À Saint-Nazaire.
— Vous... Vous n'êtes pas sérieux ?!!
— Quand ? Quand je me serai assuré que ça en vaut vraiment la chandelle.
— Mais ? Attendez ! Reprenons, depuis le début...
— Pourquoi ? Il se trouve que je recherche un cuisinier.
— Vous m'agacez, à la fin !!
— Si : on va dans la même direction. Alors que dirais-tu... de démocratiser le macaron ?

Le Buste de Bronze

André se donna des coups sur le front.

— Vous allez me rendre fou tout de bon ! Vous vous rendez à Saint-Nazaire ?! Vrai de vrai ? Mais qu'est-ce que vous allez y faire ? Attendez... Quoi ? Démocratiser... *le macaron* ?
— Parfaitement, répondit José d'un air amusé.
— Je ne comprends décidément rien à... Qu'est-ce que ça veut dire, démocratiser le macaron ?! Les jeux de Tréfort vous sont donc montés à la tête ?!

Bim !

— Je veux un établissement honnête et fréquentable, où il fait bon prendre un verre, manger un sandwich et boire une bière. Et où l'on servira le vin !
— Je commence à en avoir assez, je vous en préviens ! grogna André en montrant les poings. Si vous recommencez... ! Et vin et bière ?! Où avez-vous vu cela ?
— Où l'on pourrait jouer aux petites fléchettes et au rami. Pour tous les jours, une cuisine soignée et populaire. Pour les soirées à thèmes, je veux pour tous délicatesse et raffinement, que chacun puisse accéder à ce qu'il pense être d'un autre monde. Chez moi, pas de riche ni de pauvre, pas de statut social, seulement des gens respectables !
— Pour les soirées *à thèmes* ??...
— Un endroit de renommée, où il fait bon boire, jouer et manger. Avec de la musique. Avec des discussions ! Un service d'exception. Et des douceurs, pour adoucir les mœurs.
— Qu'est-ce que c'est que votre chose ? Une pâtisserie ? Un restaurant ou un salon ?
— Pas tout à fait, mais il y a de ça.
— Une taverne ou une auberge ?
— Non plus. Personne d'autre que nous n'y couchera. Il y aura du café, de la lecture, et de la chanson ! Des jeux, le journal et de la dégustation ! Nous fumerons et rirons, enfin.

Le Buste de Bronze

— Et si ça tourne mal ?
— Toi et moi nous en chargerons. Nous modérerons l'alcool, donnerons le bon exemple. Aucune femme de basse vertu. Pas de complots. Une affaire honnête et à toutes épreuves !
— Mais... un tel endroit n'existe pas...
— ...encore ! souligna José en levant le doigt. C'est cela, mon projet, que j'ai peaufiné d'année en année, avec le temps, et tout ce que j'ai pu observer autour de moi !
— Ha ! ha !... ça ne tourne pas rond, là-haut ! Mais ça n'marchera *jamais* !!...
— Ça, on n'le saura pas avant d'avoir essayé. Je suis un anarchiste, et en tant que tel, je me dois de casser le système.
— Un anarchiste ? Casser le système ? Vous rêvez ! C'est-y possib', de faire une chose pareille ?
— Très possible. Avec une direction, et une bonne volonté. L'endroit sera rustique, mais élégant ; authentique, et l'on s'y sentira libre ! Parce qu'après tout, quoi de plus beau que la liberté ?
— Puisque vous le dites...
— Alors... Qu'est-ce que tu en dis ?
— J'en dis... J'en dis... Mais attendez ! Lorsque je vous ai dit que je venais d'un village près de Saint-Nazaire, vous vous êtes bien gardé de me dire... !
— À ce moment, je n'avais pas confiance. Depuis, tout a changé.
— C'est incroyable... Je ne serais pas loin de chez ma mère... Je gagnerai ma vie... Mais dites donc ! Vous allez bien me payer ?
— On peut en discuter. Nourri et logé. Ou partenaire en affaires. Et tu m'aideras pour l'agencement, aussi.
— Il faudrait voir à ne pas exagérer ! Ajouté à ça que je devrais vous supporter... Et pourquoi là-bas, tout particulièrement ?
— J'ai toujours été très attiré par les ports.
— Ah oui... Attention tout de même à ce qu'on ne vous comprenne pas de travers... Bon. Ma décision est prise... et j'en dis que *oui* !! Topez !

— Oui !!!

Ils tapèrent dans leurs mains puis ils se la serrèrent, excités comme des enfants.

— Alors, on commence quand ?
— Dès que tout sera peaufiné et mis en place. Tu verras, il y a une grande cour à l'arrière. De quoi recevoir plus de cinquante personnes ! Et avec mes références, j'aurai droit à une belle publicité !
— C'est singulier tout de même... Saint-Nazaire... On était fait pour se rencontrer !
— Il faut croire ! Alors, amis et partenaires, pas mal, nan ?
— Et comment ! À la vie, à la mort !
— Euh... à la vie, ça suffira...

André se mit à courir en boitant :

— Remuez-vous ! En route pour notre nouvelle vie !
— Et comment !
— Dis donc José, en y pensant, t'es beaucoup plus chouette, sans ton costume ! Tu n'es pas si raide qu'on pourrait penser ! L'autre te donnait un air, mais un air ! C'est que t'aurais plutôt l'air d'un filou, habillé comme tout le monde !

José secoua la tête mais ne répondit pas. Les poings sur les hanches, il regardait vers l'avenir, plus déterminé que jamais. Toutes ces années il avait fait taire sa véritable nature, celle qui le poussait à lutter contre le système et ses règles...

☆☆☆

« Oh, tiot galopin ! Amène-toi, j'vas t'faire goûter quelque chose...
— J'peux pas ! Je dois cogner, encore et encore !

Le Buste de Bronze

— Écoute quand on t'cause !... Viens par là, j'te dis, et tu m'en diras des nouvelles !
— Qu'est-ce que c'est que ce machin tout rond ?
— Un macaron ! Ouvre la bouche !... Alors ? Qu'est-ce t'en dis ?
— Hmm... C'est bon !
— Mais encore ?
— C'est sucré !
— Et quoi d'autre ?
— Ça fond sous l'palais, et sur la langue !
— Ben... C'est-y pas bon, un macaron ?!
— Très bon ! J'en r'veux bien un autre, tiens !
— Ha ! Ha ! C'est ben c'que j'pensais !

Le père Chouquette plissa les yeux devant le soleil.

— Tu vas les vendre ? fit le jeune garçon en plissant les yeux à son tour.
— Eh ben non, Jo ! Et tu sais pourquoi ? Parce que j'en ai pas le droit !
— Pas le droit ? Mais tu fais ben comme tu veux ?!
— Ça se passe pas comme ça, tiot galopin !... Tu sais, mon vieux m'a filé la recette qui lui venait de son père, qui lui-même l'a reçue de son père, qui l'a lui-même reçue de son p...
— Ben ça va, j'crois ben qu'on a compris !...

Bam !

— Du respect ! Oublie jamais ça : le respect ! Le vieux m'disait toujours : « Le respect, y'a qu'ça d'vrai ! » ! Sans ça, t'iras pas loin ! Et on chialote pô, quand on est un homme ! Allez, viens par là !... Alors, parle-moi de ton rêve ! Qu'est-ce que t'aimerais faire ?
— J'aimerais... snif... cogner, snif, et avoir de l'argent !
— D'l'argent pour quoi faire ?
— Snif... Pour faire ben tout c'que j'veux, tiens !...

— Et qu'est-ce tu veux faire ?
— Comme toi… snif ! Dans la salle, avec plein d'monde !
— Ben ! Tu sais quoi ? Dans quelques temps, j't'emmènerais à des combats, ça devrait t'plaire !
— Et pourquoi… snif… qu'tu les vends pas, tes macarons ?
— Parce qu'on est pas dans l'bon quartier du monde ! Et qu'il a été décrété qu'les gens comme toi et moi, on n'y avait pas l'droit !
— Moi, j'voudrais bien que tu puisses les vendre, tes macarons !
— C'est comme ça, c'est le système !
— Faudrait que tout le monde ait l'droit d'en manger ! C'est vraiment pas juste ! Rien n'est jamais juste !
— Crois-moi, on va r'mettre les choses en place, on va en faire du dégât !...
— Et tout le monde pourra manger des macarons ?
— Ha ! Ha ! Ha ! C'est un peu l'idée, Jo !... Dis-moi, quand tu frappes, qu'est-ce que tu vois ?
— J'vois les vieux, et j'les cogne tant que j'peux !
— Faut plus qu'tu penses à eux comme ça, Jo ! Ils ont fait leur choix, mais toi, t'es en vie, petit ! Alors fais tes propres choix. Ils t'ont laissé, mais moi, j'te laisserai pô ! Allez, viens par là, va ! fit le père Chouquette en entourant le garçon de ses deux bras.
— Dis… Quand Pat sera grand, tu lui donneras la recette, à lui aussi ?
— Pour sûr, que j'vas lui donner ! Ce sera sa mission : démocratiser le macaron ! Tiens, va donc nous l'chercher, que j'vous en remplisse la panse !
— Moi aussi, j'veux faire tout comme vous : décromatiser le macaron ! fit le jeune José, les yeux brillants. Et tout le monde sera riche tout pareil ! Et tout le monde pourra faire comme c'qu'il a envie d'faire !
— Ha ! Ha ! Ha ! Pour ça, j'te fais confiance ! Y'en a pas deux comme toi, tiot galopin ! Pat et toi, vous casserez le système ! Vous avez la rage ! On est des libertaires ! Et c'est tout c'que

j'aime ! Tiens donc, ouvre la bouche, parce qu'en v'là un autre !...

☆☆☆

Tout sourire, José se mit à pouffer, palpant à travers sa poche la lettre que Pat lui avait fait transmettre. Toutes ces années, il avait fait taire sa véritable nature, celle qui le poussait à lutter contre le système et ses règles, lui qui avait toujours été hors norme, un original, un déjanté. Mais c'était terminé ! Car on ne pouvait étouffer ou cacher éternellement ce que l'on est. Et il allait à tous leur montrer !

— Dites donc, qu'est-ce vous avez, à glousser ?! On dirait une poule ! Si vous m'disiez plutôt ce que tout le monde ici veut savoir : c'que fiche Tréfort avec sa gélatine !

Bim !

— Ah ! Je vais vous... !

Alors qu'André, fou de rage, se penchait tant bien que mal pour ramasser sa casquette, José se mit à rire de bon cœur.

— Je te l'ai dit, pourtant : du respect ! et qu'il faudrait que je t'en doive une bonne, pour te raconter ! Et puis, *personne* ne veut savoir ça ! *Je te mets au défi de trouver quelqu'un ici que ça intéresse !!...* Tu vois ? Il n'y a *personne* !!

***

CHAPITRE XXIX

En nage, José et André s'arrêtèrent en plein milieu du quartier, se laissant imprégner par son effervescence. Ils soufflèrent, ébahis, regardant de tout côté. Ils y étaient ! La première chose qu'il firent fut de chercher une chambre afin d'y déposer leurs affaires et s'accorder du repos, mais la tâche s'avéra laborieuse, les hôtels affichant tous complet, quand le personnel ne les renvoyait pas directement à la vue de leur apparence. Ils eurent beau montrer qu'ils pouvaient régler la note, tout accès leur fut sèchement refusé. Ils poursuivirent leurs recherches et finirent par atteindre la fin du boulevard, et c'est là, à la *rue d'Enfer*, qu'ils trouvèrent de quoi se loger à moindre coût. Il dormirent d'une traite et ne se réveillèrent que le lendemain, où ils durent s'accommoder d'une bassine et d'une cruche pour leur petite toilette, le confort de la maison Tréfort leur semblant bien lointain. Ils sortaient afin d'acheter leurs billets et ce qu'il leur manquait, quand, passant devant la boutique d'un tailleur, José insista pour qu'ils aient tous deux un ensemble complet.

« Pour quoi faire ?! Je n'aime pas toutes ces manières ! affirma André d'un ton maussade. C'est de l'argent pour rien !
— Pas pour rien, crois-en mon expérience. Dans ce monde, et surtout ici, c'est l'habit qui fait l'homme. Si tu veux être respecté, c'est ainsi qu'il faut faire.
— Mais pour quoi faire ? A-t-on besoin d'un costume, quand nous partons dès demain ?
— Partir demain ? Tu es fou ! Nous sommes à Paris !!
— Et alors ? Qu'est-ce que ça peut bien faire ?
— Ce que ça peut faire ? Il y a l'Exposition Universelle ! Et tout une foule de choses à essayer et à voir ! Quant au costume,

tout le monde en possède au moins un, il te servira bien après pour quelque chose...
— Je vous en préviens, si vous comptez me faire travailler avec...
— Je ne te comprends pas ! C'est une occasion unique, nous ne reviendrons sans doute jamais !...
— Je veux bien, moi. Mais pour quelques jours seulement ; il me tarde de revoir ma mère ! »

À la fin des essayages, André quittait sa casquette pour un chapeau et une canne, et ils regagnèrent leur chambre à la hâte, en ressortant presque aussitôt rasé de frais, coiffés et chaussés, superbes dans leur trois-pièces sobre mais distingué.

— Et maintenant ? demanda André, un sourire jusqu'aux oreilles.
— Maintenant, direction le *Véfour*, annonça José en réajustant sa cravate. Il est temps de se faire plaisir, comme il se doit, avec un vrai repas !
— Hors de question ! répondit André, cédant à la panique. C'est déjà une folie que ce costume !
— C'est moi qui invite ! rétorqua José, visiblement agacé. Mais qu'est-ce qui t'arrive, à la fin ? Ça commence à m'ennuyer !
— Rien... J'suis pas habitué à tout ça, c'est tout, murmura André la tête baissée.
— Alors, habitue-toi !

José reprit, se radoucissant :

— Écoute, je ne compte pas tout dépenser. Tout cet argent ne m'empêchera jamais de me rappeler d'où je viens. Alors pour cette fois, profitons, tu veux bien ? Après tout ce qui nous est arrivé, tu ne crois pas qu'on le mérite ?
— Si fait, répondit le jeune homme en soupirant. C'est que ça me fait tout drôle ! C'est comme si... je ne saurai dire. Je n'peux

m'empêcher d'avoir peur, mais d'être heureux tout en même temps ! C'est singulier...
— Je comprends bien ce que tu veux dire. Mon conseil : expire et inspire, ça devrait aller.

Les deux hommes passèrent dans le restaurant un moment privilégié, profitant d'un service exceptionnel et d'un cadre somptueux. Ils déjeunèrent de mets raffinés et exquis, qu'ils choisirent avec soin, José prenant régulièrement des notes.

« Qu'est-ce que vous faites ?
— C'est mon carnet de projet, expliqua José. Tout est bon à prendre.
— Tiens ? Ça me donne une idée... »

Ils se rendirent ensuite à la gare Montparnasse où ils prirent chacun leur billet à destination de Nantes, puis ils rentrèrent récupérer leurs affaires et se dirigèrent vers un hôtel luxueux, où on les accueillit cette fois avec empressement.

« Jusqu'à mercredi, donc ? Vous êtes sûr de ce que vous faites ?
— Très sûr ! assura José, se redressant avec un sourire. Nous avons besoin de nous refaire, et nous serons ici plus en sécurité. Pour un départ jeudi matin !
— Très bien. »

André haussa les épaules, peu convaincu mais commençant à se détendre. Il partit de son côté faire l'achat d'un peu de matériel et d'un carnet de croquis ; sur le retour, il posta une lettre à l'attention de sa mère, lui donnant de ses nouvelles et annonçant son arrivée prochaine. Mélancolique, il rejoignit José à l'hôtel et ils passèrent le reste de la journée à se reposer et discuter de leurs futurs projets. Le lendemain ils allèrent, comme des milliers d'autres personnes, visiter l'Exposition Universelle, spectaculaire et fabuleuse en cette année 1889. Lorsqu'ils arrivèrent, la place

Le Buste de Bronze

grouillait d'un mélange de touristes français et étrangers et d'un tohu-bohu tel qu'ils n'entendirent pas les porteurs du *Petit Paris* annoncer *l'autre* actualité à ne pas manquer : à une centaine de kilomètres au nord, la statue terriblement garnie d'un ex-sous-brigadier !

☆☆☆

Le monde entier n'avait que son nom à la bouche ; surexcités, José et André se rendirent au plus vite à la gare du Champ-de-Mars, et tombèrent enfin sur l'inévitable : la *Tour* ! Impossible d'y échapper : summum de l'événement, elle se dressait à plus de trois cents mètres[33] du sol, arborant fièrement le drapeau de la France... et recouverte d'une couche brun rougeâtre[34] si épaisse que José ne put s'empêcher de penser à Paul. Les deux hommes restèrent saisis parmi la foule.

« Alors c'est ça, la *Tour*... souffla André en écarquillant les yeux.
— La plus grande érection de France... fit José en joignant les mains.
— La plus grande érection *du monde* ! rectifia André en levant le doigt.
— Il n'y a pas de mot, continua José en secouant la tête.
— C'est si laid.
— Repoussant.
— Odieux. »

Dépités, ils se détournèrent, refusant catégoriquement d'être photographiés aux côtés d'une telle horreur, et, prenant pour des

---

[33] Le jour de son inauguration en 1889, la « Tour de 300 mètres » comme on l'appelait à l'époque, atteignait 312 mètres grâce à son mât et son drapeau.
[34] Le « brun rouge » fut la seconde couleur de la *tour Eiffel*, la première étant le « rouge Venise ».

fous les personnes qui posaient, ils tentèrent d'échapper à la mitraille alentour en allant droit devant eux. Là, ils ôtèrent délibérément de leur esprit tout souvenir, et empruntèrent une locomotive. Heureusement, la suite ne manqua pas de merveilles, et ils en sortirent si abasourdis qu'ils passaient désormais la majeure partie de leur temps à l'Exposition Universelle, s'y rendant de jour comme de nuit, consacrant le reste de leur séjour à se balader sur le boulevard et à refaire le monde aux côtés d'artistes, d'auteurs et de libres penseurs – *un monde dans lequel la Tour n'existerait pas !*

José et André traversèrent la Galerie des Machines, nef de métal et de verre si immense qu'ils avaient bien failli, la première fois, s'étrangler. Ils se dirigèrent vers le Dôme Central, dont la splendeur et la majesté les laissaient encore pantois, et, se faisant prendre en photo, en demandèrent deux exemplaires. Ils pénétrèrent dans le bâtiment et eurent à nouveau le souffle coupé : en son centre, une impressionnante fontaine illuminée, changeant de couleur au son d'une fanfare militaire. Arrivés à la Galerie des Industries, ils empruntèrent l'une de ses quatorze portes, chacune menant à une exposition : Orfèvrerie, Chasse, Bijouterie... Là, ils flânèrent et s'extasièrent des heures devant les chefs-d'œuvre ornées de faïences, moulages et sculptures... dont il est impossible de faire ici la description. André ne se lassait de croquer tout ce qu'il pouvait de détails et de formes, trouvant son bonheur dans les différents modèles d'architecture des pavillons de nations étrangères. La Révolution française était à l'honneur ; ils tombèrent des nues devant la reconstitution de la Bastille, firent la queue pendant des heures pour monter dans un ballon à hydrogène. L'expérience fut des plus grandioses, mais ils furent soulagés de retrouver terre ferme. Chaque instant était une découverte, et, passé le Dôme, les visiteurs ne savaient où donner de la tête.

Le Buste de Bronze

« Quelle ère extraordinaire ! » songèrent José et André devant les énormes machines à vapeur.

Les deux compères admirèrent d'impressionnantes collections d'armes et furent conviés à une démonstration de tirs ; José, une fois l'arme en main, déclina l'offre et passa son tour. Ils se sentirent mal, devant la centaine d'indigènes exposés comme des bêtes, et, après un regard entendu, ils s'éloignèrent en silence. Nos amis retrouvèrent peu à peu leur bonne humeur, comme lorsqu'ils goûtèrent à un champagne sortant directement d'un foudre gigantesque. De là, ils participèrent à de nombreuses dégustations, applaudissant vivement à la remise des médailles. José félicita un certain *Heineken*[35], qui remporta le prix de la meilleure bière, et, désireux qu'elle figure à la carte de son futur établissement, ne manqua pas de lui parler *affaires*. Sur place ils se restaurèrent bon et pas cher au célèbre *Bouillon Duval*, dont le nom les fit sourire tout du long. Ils eurent la chance de rencontrer son fondateur aux blanches guêtres, auprès duquel José prit moult conseils. Le reste du temps, ils fréquentèrent des cafés, se firent plaisir avec quelques emplettes. André posta une nouvelle lettre à sa mère, dans laquelle il lui contait *Paris* et lui expliquait sa future condition.

« Je te joins une photo de moi devant le *Dôme* de l'Exposition Universelle, lui écrivit-il. Je n'y suis pas seul, il s'agit de mon partenaire en affaires. »

Mais… toutes les bonnes choses ont une fin. Et pour tout ce que la plus belle ville du monde avait à offrir, trois jours et trois nuits ne furent pas assez, et passèrent à une vitesse incroyable. Des deux, ce fut André, qui avait tant rechigné à rester, qui déplora le

---

[35] Lors de l'Exposition de 1889, *Gerard Adriaan Heineken* remporta le Grand Prix de la meilleure qualité de bière, cette récompense apparaissant toujours de nos jours sur l'étiquette de la boisson !

plus leur départ. Pour leur dernière soirée, ils se baladèrent sur le boulevard pavé et firent les pitres jusqu'à la *rue d'Enfer*, se remémorant en riant leur arrivée. Le lendemain très tôt, ils montaient dans le train qui devait les mener jusqu'à la ville de Nantes.

« Adieu, pays de la betterave et de la pomme de terre », murmura José avec un pincement au cœur.

Leur trajet se déroula sans encombre ; ils en profitèrent pour étudier les plans que déroula José, et commenter le carnet qu'André avait rempli, malgré sa blessure, d'esquisses énergiques et fidèles. À leur arrivée, ils demandèrent une voiture pour Saint-Nazaire.

« Bonjour, pays de l'anguille et du canard ! s'exclama André, ce qui occasionna chez José l'envie subite de s'en retourner. Ils se rendirent ensemble jusqu'au port, repérèrent l'emplacement du local et les lieux, flânèrent un peu puis se séparèrent, André se rendant à son village natal situé à quelques kilomètres, José restant sur place régler des formalités. Ils étaient si exténués qu'ils ne virent pas, un peu plus loin, un homme droit comme un I qui embarquait, en compagnie d'officiers de la Marine, sur un navire en partance pour la Nouvelle-Calédonie !

☆☆☆

Les retrouvailles entre André et sa mère furent des plus touchantes ; après treize années sans se voir, ils se jetèrent dans les bras l'un de l'autre. Durant l'aménagement de l'établissement, José fut souvent convié dans leur petite maison de campagne. La mère du jeune homme se montra chaque fois intelligente, charmante, et excellente cuisinière. José découvrit chez André une tout autre facette : celle d'un fils attentionné, en plus d'être talentueux. Ce dernier fut tout aussi efficace que lors de

Le Buste de Bronze

l'agencement de l'orphelinat, et ses idées complétèrent parfaitement la vision de José. En quelques mois à peine, l'ancien majordome trouva sa place parmi les habitants de la ville et des villages alentour, qui, curieux de sa personne et de son projet, heureux de retrouver leur *p'tiot André*, proposèrent de bon cœur leur contribution. M. Far, le maire de la ville, qui entretenait d'excellents rapports avec M. Crème, leur offrit également tout son soutien. José ne doutait pas du succès de son entreprise et engagea quelques personnes pour l'aide au service et à la cuisine. Lui et André regardaient vers l'avenir avec optimisme, même si José ressentait, de temps à autre, la douleur due à son déracinement. Pour y remédier, il envisagea de « remonter » à Paris avant la fin de l'Exposition, et, au fil des jours et des rencontres, son mal du pays commença à s'estomper. Il se consacra alors pleinement à ses objectifs, et, enfin, tout fut prêt pour l'inauguration.

***

CHAPITRE XXX

Il souleva son maillot et découvrit son torse. L'automne approchait à grands pas, mais la chaleur était à son comble. Une main sur le ventre, il inspira l'air marin. Ce soir, c'était le grand soir ! Son regard s'arrêta sur les deux jeunes filles qui l'observaient en rougissant. Il se redressa et les gratifia d'un grand sourire ; elles se couvrirent le visage et s'enfuirent à toutes jambes en riant. Il rentra au frais, dans la salle principale ; tout était fin prêt pour l'inauguration. Il se tourna vers le vieux mur de pierre où était accroché un journal, et se saisit d'un petit buste de bronze posé sur une table haute, réplique exacte et miniature de celui possédé par monsieur Crème. Une brise légère entra par la fenêtre. Serrant l'objet dans sa paume, José en contempla l'inscription. Il en avait fait, du chemin...

José entr'ouvrit la porte de la chambre.

— Monsieur ? Je n'ai pas beaucoup de temps...
— André ?...
— Dans le bois, il m'attend.
— Dans ce cas, hâtons-nous !

Paul Tréfort se précipita vers la commode.

— J'ai prétexté une migraine pour justifier mon absence à l'inauguration, expliqua-t-il en s'affairant. Tenez. Vous trouverez à l'intérieur votre solde en billets de banque, chèque et espèces. J'ai pris soin, pour votre confort, d'y insérer des *petites coupures*. Voici la part d'André, continua-t-il en désignant une petite bourse. La grosse est pour vous. Le compte y est. Montrez-vous prudent.

José leva vers lui des yeux interrogateurs, alerté par le poids inhabituel du sac de toile.

— Monsieur, mais qu'est-ce que... ?! s'exclama-t-il en l'ouvrant.
— Je n'ai pas oublié ce que vous m'avez appris sur André, répondit Paul Tréfort d'un air suffisant. Ce me semble une juste compensation.
— Mais... l'or ?...
— L'or... C'est parce qu'il fait toujours bon en avoir, fit Paul en haussant les épaules.
— Le chèque... murmura José en dépliant un papier à son nom. C'est beaucoup trop...
— Allez-vous finir de me contrarier ?! le coupa Paul sur un ton brusque.

José referma doucement le sac.

— Avez-vous reçu votre prime ?
— Sauf votre respect, je l'ai redistribuée, Monsieur.
— Assez de *Monsieur* ! Je n'ai que faire de votre stupide dévotion ! D'ailleurs, je ne veux plus vous voir ! Prenez, et disparaissez ! Votre présence m'importune au plus haut point !

José demeura en silence.

— Comptez-vous rester ainsi ?! s'emporta Paul. Vous croyez-vous si indispensable, que je serai perdu sans vous à mes côtés ? Vous apprendrez, mon cher, que j'ai déjà engagé quelqu'un pour vous remplacer, et qu'il a toute ma confiance – et bien plus d'entrain. C'est que vous deveniez veule, mon pauvre ami ! Vous pensiez partir ? Que nenni ! C'est moi qui vous congédie ! Je vous rends votre liberté !

Paul Tréfort se positionna menton en avant, dans une attitude pleine de hauteur.

— Nous quittons-nous vraiment ainsi ?
— Comment ?! Vous êtes encore là ?!

José soupira.

— Très bien. Je pars. Mais avant, j'ai quelque chose pour vous.

José sortit de la chambre et reparut quelques instants plus tard, un paquet sous le bras. Il jeta un rapide coup d'œil à sa montre.

— Cette montre ! s'exclama Paul, surpris. Vous l'avez conservée... Vieille de...
— Trente ans au moins, Monsieur.
— Trente ans... Trente années... où vous m'avez supporté...
— Où vous avez changé ma vie, Monsieur ! Vous m'aviez offert cette montre pour que je me sente à l'aise *dans le monde*. Même si, je le dis sans rougir aujourd'hui, je n'ai jamais été fait pour *ce monde-là*.
— Je le sais. Mais vous avez tenu bon. Et cette dernière année, vous êtes venu me saluer presque chaque jour, malgré ce travail, qui prenait tout votre temps. Cette mascarade n'avait que trop duré ! Et vous ne l'auriez sans doute jamais fait. Je *devais* vous pousser à partir...
— Je vous dois tellement... murmura José.
— Est-ce une plaisanterie ? N'est-ce pas moi, au contraire, qui vous dois tout ?
— Vous ne me devez rien, Monsieur. Ce jour-là... Quand j'ai eu treize ans, que mes parents ont choisi de quitter ce monde, vous le savez... je me suis débrouillé comme j'ai pu. Combats

de rue, vols… et agressions, était le lot de tous les jours. J'ai fait de mon mieux. Pas de quoi être fier, mais… mais je n'ai jamais voulu franchir la limite. Le jour de notre rencontre a été décisif pour le reste de ma vie.
— De *notre* vie ! Ce jour-là, vous m'avez sauvé, mon ami ! De toutes les façons possibles. Ma chère, ma tendre mère, a été assassinée dans cette même ruelle…
— Monsieur ! Je l'ignorais…
— Laissez donc. Elle y cherchait, une fois de plus, son époux… mon père. Toujours à boire. Toujours à jouer. À nous ruiner chaque jour davantage… Je le méprisais et sans m'en rendre compte, j'empruntais le même chemin que lui. Et j'aurai pu finir comme elle… Elle me disait toujours : « Si on te tend la main, retends-la derrière » et « Si tu rencontres quelqu'un qui te tire de *là*, tire-le de *là* à ton tour ». Conscient de cette nouvelle chance, je vous ai fait chercher… pour vous proposer d'entrer à mon service.
— Ce qui m'a sauvé à mon tour… J'ai reçu une éducation, un toit, un statut. Une considération. Une possibilité d'avenir… Et la prise en charge de la dette de mes parents. Tout ce que je n'aurais jamais pu espérer… Tout cela, c'est grâce à vous.
— C'était il y a trente ans… fit Paul, non sans émotion.
— Vous me manquerez, Monsieur.
— Ah ! Il suffit ! gronda Paul en se reprenant. Donnez-moi votre chose, et que l'on en finisse pour de bon !
— Voici, Monsieur. Si Monsieur veut bien…

Paul Tréfort, irrité, arracha plus qu'il ne prit l'objet des mains de son ex-majordome. Surpris de la forme, il en ôta nerveusement le papier.

— Qu'est-ce ?… fit-il avec impatience, avant de rester cloué et bouche bée devant… un buste de bronze.

Le Buste de Bronze

Magnifique et flamboyant, tel était le buste de bronze dans les mains de Paul, double parfait de celui d'Honoré Crème.

— Mais... c'est... balbutia-t-il.
— Le vôtre, Monsieur. *Votre* buste de bronze.

Le cœur battant, Paul tenta de garder une contenance, lorsqu'il aperçut, au dos, en plus du sceau des ateliers Michel, une inscription :

Avec toute ma reconnaissance et mon amitié,
J. D.

Lèvres et mains tremblantes, Paul Tréfort étouffa un cri.

— Oh ! Je n'y arrive plus, je n'y arrive plus ! s'écria-t-il, la main contre son front. Je n'arrive plus à feindre l'indifférence !

À ce stade, les mots devinrent inutiles. Ils se serrèrent l'un contre l'autre, torse contre torse, front contre front, faisant fi de la réserve propre à tout homme, les yeux humides de larmes qu'un reste de pudeur les retenait de verser.

« Il y a encore une chose, si vous voulez bien me suivre », chuchota José en desserrant son étreinte. Il mena Paul jusqu'à sa salle de bain.

— Comment ! Mais... Quand donc... ? souffla ce dernier, stupéfait devant le contenu de sa baignoire.
— Je vous le dois bien. Je n'ai pas toujours été, Monsieur, le meilleur des serviteurs.
— Et je n'ai pas toujours été, José, le meilleur des maîtres... Je n'aurais jamais osé penser... en avoir autant...

Le Buste de Bronze

Paul Tréfort avait, à cet instant, le visage et les yeux d'un enfant, et il restait la bouche ouverte d'émerveillement.

— Si vous avez besoin de moi, Monsieur, je serai à...
— Inutile. Vivez en homme libre, libre de tout.
— Je compte sur votre visite un jour.
— José, je couvrirai vos arrières. Promettez-moi...
— Oui ?
— Promets-moi, de t'en sortir.
— Je ne te remercierai jamais assez, Paul. Au revoir.
— Au revoir, mon ami. Adieu.

L'esprit de Paul n'était déjà plus là. Après quelques instants, José se retira discrètement en refermant la porte derrière lui.

☆☆☆

« Je m'en suis bien tiré, Paul », fit José en souriant devant l'inscription :

Amitié partagée,
P. T.

Il replaça le petit buste sur la table haute, aux côtés d'une photographie le représentant avec André devant le Dôme, souvenir de l'Exposition Universelle quelques mois plus tôt. Au son du carillon, il sortit brusquement de ses pensées.

« Tiens !... Tu as manqué deux demoiselles !
— Pas l'temps ! » fit André en se précipitant dans la salle telle une tornade.

Il déploya un journal – *À la Bonne Nouvelle* – devant les yeux ahuris de José.

Le Buste de Bronze

— Un autre ??
— Oui-é, mon capitaine ! Mais *qui* nous les envoie ?
— Forcément *l'un d'entre eux*… tu sais…

André hocha la tête d'un air entendu.

— Alors, qu'est-ce que ça dit ?!
— C'est ça le pire, *regarde* !! Tu ne vas jamais le croire…

André pointa du doigt la photo en première page.

— Mais, c'est… ! s'exclama José, éberlué.
— *C'est nous !!!*
— Comment est-ce possible ??
— C'est quand on était à Paris ! L'article est signé Fourré et Coco !

José s'empara du journal et le rapprocha de son nez, jusqu'à presque le toucher. La photographie était très claire, impossible de se tromper : lui devant, les mains jointes et les yeux rivés sur la *Tour*, donnait l'impression de prier, et André, plus en arrière et les yeux embués, semblait l'implorer. S'ils n'avaient pas remarqué Coco et Fourré parmi la déferlante de touristes, le duo de choc, en revanche, ne les avait pas manqués !

— Mais qu'est-ce qu'on va penser de nous ?!… gémit José en se frappant la tête.
— Selon l'article, c'est un succès ; ils écrivent que ta supplication a sauvé la ville, et que même parti, tu n'as jamais cessé d'y penser… La photo a été reprise par la gazette d'ici, regarde ! De quoi nous faire une belle publicité – même si je ne sais toujours pas si je dois rire ou en pleurer… Et c'est pas tout !… continua André en lui tendant un troisième journal. *Le Petit Paris* incite à se rendre, en plus de l'Exposition Universelle, à la statue de Quiflanche ! Ajoutez à ça que ce

soir, tout le monde connaîtra ton nom et celui de l'établissement... Ici aussi, tu vas être célèbre pour ta dévotion !
— J'aurai préféré éviter ! N'oublions pas le con qui flanche ! S'il venait à nous retrouver...
— Tu n'as pas lu l'article ? Regarde. Il est à *la Nouvelle* !

Interloqué, José parcourut la rubrique avec nervosité puis finit par se réjouir de la situation, surtout lorsqu'il imagina la tête que devait faire l'ex-sous-brigadier. Après tout, il l'avait bien cherché, et on ne s'en prenait pas à José Duval sans en subir les conséquences – tout le monde savait cela !

LA QUEUE DU DIABLE REMONTE EN FLÈCHE !!!

Ainsi s'égosillèrent les porteurs du journal *À la Bonne Nouvelle* qui, grâce à sa une renversante, atteignit des records de vente. Le duo Fourré-Coco, envoyé à Paris par M. Crème pour y effectuer un reportage sur la *Tour* dans le but d'étouffer le scandale actuel, ne rentra pas bredouille de sa mission. Après avoir subtilement fait passer l'info de l'existence d'une statue bien montée (par les Chicourt) à leurs confrères dès leur arrivée, l'équipe de choc fit ce pourquoi on l'avait dépêché. Œil de lynx et plume affutés, ils repérèrent sans mal José Duval en transe devant *l'Incontournable*, et s'en servirent pour pondre un article des plus singuliers. Lorsque les journalistes du *Petit Paris* se rendirent sur place pour voir la statue et qu'ils en firent l'éloge tant ils furent subjugués, le maire de la ville y vit un signe divin : la queue du diable était en fait *la houlette du berger* ! Crédulité ou bon sens, chacun se rangea à son opinion et se rendit à l'évidence : la prière de l'homme à la dévotion exceptionnelle venait d'être exaucée ! Dès lors, la statue connut un succès tel qu'il devint impensable, après avoir vu la

Le Buste de Bronze

Tour, de ne pas poursuivre son périple plus au nord. Classe, chic et distinction, elle provoquait sur tous intérêt et fascination. On se pressait tant pour la voir, la toucher et être pris en photo à ses côtés, qu'elle s'illustra au niveau national et qu'Honoré Crème, enchanté, renonça à en ôter le bourrelet. « *J'ai toujours cru en l'intégrité de Charles Quiflanche*, déclara-t-il en se rengorgeant, *son génie ayant été porté par le savoir-faire des ateliers Michel !* » Plus personne ne demanda pourquoi *telle chose* se trouvait à *tel endroit*, et on reconnut à l'unanimité que le *bâton*, scintillant de mille éclats, était diablement mis en valeur. L'actualité : les Michel voient leurs commandes tripler, Albin est consulté sur les dernières tendances des petits salons, et donateurs et investisseurs s'assurent que *De Belles Orphelines* jouisse d'une prospérité bien méritée. Les chroniques en vogue : La ville n'a jamais été si florissante ! José Duval, créateur d'un fond de secours et célèbre dans les environs, pousse sa dévotion à l'extrême en priant pour celle qui ne quittera jamais son cœur ! Charles Quiflanche, en *affaires* pour deux ans au bagne *la Nouvelle*, voit sa droiture exemplaire exposée sur le devant de la scène ! Nul doute qu'elle devienne le symbole et le guide des générations à venir et de toute personne qui se respecte !

« C'est pas vrai… fit José en se mordant la lèvre. Bon, au moins, les orphelins et les Michel s'en sortent bien, j'avais quelques scrupules… Et l'autre con se prend mon poing éternel, c'est toujours ça de pris…
— Sauf que c'est pas un poing… » pouffa André en esquivant de justesse la claque qui arrivait sur sa tête.

José, piqué, lui lança le journal.

« Deux ans à *la Nouvelle* ? Je me demande bien ce qu'il va y faire… fit-il en grognant.

— Une amitié soudaine avec Dézégout ? lança André qui ne pouvait plus se retenir de rire.
— Latruffe a dit qu'il s'occuperait de son cas. Je suppose que c'est ça. Mais nous, on devait faire dans la discrétion... Enfin, tout ça n'est pas si grave...
— Euh... Tu ne sais pas tout.
— Comment ça, qu'est-ce qu'il y a, encore ?
— J'ai croisé Far. Comme tu le sais, ses journalistes, Aymes et Naymes, seront là pour relater l'événement. Sauf qu'il vient de me dire que Crème *aussi* sera présent à l'inauguration. Avec Fourré et Coco, pour un reportage « spécial José Duval »... Far a hâte de revoir Crème pour une histoire de pêche et de bateau, je n'ai pas très bien compris...
— Mais c'est pas vrai !... Tout le monde va savoir qu'on se trouve ici, maintenant !!
— Oui-é, mon capitaine...
— Ahh !! Comment éviter ça ?... Bon, je suppose que c'est le destin, et qu'on ne peut rien y faire... » se résigna José.

Sa bonne humeur reprit le dessus et il se mit à siffloter. José avait retrouvé, depuis leur mésaventure, son apparence habituelle : celle d'un homme bien conservé, au corps souple et à l'allure sauvage. Son beau visage, son profil parfait aux tempes légèrement grisonnantes, ses yeux bleus et son regard profond n'avaient jamais été sans effet sur les dames. Il se sentait maintenant à l'aise dans son nouvel environnement, quoiqu'il ressentait parfois une gêne, et se frottait machinalement la nuque et le front. André, quant à lui, rencontrait un vif succès depuis son retour au village. Le jeune garçon, parti au loin pour gagner sa vie, leur revenait treize ans plus tard en homme accompli. Sa jambe et sa main, bien que cicatrisées, conservaient une légère raideur, et le lançaient encore par moment.

— Dis donc, tu le prends drôlement bien... remarqua André en plissant ses grands yeux clairs. Et qu'est-ce que c'est que cette

tenue ? On a une réputation à tenir, tu ne comptes pas faire de combats ici, quand même ?
— Non, non, répondit José en secouant la tête. Mes doigts commencent à peine à se remettre.
— Ah, tant mieux, alors ! Même si j'aurais quand même voulu la voir, ta botte secrète…
— Viens donc ici et tu vas la voir de près, ma botte secrète, s'esclaffa José.
— Pfff, c'est ça, oui…

José retourna torse nu au comptoir et remplit deux verres de citronnade.

— Que veux-tu, il y a des choses contre lesquelles on ne peut pas lutter, et on ne pouvait pas se cacher éternellement… fit-il en tendant un verre à André. Tiens, et passe-moi ma chemise, ajouta-t-il avec un large sourire.
— Bigre ! Ce qu'elle est belle !
— Quoi, la chemise ?
— Ben oui. Quoi d'autre ?
— Je pensais que tu parlais de la cuisinière.

José rit sous cape et André montra les dents.

— Ah oui, *elle*…
— Tu as quelque chose à en dire ?
— Eh bien, oui ! Ça n'me plaît pas trop, c't'histoire ! Toi, moi et les quatre garçons, c'est déjà bien assez ! Pourquoi donc nous fiche une bonne femme dans les pattes ? Et j'aurai apprécié que tu m'en parles… après tout, nous sommes *partenaires en affaires* !
— C'est vrai, tu as raison, répondit José d'un air sérieux. Je te consulterai pour tout le reste, à l'avenir.
— Et quand est-ce qu'elle arrive, cette drôle-là ?
— Bientôt. Je m'en vais l'accueillir. André, on risque d'avoir du

succès et tu auras besoin d'aide, en cuisine. Je pense que c'est un bon choix.
— Ça, c'est à moi de voir si elle fait l'affaire ou pas. A intérêt à s'tenir à carreau, la donzelle !
— Promets-moi d'être gentil avec elle.
— Ça, c'est pas dit !

José soupira et acheva de boutonner sa chemise. Il se pencha sur l'étagère du comptoir.

— Tiens ! C'est ici que tu mets les pièces pour le livreur, maintenant ? dit-il en tirant une petite caissette.
— Oui, mon capitaine. Je peux peut-être... les partager avec vous ? fit André avec malice.

José eut un petit rire.

— Toi et moi... on revient de loin.
— Eh oui. Tu retournes à l'Exposition, alors ?
— Hmm, c'est prévu pour le mois prochain. Tu viens ?
— C'est une idée. J'y mènerai ma mère, qui ne cesse de m'en rabâcher les oreilles. Le dôme par ci, le dôme par là... J'en ai jusque-là !
— Il y a des tarifs spéciaux aller et retour ; deuxième quinzaine du mois prochain, ça te va ?
— Oui, je lui en parlerai. Au fait, tu avais raison, pour le costume. M'est avis qu'il fait son effet. Et il y a tant de poules à Paris ! La dernière fois, c'était pas tellement le moment d'y penser, mais cette fois, je compte bien en profiter.
— Tu fais bien, mais ce sera sans moi. C'est le moment pour moi de me ranger, fit José en nouant sa cravate.
— Dommage, on se serait amusés ! Tu n'vas quand même pas te passer la corde au cou, tout de même ?
— Je ne suis pas tout jeune, je te rappelle. Et je ne t'ai pas tout dit...

Le Buste de Bronze

Avec un geste théâtral, il récita :

— « *Il y a de ces attachements qui vous créent des angoisses dans le cœur, et dont je préférerais me passer, car je n'ai rien demandé. Je les foulent au pied, mais elles demeurent, incessantes tortures !* »
— Qu'est-ce que c'est que ça ??
— Mes mémoires ! Je compte laisser ma marque sur cette terre, en faisant deux choses. Premièrement : en écrivant mes mémoires, qui, mieux que la « droiture » du con qui flanche, seront un véritable guide pour les siècles à venir.
— Ouh là... !! Tu en as, de ces idées ! Et comment que ça s'appellerait ?
— Pourquoi pas... Le Buste de Bronze ?
— Eh ben...
— T'as quelque chose à en dire ?
— J'ai vu plus original... Ensuite ?
— Deuxièmement, j'aimerais perpétuer mon nom.
— Et comment qu'tu comptes faire ça ?
— J'vais quand même pas tout t'expliquer ! T'as manqué d'oxygène à la naissance, ou quoi ?
— Tiens ! grogna André en lui envoyant un coup dans l'épaule. Celle-là, tu l'as pas volée ! C'est donc pour ça qu'tu as besoin d'la cuisinière ! poursuivit-il en ricanant. M'est avis qu'tu devrais plutôt prendre ton t... Ahhh ! J'allais oublier !

André partit en courant en direction des cuisines et revint droit sur José.

— Ouvre la bouche !
— Pourquoi ? Qu'est-ce que tu... ? hmmm...
— Alors ?
— Hmmm... ça n'a pas changé ! Ça fond sous le palais et sur la langue...
— Et sinon ?
— Sucré... raffiné... délicieux ! J'en veux bien un autre.

Le Buste de Bronze

— Quatre au plus. Le reste, c'est pour l'inauguration !
— Hmm, j'en fondrais de plaisir... fit José en fermant les yeux. Merci, André. Je savais, que tu réussirais.

Aux anges, il enfila sa veste.

— Je pense qu'on est prêts pour ce soir. Les gars devraient arriver dans deux heures, tout au plus. Pour le reste, on verra tous ensemble.
— Ouais, je reste là en attendant. Mais pourquoi une veste ? Il fait si chaud ! T'en fais pas un peu trop ?
— Il faut ce qu'il faut.
— Haa ! Comment j'ai pu oublier ?! Je *sais* à quoi leur sert leur foutue gélatine ! Il y aurait des effets rajeunissants, c'est écrit *ici* ! s'écria André en montrant de son index un article du journal.
— Pas que. En ce qui concerne Paul, tu es loin du compte. Au fait, en place de pivoines, des roses feraient l'affaire, tu penses ? Ce n'est pas la saison.
— Qu'en sais-je, moi ? Des roses pour qui, d'abord ?
— La fille de cuisine, pardi, marmonna José la bouche pleine.
— Mon pauvre vieux, tu ne vas donc pas y renoncer ? Tu n'as donc pas peur de te prendre un coup d'casserole ? Ton nez a retrouvé forme humaine, ce s'rait bien dommage !

José éclata de rire et se lécha les doigts.

— Ce sera toujours mieux que les *dimanches*. Tu te rappelles ?...
— Bien sûr, que j'me rappelle ! C'est-y possible d'oublier une chose pareille ?! Bon, reviens-nous vite ici, qu'on trinque tous à *La Belle Ancre* entre nous, avant qu'il y ait tout le monde ce soir !
— Compte sur moi.

José s'empara d'un bouquet et se dirigea vers la porte.

Le Buste de Bronze

— Les *plocs*, fit-il en se retournant.
— De quoi ?
— Si monsieur Tréfort aime tant la gélatine, je pense que c'est pour les *plocs*.
— Je ne comprends pas ce…
— Il n'y a rien à comprendre. À tout à l'heure.

André, resté seul au comptoir, demeura pensif un instant.

« Les… *plocs* ?? »

« Au revoir, mon ami. Adieu. »

Les yeux de Paul Tréfort pétillaient d'émerveillement devant le contenu de sa baignoire.

« *José, je vous offre, en plus du reste, un accès à la haute bourgeoisie et au beau monde. Mais… vous devrez vous accommoder de quelques fantaisies. J'ai des mœurs un peu étranges, mon ami, qui changent avec le temps… J'espère que vous ne m'en tiendrez pas rigueur. Bien entendu, vous serez rétribué en conséquence. Je compte sur votre discrétion.* »

Il n'en avait jamais vu autant, de toute sa vie ! Il y avait même un ruban…

« *Paul, Paul ! Où êtes-vous ?*
— *Je suis là ! Je suis là !*
— *Paul, Paul, je ne vous vois pas !*
— *Je suis là, je suis là !* »

Paul battit des mains en fredonnant la mélodie qu'il chantait enfant, en compagnie de sa maman.

Le Buste de Bronze

« Mais où donc, mais où donc ?
— Par ici, par ici !
— Je ne vois rien, je ne vois rien !
— Je ne suis pas loin !
— Coucou... » fit la mère en cachant toujours son visage.

« La voilà !! » s'écria Paul en trépignant de joie.

Madame Tréfort accueillit son fils qui sauta dans ses bras, puis comme tous les dimanches elle lui conta une histoire, pendant laquelle le jeune Paul s'évertua à défaire et à refaire le joli nœud qui ornait sa robe.

Paul Tréfort dénoua le ruban de la baignoire.

« Et maintenant... Caresse ! » annonça la maman en riant.
« Oui !! » s'écria Paul.
« Le nez contre le nez... » firent-ils en se frottant respectivement du bout de leur nez. « La joue contre la joue ! » continuèrent-ils en se choyant tendrement.
« Et maintenant, Tambour !! » dit la maman.

« Oui !! » fit Paul, exalté. Il entra dans la baignoire tout habillé.

Paul, avec toute la gaieté que peut éprouver un petit garçon, se mit à tambouriner le ventre rondelet de sa maman. Ploc ploc ploc, ploc ploc !

Un gros *ploc* se produisit lorsque Paul s'engouffra dans la baignoire. Il frappa avec bonheur, emmitouflé jusqu'au cou dans la gélatine. *Ploc ploc ploc ploc, ploc ploc !*

« Maman ! Je suis là ! Je suis là ! » chanta Paul les yeux brillants.

Il remarqua à peine José, lorsque celui-ci prit congé.

Le Buste de Bronze

ANDRÉ.

    Intrigué, il s'interrogea en se grattant le menton. Des *plocs* ? Qu'est-ce que c'était que cela ? La grimace que fit sa bouche signifia qu'il n'avait absolument rien compris à ce qu'on venait de lui raconter. Il se remémora – avec effroi ! – ce qu'il avait enduré les fameux dimanches, mais, non, décidément, il ne voyait toujours pas ce que José avait voulu insinuer. Il alluma une cigarette et haussa les épaules, adossé au comptoir. Son attention se fixa sur le journal accroché sur le vieux mur de pierre. Cela suffit pour déclencher en lui un petit rire qui, sans qu'il puisse le contrôler, se transforma en gros éclats. En se tenant les côtes il s'empara du dernier journal qu'il avait réceptionné et le fixa aux côtés du premier. Tout sourire, son regard erra sur la photographie les représentant lui et José. Dire qu'au départ, ils ne pouvaient pas se supporter ! Quelle histoire ça avait été !
Nostalgique, André repensa à tout ce qu'ils avaient traversé. Son accusation qui avait mené José au cachot. Le coup de poing dans la mansarde, lorsque celui-ci avait trouvé sa lettre d'adieu. Sa tranche de rigolade, quand ils avaient découverts la statue et la *chose*, aux ateliers Michel… André hocha la tête sur ce souvenir en s'esclaffant. La communication n'avait pas toujours été facile, entre eux, mais finalement, ils s'étaient liés d'une solide amitié. Et puis il y avait eu leurs démêlés avec Quiflanche, et la bagarre dans les bois, qui aurait pu mal tourner. Ils en avaient eu, de la chance ! Et enfin, sa rencontre avec Pat et les autres, qu'il aurait sans doute fini par rejoindre, si… Que ferait-il maintenant, si José ne lui avait pas proposé… ? À *la Belle Ancre*… Quel joli nom ! Il ne savait pas encore ce que ça allait donner, mais il était heureux d'y être. D'ailleurs, lorsque José rentrera, il faudra qu'il pense à le remercier. Il le prendrait à part, et le serrerait dans ses bras. Et il lui dirait qu'il l'aime ! Ces choses-là, il fallait les dire au moins une fois ! Parce que oui, il l'aimait, ce bougre, comme on aime un ami et un frère. Pour un peu, il en sangloterait…

Ému, André se ressaisit et mis de l'ordre dans ses pensées. Un peu de tenue, nom de nom ! C'est qu'il était maintenant *partenaire en affaires*... Pour se changer les idées il passa en revue la salle et les tables, lissa les nappes, vérifia la décoration, la livraison de bières et, enfin détendu, il finit son verre de citronnade. Il se mit soudain à pouffer. Écrire ses mémoires !... On aura tout vu. Il n'y avait que lui, pour avoir des idées pareilles !

« J'espère y avoir une place de choix », se surprit à penser André.

Ce diable de José... Ah, il le suivrait partout, s'il le lui demandait ! Il réfléchit en sifflant avec entrain l'air de sa chanson « Le brigadier qui flanche ». Des *plocs*... Qu'est-ce que ça pouvait bien être ? Et pourquoi lui avoir dit ça, d'abord ? Et surtout maintenant ? Ah, tiens ? Une rose ! Elle avait dû tomber du bouquet... Il se pencha pour la ramasser. Avait-on idée de sortir en costume par une chaleur pareille ? Et tout ça, pour une cuisinière ! Sacré José...

— Pauvre vieux, il ne se doute pas de ce qui l'attend ! ricana André en rallumant une cigarette. Il tient vraiment à nous le faire, cet héritier... Ce qui serait drôle, c'est que la fille ne soit pas jolie ! Enfin... il avait plutôt l'air sûr de lui.

Dire qu'il lui avait demandé conseil pour des fleurs ! Entre eux, c'était vraiment *À la vie, à la mort* !

« Des roses... songea André en humant machinalement la fleur. En place de pivoines. »

Il recracha sa fumée. Une phrase de José lui revint tout à coup à l'esprit, à propos de la gélatine et de Tréfort.

« *Il faudrait que je t'en doive une sacrée, pour te raconter !* »

Le Buste de Bronze

André fixa brusquement la fleur.

— Des roses, en place de pivoines... Des roses, en place de *pivoines* !!

Il balança la rose et se précipita dehors.

JOSÉ.

Il avançait, son bouquet à la main, un sourire enjoué plaqué sur le visage. C'est qu'il y en avait, des choses à fêter ! Pour commencer, l'inauguration de son établissement *À la Belle Ancre*, et son succès imminent, ça, il était prêt à le parier. Ensuite, il y avait le fait que, depuis quelques temps, dans la bourgade ou à la ville, il se sentait comme chez lui, à sa place, et maître de sa vie. Il avait fini par le vaincre, son mal du pays ! Et enfin, c'était le premier jour officiel de Clara en tant que cuisinière ! Elle qui l'avait tant soutenu et aidé à s'adapter... Ah ! Il avait hâte de la retrouver. André n'avait pas eu l'air d'apprécier qu'il l'ait engagée. Mais qu'aurait-il donc dû faire ? Depuis l'instant où ses yeux s'étaient posés sur elle, il avait presque été impossible pour lui de les en détacher ! D'ailleurs, pour elle, il était même prêt à revoir la *Tour*, c'est dire ! Il comptait l'emmener à l'Exposition Universelle ; ensemble, ils en avaient discuté. Ce qu'ils allaient s'amuser ! Il voyait désormais l'avenir sous un nouvel angle, un qu'il n'avait jamais envisagé. Une femme. Des enfants, peut-être. Et pourquoi pas se marier... Clara Duval... ça sonnait bien ! Il pourrait acheter un terrain, et s'installer avec elle, il en avait vu à vendre, lorsqu'il avait accompagné André qui prévoyait d'agrandir la maison de sa mère. Il pourrait, lui aussi, faire bâtir sa propre maison... Tiens ? Quelqu'un hurlait, au loin. Bon, certes, c'est vrai qu'au départ, il n'avait aucune idée de où il s'installerait pour ses affaires. Mais lorsqu'il avait vu son portrait dans le médaillon, ce fut plus fort que lui : elle était devenue partie intégrante de son projet. Il faut dire qu'elle était charmante, la maman d'André ! D'ailleurs, il se demandait comment son fils allait le prendre... Tiens, André le rejoignait en courant. Il était peut-être temps pour lui de détaler...

JOSÉ ET ANDRÉ.

« Où est-il ?! Où est-ce qu'il est passé, ce coquin, que je lui pétrisse l'échine à la manière d'ici !... »

André continua de chercher, avançant et regardant autour de lui.

« Allez, montre-toi... J'vais t'faire ton affaire !... Oh oui ! Je m'en vais t'arranger... Où est-ce qu'il est pass... ? Ah, là-bas, mon joli !... »

André fonça en courant sur José.

« Salauuud !! Je vais t'en donner, moi, de la cuisinière !! hurla-t-il en regrettant de ne pas avoir embarqué avec lui une poêle.
— Tu en as mis, du temps ! » cria José, les mains en coupe devant sa bouche.
— Vous aviez prévu ça depuis le début, avouez !! Je vous en préviens...!! Je vous en préviens... !! »

José, en lui-même, et accélérant le pas : « Tiens, il redonne du *vous* ! » André continuait de crier tout en le rattrapant. « Ah, mon salaud, pensa-t-il en allant droit sur lui, tu ne perds rien pour attendre ! » En y réfléchissant, il avait bien remarqué que sa mère était étrangement de bonne humeur ces derniers temps, et elle était encore plus belle qu'à l'ordinaire, elle avait une sorte de lueur... Ahh !! et José aussi avait cette lueur ! Et dire qu'il avait mis ça sur le compte du projet qui aboutissait !... Il s'en rappelait bien maintenant, tout était prétexte pour sa mère à prendre la photographie et à s'extasier devant le dôme... Tu parles, devant le dôme ! Devant José, oui ! Ahh ! ils ne perdaient rien pour attendre, ces deux-là !

— Si vous approchez de ma mère... ! Je vous en préviens !! se mit-il à hurler.
— Dame ! c'est que c'est déjà fait... murmura José en se mordant la lèvre. Et si j'te promets une place de choix dans mes mémoires !? se mit-il à crier.

Ça y est, il arrivait. José marcha à grand pas puis il se mit à courir, André sur ses talons. En pure perte.

« J'ai l'impression que ça va chauffer ! se dit-il, tout sourire. Bah, je lui offrirai une bouteille de malaga. Après tout, l'alcool, ça guérit tout ! »

Il ne restait que quelques mètres. Le jeune homme galopa comme un pur-sang et José bondit comme un cerf.

— Je te tiens !! fit André en le saisissant, un sourire machiavélique aux lèvres.

José fit quelques pirouettes pour éviter les coups de pied, retira sa veste et la jeta sur André. « Il fait une de ces chaleurs ! » lança-t-il, narquois.

— Ahh, je vais vous... !!

André se démena à envoyer des attaques que José déjoua avec force cabrioles. Hors de lui, il lança une feinte dont lui seul avait le secret et réduit en miettes son bouquet.

Le Buste de Bronze

— Le... Le bouquet pour Clara ! s'exclama José, stupéfait.

André stoppa net et resta les bras ballants devant la mine déconfite de José.

— Bon Dieu, qu'est-ce qu'elle va penser... de toi ?! fit José en lui jetant le bouquet au visage, et en profitant pour s'échapper.
— Raah !! Il va me rendre fou !

José courut en rond, tout en grimaces et pieds de nez, ce qui fit enrager André.

— Ha ! Ha ! C'est le fifils à sa maman ! fit José en se moquant, le montrant du doigt en sautillant.
— Je m'en vas te claquer l'beignet !...
— Tu en fais vraiment un beau, d'beignet !!

André tomba des nues : José en était à esquiver et bloquer ses coups en s'esclaffant ! Ah ! il l'aimait, ce bougre, mais alors, il avait mal fait son affaire ! Il feignit lui sauter dessus et au dernier moment inséra finement son pied. Son croc-en-jambe eut l'effet escompté : José s'emmêla les jambes, et se retrouva par terre et pantois.

— Ça sent le roussi... déplora-t-il, le visage figé d'un sourire crispé.
— Tu vas goûter à la mienne, de botte secrète ! jubila André en lui bottant le séant. Un bon coup de paume dans le derrière, voilà qui va t'remettre les idées en place !
— Ahh !! Il y a des choses contre lesquelles on ne peut pas lutter !!...
— Tiens ! Tu ne l'as pas volée, ta volée ! ricana André, continuant d'échauffer ses semelles.

José, en lui-même : « Bigre ! Il n'y va pas de main morte ! »

Le Buste de Bronze

— Ça, c'était à vous d'y voir avant d'avoir des vues sur ma mère !!! hurla André comme s'il avait lu dans ses pensées.
— Ahh ! On ne pouvait pas se cacher éternellement !!...
— Je vais vous apprendre, moi ! Tiens ! En voilà encore, façon André !

Rendu, José se roula dans l'herbe, demandant grâce et joignant les mains.

— Alors ??!
— Grâce ! Pitié ! Je suis prêt à renoncer !
— Ah bon ? fit André, étonné. Dans ce cas, vous pouvez vous relever ! poursuivit-il d'un air de triomphe.
— Diable ! Si j'avais su !... gémit José en se relevant et en se frottant l'arrière-train. Quel bonheur c'était, de n'avoir personne à aimer !...
— Ah ! Vous renoncez donc bien à ma mère ! dit André, satisfait.
— Ça... n'y compte jamais !! s'écria José, le sourire taquin.

D'une habile pichenette, il envoya voler la casquette d'André et se remit à courir, le cœur léger.

— Raah ! Je vais vous... !!

Et soudain, poursuivit par André dont les yeux clairs lançaient des éclairs, il réalisa à quel point il était heureux. Il était libre ! Il avait traversé toutes les épreuves et il avait réussi ! *À la Belle Ancre*, Clara, André... tout cela, c'était à lui ! Alors il partit sur un rire qui ne tarit pas et, bondissant de côté pour éviter André qui se ruait sur lui, il poussa un « Hou ! Hou ! » exceptionnel, son plus beau « Hou ! Hou ! », un « Hou ! Hou ! » des plus joyeux.

CONCLUSION DE L'AUTEUR AU LECTEUR

Nous avons vu au début de cette histoire qu'il n'est pas toujours aisé de couler un bronze, et que cela peut avoir de fâcheuses conséquences. Si cela devait vous arriver dans des circonstances similaires ou douteuses, nous ne saurions que trop vous conseiller remettre votre affaire à plus tard. Si toutefois la chose est pressée au point de ne pouvoir l'éviter, tâchez de vous y atteler en toute discrétion, et sans trop attendre – José l'ayant appris à ses dépens, et tout le monde n'a pas sa chance !

Par ailleurs, si vous rencontrez un bon diable, évitez de le faire chanter et de trop lui tirer la queue, ou il pourrait vous en pousser une des plus étranges… Les effets sur vous seraient alors irrémédiables, fatals, irréparables, inouïs, insensés, déjantés, sans appel, catastrophiques, inexorables, terribles, irréversibles, dévastateurs, monstrueux, horribles, diaboliques, définitifs, irrémissibles, désastreux, dommageables, aberrants, douloureux, absurdes, bizarres, déments, ubuesques… fous !!!!!!!!!!!!!!!!!!!!!!!!!!

À PROPOS DU BUSTE DE BRONZE

Comment est née cette histoire : on m'a proposé un jour de participer à un défi littéraire ; celui-ci consistait à tirer au sort cinq mots aléatoires, ainsi que le genre du récit. Voici la liste des cinq mots sortis : Buste, Domestique, Gélatine, Bronze, Cachot. Nous n'avions en tout et pour tout qu'une demi-heure pour présenter aux autres quelque chose « d'abouti ». Au bout de vingt minutes, je n'avais toujours rien écrit ! Le genre que j'avais tiré étant « humour », autant vous dire que je n'avais pas du tout envie de rire ! Et c'est alors qu'il est arrivé : José. Comme par magie, il m'a pris la main et m'a dit : « Viens. » Alors je l'ai suivi. Et j'ai écrit ce qui allait devenir le premier chapitre du roman que vous tenez entre vos mains.
Vous y trouverez, en plus de La Phrase à Renard, deux messages cachés (sur deux des pages où se trouve le mot *sommet*). L'un est destiné aux fans de One Piece d'Eiichirô Oda. L'autre est un fait historique réel.
Anecdote : le choix de l'avenue que traverse José alors qu'il se rend à son dernier combat et le nom du boxeur qu'il doit affronter sont un clin d'œil à deux boxeurs de l'époque : *John Sullivan* et *Charley Mitchell*. Lors d'une revanche qui se déroula en France, la police débarqua en plein combat et *Mitchell* se fit arrêter – la boxe était alors illégale ! *Sullivan*, quant à lui, réussit à s'échapper !
Chers Lecteurs, j'espère que le récit de ce *Buste de Bronze* vous aura – au moins – arraché un sourire, peut-être même secoué d'un rire, et que vous aurez appris quelque chose de nouveau. Si c'est le cas, je considère ma mission comme accomplie.
Une dernière chose : si vous vous arrachez les cheveux à propos de la note de page n° 17, sachez juste que cela n'a rien à voir avec Arthur Rimbaud…

Gélatinement vôtre,

Myréna Lee

REMERCIEMENTS

Un grand MERCI aux personnes qui m'encouragent, me suivent et me soutiennent ; à celles qui aiment et découvrent mon expression,
Une pensée spéciale pour mes deux bêta-lectrices et leur regard précieux, ainsi qu'à 1 et 2 pour leur Défi Littéraire,
Merci à l'Univers et à Quelqu'un,
Un Infini Merci à José et à André !
Et enfin, un merci particulier à toi, Lecteur.

QUELQUES MOTS SUR L'AUTEUR

Amoureuse de la langue française, Myréna Lee aime jouer avec les mots. Elle prône l'originalité, l'expression de soi et la créativité, et se décrit comme un Être multiple et universel. Auteur de la novella sombre *La Prière Exaucée*, elle signe, avec *Le Buste de Bronze*, un roman touchant, plein d'humour et déjanté.

Une particularité : le mot RENARD se glisse dans chacun des textes de Myréna Lee. Saurez-vous le retrouver ?

La Phrase à Renard № 1 : ……………………………………..
………………………………………………………………………
………………………………………………………………………
………………………………………………………………………

La Phrase à Renard № 2 : ……………………………………..
………………………………………………………………………
………………………………………………………………………
………………………………………………………………………

Message Caché № 1 : …………………………………………
Message Caché № 2 :…………………………………………..
………………………………………………………………………

TABLE DES MATIÈRES

PARTIE I ………….....…………………………………..	7
PARTIE II ……………….………………………………...	35
PARTIE III ..…………….………………………………...	69
PARTIE IV ………....…………………………………….	107
PARTIE V …………...………………………………….	159
PARTIE VI …………....…………………………………	225

Tous droits de traduction, d'adaptation et de reproduction intégrales ou partielles interdits.

Le Code de la propriété intellectuelle interdit les copies ou reproductions destinées à une utilisation non privée. Aux termes des articles L.335-2 et suivants du Code de la propriété intellectuelle, toute représentation ou reproduction intégrale ou partielle faite par quelque procédé que ce soit, sans le consentement de l'auteur ou de ses ayants droit ou ayants cause, est illicite et constitue une contrefaçon.

© 2025 Myréna Lee, tous droits réservés
Édition : BoD · Books on Demand, 31 avenue Saint-Rémy, 57600 Forbach, bod@bod.fr
Impression : Libri Plureos GmbH, Friedensallee 273, 22763 Hamburg (Allemagne)

Illustration de couverture : Myréna Lee

Dépôt légal : Janvier 2025
ISBN Broché : 978-2-3224-9751-5